韩乾昌⊙著

乡关何处

——韩乾昌散文集

图书在版编目（CIP）数据

乡关何处：韩乾昌散文集 / 韩乾昌著 . -- 北京：知识产权出版社，2019.8
（韩乾昌作品集）
ISBN 978-7-5130-6385-2

Ⅰ.①乡… Ⅱ.①韩… Ⅲ.①散文集—中国—当代 Ⅳ.① I267

中国版本图书馆 CIP 数据核字（2019）第 166330 号

责任编辑：徐　凡　薛宇衡　　　　　　　责任出版：孙婷婷

乡关何处——韩乾昌散文集
XIANGGUAN HECHU——HAN QIANCHANG SANWENJI

韩乾昌　著

出版发行：知识产权出版社有限责任公司	网　　址：http://www.ipph.cn
电　　话：010-82004826	http://www.laichushu.com
社　　址：北京市海淀区气象路50号院	邮　　编：100081
责编电话：010-82000860转8573	责编邮箱：823236309@qq.com
发行电话：010-82000860转8101	发行传真：010-82000893
印　　刷：北京中献拓方科技发展有限公司	经　　销：各大网上书店、新华书店及相关书店
开　　本：880mm×1230mm　1/32	印　　张：8.625
版　　次：2019年8月第1版	印　　次：2019年8月第1次印刷
字　　数：252千字	定　　价：48.00元

ISBN 978-7-5130-6385-2

出版权专有　侵权必究
如有印装质量问题，本社负责调换。

序

王家惠

（著名作家、剧作家、红学家，现任唐山市作家协会主席）

读罢韩乾昌先生的书稿，有一种荡气回肠的感觉，同时又有一种说不清道不明、很复杂的心情生起。他以饱满的激情、深沉的思索和出色的文笔，为我们描绘了大西北黄土高原的乡村画卷。他所写的是他心驰神往的故乡的人和事，故而有一种难以遏抑的深情。他写西北农村的独特风情，写西北汉子的粗犷豪迈，读之令人神往。但是他没有把故乡做一种田园牧歌式的描述，没有回避故乡的闭塞、落后、粗粝、磨难，那种复杂的心情就由这里生发。

中国农村存在了几千年，中国传统社会是以农村为基础的，一切政治的、经济的、文化的现象，都可以在传统农村中找到基因。表面看，农村不过是农民的聚居群落，一群农民聚居在一起，劳作，生息。实际上，农村是一种人与人的关系，它承载着一种源远流长的文化，或曰文明。它含蕴了中华民族所有的伟大与辉煌，同时也含蕴着所有的丑陋与疵颣，这是一个有机的整体，难以作出界限分明的区分。它作为一个整体进入每一个国人的心灵，几千年来，每一个中国人都是在农村的雕凿下成长起来的。就是在当今，若是找一位没有受过农村文化熏染的中国人，怕是很难，或者说根本没有。于是，在广袤的土地上无数的村庄当中，你出生于某一个村庄，成长于某一个村庄，当你走出那个或大或小的村庄，那里便成为你永世难以忘怀的故乡。

在古人那里，故乡是人生的起点和终点，纵使不是全部，也是整个世界的核心。外面的世界再精彩，也难以抵挡故乡的诱惑。即使他们终生在外，死时也要葬回故乡，那里有他们祖先的坟墓，有宗族的祠堂，是他们真正的根。所谓"叶落归根"，不能归根的人是孤魂野鬼，是失败的人生和鬼生。人生辉煌了，要到故乡显摆一番，不得意了，便回故乡归隐，所有的辉煌与失意，都与故乡有着千丝万缕的联系。正因为故乡如此重要，所以在古人诗文中，怀乡之作比比皆是，指不胜屈。韩乾昌先生的著作如果顺着传统的思路写，纵有通天手段也难以讨好，因为这种题材佳作如林。让人高兴的是，他没有按照传统模式写，他的作品与古人的怀乡之作有着根本性的区别，具有很明显的当代人的特征。

如今随着现代化进程的加速，传统的由农村所负载的人与人的关系正在迅速瓦解，一种新的人与人的关系正在形成。但是这种新的关系来得太快，人们一时难以适应，有些无所措手足，这就形成了当代人的一种尴尬。尤其是那些由农村走入城市的人们，他们背负着农村所给予他们的一切，怀着建立新生活的渴望，告别故乡，踏进陌生的高楼马路之中。如果说都市的繁华会给他们带来暂时的眼花缭乱，那么新的人与人的关系则会给他们的灵魂带来长久的震颤。在告别过去，走向未来的过程中，他们的灵魂处于漂泊的状态，找不到准确的位置，难以确立归属。于是他们一面咬紧牙关，硬着头皮，在新的关系中挣扎、冲撞、适应、融合，一面又会时不时地回望那个遥远的故乡，回望故乡的小溪、土路以及和晚霞一同飘起的缭绕的炊烟。即使故乡只是大山的皱褶里一个小小的斑点，但对于他的灵魂说来，那曾是世界的全部。当时间的流水冲刷掉许多记忆的丑陋与疵颣，剩下来的，便有许多温馨，许多美好，许多感伤，故乡因之成为灵魂的栖息之地，成为灵魂的归属。一唱三叹式的感伤，低回婉转的柔情，难以割舍的依恋，都一一生发出来。

但是韩乾昌先生的书稿没有停留在这种表面的情感的描述，他在那一种浓得化不开的情感之中，注入了相当多的理性的成分。故乡在他的笔下是情感的寄托，同时也是剖析的对象，他没有在情感的作用下对家乡做一些美化，而是写出了一个真实的故乡，一个立体的故乡，因而就相当准确地传达了当代人在新与旧当中的那一种尴尬的处境，那一种灵魂的矛盾、冲突、怅惘和无奈。可以说这是一面当代人的镜子，它会给后人留下这一代人的灵魂影像。它的最大价值不是对于故乡的怀恋与描写，而是那种当代人对于故乡的真实心态，是当代人在新老交替的时代所特有的矛盾的灵魂。书中作者说他每一次回老家，都会在母亲的老屋中独坐，希望能够发现点什么，哪怕只是一张贴在墙上的旧报纸。不知作者有意还是无意，我觉得这是一个绝好的象征，它十分准确地传达了当代人对于故乡的态度。这一代人未必会有古人的想法，死后葬回故乡，人生成功之后是否还要衣锦还乡，也很不重要了。它是人生的起点，却非终点。它是世界的一部分，却不是核心。也许他们永远也不会再回故乡了。但是事情就是这样奇怪，故乡却仍然是他撕心裂肺的思念，他们总想能够在故乡找到一点什么，明明知道找不到什么，还是想找。

谁也不愿回到过去，甚至不愿再回故乡，除了短暂的探访与怀旧。但是这不能够让人忘掉故乡，只因为我们对于新的生活，新的人与人的关系，有许多迷惑与怅惘。

当然，旧的总会过去，新的迟早到来。总会有那么一天，中国只有农民，没有农村。当农村所承载的那种独特的人与人的关系瓦解，农村也就不复存在。比我们更为年轻的一代，当他们回忆故乡时，也许只是一个都市，一个社区。那已经是截然不同的另一种文化。虽然农村的影响不会消失，那是注入我们基因的东西，决定着我们的种族特色，决定着我们的潜意识，这也是我们的故乡，姑且叫作虚拟故乡吧。但那一个特定的村庄，那一片具体的乡土，却是注定要消失了。我们正处于这样一个历史的转折点。韩毓昌先生的著作恰恰在这个历史的转折点出现，他那样具体、形象、鲜活地记录了故乡的一切，这不是所谓集体记忆，而是完全个体的，是个体灵魂的发生史。这就让他的著作具有了完全不同的意义，因其个体，因其独特，才具有了不可替代的价值。我们从中看到的，不是纯然对于故乡的回忆，不是纯然的故乡的人和事，故乡的风情与人情，而是一代人对于故乡的独特理解和复杂情感。

有故乡可以回忆，可以描述，应该说是幸福的，就像家里有一位老人可以由我们侍奉。我们也许不是最后一代回忆故乡的人，但至少是最后几代之一。最后，意味着终结，也意味着开始。说到这里，就难免伤感。就我们这一代来说，故乡，是永久的怀恋，是情感与灵魂的栖息之地，是人们心头最柔软最敏感的一块。故乡美丽也罢，丑陋也罢，文明也罢，落后也罢，它都是我们记忆中难以抹去的存在。故乡缭绕的炊烟将永远在人们的心头悠然飘荡。故乡就是这样一种存在，你可以喜欢它，可以讨厌它，可以将种种情感寄托与斯，你永远也不可能摆脱它。难以摆脱的故乡，它到底是一种什么样的存在？我们这一代人是否能够说得清楚？现在能够说的，还是那句大白话，我们处于新老交替的时代，旧的，难以割舍，新的，必须适应。说得积极一些，叫作继往开来吧。

韩乾昌先生说了一些话，写出了这样可观的一本书，从书稿来看，这是一位有文采、有思想的作家，完全有可能把这个问题的探讨引向更深的层次。

愿他继续写下去，写出更多更好的佳作，以不负这个让人感奋又让人忧伤的伟大而多变的时代，不负深刻进我们基因之中的单纯而又复杂的故乡。

土地是文学的根

——代前言

韩乾昌

刘亮程先生说,炊烟是村庄的根。在我看来,土地是文学的根。

一个时期以来,中国文学最辉煌的成就,是在乡土文学领域所取得的,这大概不是偶然。

中国传统社会是农耕文明的产物。依附于这种文明下的文化,必然带着天然的乡土气息。具体到典章、制度、伦理、艺术等等,都围绕着土地展开。

封建时代的帝王,赖以巩固统治的基础,便是不断开疆拓土。对功臣最高的封赏,就是土地。而诸侯与造反者所梦寐的,归根到底,不外乎还是裂土封王。几千年的历史,仿佛一个打不破的螺旋,看似在进步,在获得向上的力量,却依然是原地打转。一直到了民主革命时期,寻求各种真理和各种解决的办法,最后的本质,还是通过一场关于土地的革命来实现。可以说,中国共产党最初的胜利乃至中华人民共和国的建立,其核心便是解决了几千年以来悬而未决的土地的归属问题。

话题开得有些大,暂且不提。

时至今日,城市化发展日新月异,可大多数中国人骨子里还是无法摆脱对土地的依赖。起码,在思想领域,还抱着对田园牧歌式生活的憧憬与向往。即便在城市里获得巨大成功,可梦想依然是回归乡野。因此,我们还可以随时随地感到许多现实里的人情世故,依然是乡土文化的延续。比如中国人的宗族观念、囤积不动产意识等,本质都是依附于乡土观念的产物。可以说,今天,许多的中国人,住在城市里,却依然只在努力地学习怎么做城市人。虽然一纸户籍和一栋栋高楼大厦,把传统伦理观念肢解得支离破碎。可一旦被某个情怀触发,被某种共同的记忆所牵引,他们必然再次显露田园本色。过春节的回家潮便是明证。这,在于一种千年来形成的家国情怀。中国人爱说,家是最小国,国是最大的家。而家是什么?中国人的第一反应就是一亩三分田,老婆孩子热炕头。多少在城市里打拼的人,骨子里还是农民,只不过是换了一种方式在耕耘。当然,这种状况不会一直延续下去,但在可见的未来几代人,还将持续。

这,是中国人的土地情结。

归结于文学来说。文学,源于语言。而语言源于交际的需要。传统中国社会是靠家族伦理来维系的。一块土地聚拢一些人群,一些人群产生一些文化。在大的前提下,形成有共识的大文化,又保有地域特征鲜明的小文化。语言和文字最初是来源于劳动,来源于对天地自然的敬畏,来自祭祀,来自礼仪。而这些,都离不开土地。传统生存手段必然导致人群的抱团取暖,必然导致特定的伦理和人身依附关系。而这种伦理与依附关系下的语言必然是生活化的,因而也必然是生动而鲜活的。于是,就为文学的保鲜提供了必不可少的条件。

现代城市的生活秩序是割裂的,碎片化的。人际交流不再是社会交往的必须。人们获取信息的来源多元,更多趋向人与机器间的交互。再加上语言的普通化、标准化,语言本身的生命力和特色在退化与弱化。所以,我们也有优秀的以城市为背景的文学作品,却远不如乡土文学那么璀璨动人。在于,如今的城市化的尚未彻底,为传统文化和表达留存了余地。而城市文化尚在由边缘尝试向核心走去,则保留了另一种发展方向。

相对于城市文化,乡土文化是至今还保有强大生命力的文化,依然生动的文化。

到今天为止,许多成熟的作家,大部分还都是出身农村。比如路遥、贾平凹、莫言等。而新的作家群体尚在成长,远未成熟。就读者而言,目前的主流读者群,依然还是成长于乡土文化之下的那一批。从鲁迅的发轫开端,到沈从文等人的光大,再到以路遥、贾平凹、莫言为代表的当代最高成就，读者潜移默化形成了一种阅读惯性，潜意识里把乡土文学等同于真正的严肃文学。虽说也曾有张爱玲等人为代表下的城市文学，而且也取得了瞩目成就与非凡影响，但终究不是主干。

虽说近年来被许多新生代读者认可的网络文学逐渐崛起，并在落寞近二十年的中国文学领域掀起波澜，但其碎片化阅读和标准化生产的本质还未根本改善。也许假以时日，等这批作家有了更深的阅历和更牢的根基以后，新一代读者的阅读习惯培养起来了，可能会达成新的文化生态，但目前还无法形成撼动主流文学地位的气候。

我们目前之所以还认为乡土文学是真正的严肃文学，在于写作者和阅读者都在小心翼翼守护着自己的根。乡土文学恰是根文学。对于传统文化下的中国人而言，每个人都有自己的精神原乡。这是一种不自觉下的自觉。于是，一如贾平凹的商州、莫言的高密东北乡、路遥的陕北，之于阅读者来说，就是跟随他们的笔触，寻找自己的精神原乡。中国人喜欢说落叶归根，不完全在于死后埋在哪片黄土下，还在于活着时，心里有一块可依赖的土地。

而文学，就植根于土地。

这土地，当然更多指的是身心皆可触摸、可亲近的土地，而不是钢筋混凝土禁锢下的土地。如此一来，乡土就成了中国人心中最后一方活着的土地。虽然在当前背景下，许多曾热烈的土地难免凋敝，但终究一息尚存。

当我们谈到土地，几乎就等同于乡野间的广大的土地。只有那里的土地能给我们开阔的心胸，展望的视野，厚重的根基，不朽的情怀和借以文字可表达的洪荒与苍凉、魔幻与迷离。而这些，正是文学最迷人最打动人的地方。城市文学确实不乏精彩，但终究小了格局，缺了情怀，局限了视野。与此相印证的是，在中国的高楼大厦里，电视机播放最多最感人的，依然是脱胎于乡土文学的影视剧。一部反映乡村人喜怒哀乐的剧，可以让身在城市的人涕零落泪,这一点不奇怪,因为许多人依然心在乡野,魂在田园。

于个人而言,我笔下之所以多乡野,多田园,多小人物,一来是大趋势下的惯性,二来是无法割舍的土地情结和小人物情结。一方水土养育了一方品性,塑造了某种天然的基因。来城市生活二十几年时间,骨子里始终觉得是异乡人。因为脚下踩着的,不是故乡的土地,甚至不是土地,而是钢筋混凝土。之所以喜欢写小人物,在于这世界从来都是关于英雄们的、荡气回肠的传奇,却鲜有小人物的油盐酱醋里的悲欢离合。我想,作为一个人,来世上一遭,总该留下些什么的,即便是一声叹息。倘若连一声叹息都不存在,经年后,后人如何知道自己的祖先曾经来过,我们自己在离去时,又该如何证明自己曾站在这里,总不能把一切都托付于尘埃。

也因此,我喜欢用方言写作。在我看来,方言是活的语言,是心灵的语言。而被普通化和标准化的语言,只是为了方便交际。我总担心,担心若干年后,我们的后人彻底忘记了自己的语言,这等同于忘记了自己的祖先。虽说,许多离开乡村的人,曾经一如厌弃自己的出身一样厌弃自己的语言,努力摆脱这种符号化的标签,但我担心他们总有一天要面对他们自己和子孙的追问——

我们从哪里来?

那时,该如何回答?

当然,深知自己的浅薄渺小,可依然要做出浅薄渺小的努力。在有生之年,以自己苍白的文字记录抚养自己的土地,记录这土地上人们曾说过的语言,记录他们的琐碎与卑微。在我看来,作为一个人,一个生命,来世上一遭,本身就可歌可泣。关于生活,无论你是伟大还是卑贱,所有曾发生的事,都是轰轰烈烈的大事。

而这所有一切,都离不开曾抚养你的土地。

在我看来,土地,是文学的根。

目录

1 / 田野芬芳

阿阳 /2

张家川，一座叫阿阳的城 /10

炕 /13

麦 /18

家乡的大戏 /27

过了腊八就是年 /31

小年 /35

过年 /40

灯盏里的元宵 /45

社火 /50

咥 /54

浆水 /59

搅团 /65

馓饭 /70

玉米面疙瘩 /75

舌尖上的牛肉面 /79

乡愁，是一碗炒面 /84

张家川锅盔 /89

麻籽 /96

甜秆 /103

107 / 四季回响

没有生日的母亲 /108

父母的爱情 /114

母亲的房子 /121
母亲的园子 /134
写在我的生日 /143
有了妈就有靠山 /155
又是一年清明时 /158
总有一些胖，那是幸福的肉肉 /165
我三妈 /170
七婆 /177
钱 /184
电褥子，八斤，堂婶，故乡……/195

202 / 天地人心

偷果子 /203
想起四中 /208
一趟九十年代的班车 /214
饺子 /221
两件小事 /229
湫里 /236
回不去的村庄 /242
想起故乡，我就心疼 /247
老张 /251

258 / 后记

当我写村庄的时候，我在写什么 /259

在时间的远方,
我看见妈妈的目光,
像冬日最美的斜阳,
它温暖了我的天堂。

——《时间的远方》

第一部分 田野芬芳
TIANYE FENFANG

阿①阳

陇山苍苍，渭水泱泱，渭水之滨，古城阿阳。

一

据资料记载，汉高祖二年（公元前205年），高祖派大将周勃、骑都尉靳歙大败秦将章平于陇西，周勃攻上邽（今天水市清水县，张家川曾为清水所辖），而筑阿阳城（今张家川），迄今有年，已2000余载。故曰古城阿阳。

古人以山川为所踞之地命名，由来有自，比如山东山西、河南河北，不一而足。想阿阳之谓，概莫能外。

若以天目俯视神州，黄土深处，有高岭耸立，名曰六盘，六盘之山，莽莽苍苍，蜿若长龙，首伏宁夏，尾垂甘陕，统领三地而雄踞西北。自北向东南逶迤而下，是为陇山，古称陇坂，乃关中平原之屏障。陇山，又称关山。清水河、葫芦河均源于此。川流所及，造化钟灵，人承天赋，乃有秦声汉韵，又闻胡马羌笛，因而走出一条秦家源古道，又踏平一个关陇大道，一路过来，生生不息。而位于关陇大道之上的阿阳城，便成为扼关中之门户，构南北之通衢的要塞，成为丝绸之路上的重要节点。因而留下张棉驿、长宁驿、丹麻驿等，这些足以让后人追古抚今的寄寓之所，也留下"陇头明月迥临关，陇上行人夜吹笛"这样的诗句。然，西垂之地，苍茫陇上，陇山巍巍，陇道崎岖，之于千百年前的古人，终为畏途。于是，陇头流水便被一代代文人墨客打上流浪、漂泊、思乡的印记。

---

① "阿"读"ā"。

说到陇头流水，自然要提到清水，提到清水，就不能不说清水河。清水河是潺潺于小关山而下的数条河流之一，源于关山之西，卧虎山之侧。一路旖旎，流经龙山而入陇城，向西南注入葫芦河，成为渭水的支流之一。

古人云："山北谓阴，山南为阳。"又云："水南为阴，水北为阳。"而位于关山南而清水河北的张家川被称为阿阳，便是自然而然的事情了。

然而，上天仿佛嫉妒似的，总不愿人们山啊水啊的太过诗意，冷不丁、时不时捶一下捣一下，使你骨疼肉酸，仿佛不如此不足以示天威。于是，在争来夺去的烟火丛中，在铁马冰河的号角声里，阿阳城遍地的石头上刻满了胜利者的不世功勋，也留下满目疮痍的悲叹。让人仰天长叹之际，于关山之巅、清水之侧，望见一只忧郁的眼——是那轮孤悬清冷的关山月。

时过境迁，当岁月的风尘一路至今，眼看物换星移，千古壮举都化了烟，蓦然回首，各琅琅的清水河尚在，关山依然苍翠，面面相觑，人已非昨。战乱频仍加之天灾人祸，曾水草丰美牛羊遍野的阿阳城，如一股起初奔涌而后颓废的液体，怅然凝望，终成一滴跌落在沟壑褶皱里的浊泪。

如今的阿阳，一再被阿阳人提起，却是因为怕被人遗忘，就这样孤独而倔强地站立着。我时常想，阿阳，你有什么？你不过那么一座山，那么一条河而已。还有，那些至今也说不清道不明的贫瘠、沉默、羞涩、炽烈与蛮荒……

异乡的夜，不忍去想你，又忍不住要想你，以为你会孤独，你会惆怅，你会哭泣，而你——

却什么都不说，就那么孤独而倔强地站立着，仿佛浮华世界的过客。孤独如你，像个被突然推上舞台的龙套，眼前热闹，却不是自己的主角；倔强如你，还要大吼一声："报上名来，刀下不斩无名之辈！"

呵！我的阿阳，一如我时常的境遇。每当被问起来自哪里，要被秦州、麦积、秦安、甘谷①的绕几大圈儿，却总绕不到你的方向。为什么，阿阳，你为什么如此近，又那么远？莫非是他们瞎了眼？我的阿阳，她就巴巴儿地挑在我的心尖尖，而他们，居然不见。

慢慢地，也就习惯了，习惯了被遗忘，反而更能成就一种寂寞而邈远的想念。想念，就适合安安静静，不是吗？

我知道，我的阿阳，她与他们所有人无关，我爱她，仅仅就因为她是我的阿阳。我爱她，不是要拿她跟谁去比高大，比漂亮，比出名，我爱她，只因为她是我的阿阳。我不再去想什么巍巍关山，羊肥马壮；不再去解释，其实我们也有一条清水河的，那河啊，母亲的眼泪般的，明澈澈、名琅琅——

当我安静下来时，孤悬的心便得以安放，一如我心里的阿阳，她不必要在别人的漠视或瞩目里，或高冷或流浪，于是，我心里眼里的阿阳，便是看山是山、看水是水的阿阳。

---

① 秦州、麦积、秦安、甘谷：均为天水市地名。

二

有山有水的地方，到底是美的。而阿阳之美，却不似沈从文心里的边城之美，也不似贾平凹笔下的商州之美。阿阳的美，美得吹胡子瞪眼，美得伤筋动骨。不见时，骂一句先人；见了，也骂一句先人。阿阳的美，是粗粝粝硬扎扎的俚俗之美，又是羞答答瓜兮兮的憨朴之美。可不是！没什么地方的美，能如阿阳城一样，把奔放和内敛、现代与落后、麻木和热情、聪明与愚昧、羞涩和倔强达成如此的统一。

阿阳的美，美到自成一脉，目中无人。

阿阳有多大？

阿阳人的心有多大，阿阳就有多大。

阿阳人心大，只要听见谁说"曹"（当地方言，咱们），就是各家（自家）人；阿阳人心小，除了阿阳人，其他人都是旁人（外人）。于是，阿阳人眼里除了"各家人"，简直目中无人，他们就这么大刺刺甩门而出。

一出门，举目所见：永远是一片高远而不知底细的天空，天空下，是一条黯然的、长年渍水横流的长街。走啊走啊，走不出的，是一个无边无际的农贸市场，到处飘荡着腐烂瓜果的气息，夹杂着叫卖声和吵架声不绝于耳。盲流的人群，个个像丢了魂似的，神色慌张，可脚下却是慢悠悠的。不慢也不行，得小心中埋伏，一不留神就踩了谁家地摊上的塑料盆或老鼠药；又或是被一辆奔驰而过的"三马子"的七百二十度环绕立体声的低音炮吓一跳。踩到了自然是你倒霉，被吓到了，也只好自认倒霉，还要装作很享受的样子笑笑地离开，否则，就可能要被迫施展一下拳脚。在这热闹的街上，你不知道什么时候会平地一个惊雷。人人看似心如止水，其实不过按兵不动；你以为刀枪入库马放南山，突然就狼烟四起。锅盔瞬间成了盾牌，麻花摇身成了长矛，你迎着长矛顶风前行，他向着盾牌亮起胸膛，翻手为云覆手为雨，鼻血共口水一色，呼唤并呐喊合流。转瞬之间由一场喜剧转化为悲剧，再由悲剧演绎为悲喜交加的正剧，临了，大家还要商讨商讨，何时来个续集。

在这风平浪静又暗流涌动的江湖，微笑和血泪之间的切换，常让人猝不及防。好在这里，人与动物与车辆实现了和谐友好之道。骡子拖拉机行人，大家顶着同一片天，走着同一个道，神色各异又并行不悖，毫无违和。偌大的集市，人和拖拉机和牲口，一起迎着日头而来，披着晚霞而去。想想，在这个地方，从县长到老百姓，吃着同样的锅盔凉粉儿，喝着同样的三炮台盖碗儿茶，心里也就平衡了，突然也就安静下来了。然而，安静也不过那恍惚的一瞬，到处的烂菜叶废纸片烟屁股又热闹起来了——不知怎么天明又消失不见。怅寥的街，仿佛已寂寞了许久。等太阳一冒头，人们又急不可耐的，把演过的重演一遍——然而并未觉得是重演，依旧要投入格外的热情。

然而，说是江湖，也不见得总是刀光剑影、危机四伏，毕竟，指不定就能碰见他"爸爸"（叔叔）、他"丫丫"（阿姨），他"姑舅爸"、他"丈们大"（他丈人）。阿阳说小又大，说大又小。刚揩干带血的鼻涕，又要相约着捣个罐罐茶。你可不要惊讶，阿阳人的肠子是直的，心眼是实的。就像一碗出汤面，一筷子划拉下去，滋溜滋溜，刚看见这头就只剩下那头，一头还在嘴皮上，另一头已经到了肠子里。阿阳人吃"六虎"炒面，三揎两膀子哐（方言，吃）一碗，要擦汗，就看见刚刚跟自己比画过拳脚的那人也来了，于是，还没相忘江湖，却先相逢一笑。阿阳人能记起三天前哐了三碗啥饭，就是学不会记仇。

阿阳人打架不为打架，亦无需十分正当的理由。一场讨价还价、一不留神踩了脚后跟、太贵的物价、太大的嗓门，都可能干一架。打架也不为输赢，仿佛就是以此昭示存在感。等到三揎两膀子终于释放了过剩的精力，打的打乏了，看的也看乏了，然后各回各家，各找各妈。

这并非没有光荣传统。

曾几何时，打架和挂马子是阿阳人仅有的娱乐手段。说是去看戏，实则掩耳盗铃。到了戏场，挂上马子的，一本正经，没挂上的，黯然神伤。可也不能明说，也总得有个发泄的出口。于是，因着同样的气息，感到同样的不详，一些人拢在一处，同样的因由，另一些人也早拢在一处，于是，便连理由也可省略了，稀里糊涂就打起来了，一打起来才知道，大家根本就是早有预谋：自行车链子照腿腕子抡开了，加长的手电筒也抽头砸下来了，铁蛋儿也飞过来了，一回头，有人昂立屋顶，瓦片子如飞镖乱舞……

说是散戏了，其实是打累了。头破血流回到家，面对女人的逼问，死活也想不起来打了个啥，后半夜对自己说，不了不了，明年再不了。

可明年，照旧。

现在想来，那个贫乏而癫狂的年代若不是挂马子和打架支应着，阿阳人还能不能熬到今天？难说。

其实那年头，归根到底是无处安放的荷尔蒙在打架。现在，荷尔蒙不打架了，但好勇斗狠的传统保留下来了。

然而，凡事都有两面。好勇斗狠固然不好，可也悄悄留存了豪爽仗义的秉性，这秉性，一时可能成为鲁莽，另一时可能成就勇敢。

他们许多人曾是义军的后人。

三

当李德仓的"南八营"以及从陕西过来的回民一道，终于和清廷达成和解，他们决定一起休养生息，于是，这片古老的土地翻开新的一页，曾因受了挑唆而水火不容的回民和汉民，又因为彼此扶持而各自安好。

在阿阳，回民给汉民拜年，汉民给回民开斋，那是再自然不过的事情。

山里阿哥进张川

（阿阳花儿）

上高高不过关山

川大大不过咱张川

青青绿绿出关山

平平展展到张川

身上的尘土脸上的汗

城里阿妹不见山里阿哥着可怜

……

陷入爱情的人，谁不可怜？

高高的关山青青绿绿就翻过了，大大的张川平平展展就走到了，可翻过了走到了又如何？城里的阿妹不见山里的阿哥。是阿妹不想见还是被阿爸阿妈堵了门出不来而不得见……总之，此刻啊，阿哥是身上的灰土脸上的汗。

满是灰土的手去擦汗，擦了两个黑眼圈，越擦手心手背越是汗，也不知是汗水还是泪蛋蛋……

然而，可怜的人还是幸福的，还不至于绝望。

可有人的爱是绝望，是——

我去年缠你到今年

（阿阳花儿）

大豌豆开花一只船

我去年缠你到今年

烟雾缠着高山嘴

看见尕妹妹担着水

烟雾浓霜缠梁哩

看见尕妹妹放羊哩

……

写到这里,一看,这篇文字的题目叫《阿阳》,可到底什么是阿阳呢,我又说不出她确切的模样。

越说不出来,心就越慌。

我像个盼着心上人的家伙,一路盘算:如何地亲她,爱她,向她诉说,向她表白,急得自己手心发汗,脚底发软,可到了跟前,见了她的面,却一句话也说不出。在心里骂自己的没出息,可骂出口的,却是一腔的惆怅——

你在山上我在河

树叶堵住看不着

等过三天你没来

眼泪淌满两窗台

……

你在山上,那是关山。

我在河里,那是清水河。

为什么?

我瞭你,望你——

却不见你。

是什么堵上了我的双眼……

张家川,一座叫阿阳的城

一条源于张棉驿卧虎山侧的河,流经清水,便成了清水河。这河如这城,存在,似乎只是为被遗忘。

"阿阳"这个名字,了解点历史的人才知道,可是几乎没有多少人知道张家川,这个矗立在牛粪中的城。

蜿蜒千里的黄土大塬,翻过几个山头就到了这寂寞却自得其乐的城。风过处,雁无声,却有漫天的灰土夹杂着牛粪与尿骚味直呛鼻子。

粗粝的方言,大碗的炒面片,磨盘一样的锅盔,吵架一样的说话,满街胡骚情的流浪狗,远看的寂寞与走近的欢实就像秦腔,过门的板胡还在悠扬,忽然就出来个花脸"呼喊一声绑帐外"……这种转折,就像大日头底下忽然砸下来一阵冷子(方言,指冰雹),躲都躲不过。

街上的手扶拖拉机总是热情洋溢地闯过红灯,两头黄牛拉下一行气派的粑粑冒着热气,如花绽放。

热情的穆斯林眼中,人人都是风尘仆仆赶来的亲戚,口中喊着"他爸爸""他丫丫""藏赶紧搓哈撒"(张家川方言,"坐下"之意),这边拿起水壶给你浇水洗手,那边泡好了三泡台,一碗炒面堆得比园树梁(张家川境内一个山名)还高些。

夜来的行政广场灯火辉煌,人头攒动,交谊舞和秦腔、"花儿"和迪斯科交相辉映。

当然还有某个旮旯里高涨的荷尔蒙和挥舞的拳头,夹杂着鼻血横流。

这里的人像马鹿山里的青冈木一样直来直去,不会拐弯,说一不二。

六虎的炒面馆里还有人拉长脖子排队，大蒜已经剥好了，就差咽下最后的几喉咙口水了。

热闹的街，熟悉的方言，20年后的我有些熟悉又陌生，闪烁的霓虹，似乎倾泻着我突如其来的落寞。

于是竟怀念起"瓜牡丹"（当地一位精神不太正常的女性），那时的伊是个如过去的胡蝶似的人物，红得发紫。一身褴褛，一袭风尘，却遮不住满脸灿烂春色，过去年少不更事的取笑奚落，如今却感觉她的笑是那么励志。想来那时，她似乎是要告诉人们，即使手里只有别人吃剩的半个锅盔也要笑着走下去。非但如此，她还提醒我们任何时候不要忘了生活的情趣。就像她，看见帅哥，一朵牡丹便立刻绽放得愈加热烈灿烂。

如今，听说她死了，居然有些伤感。

感谢那个牡丹盛开的季节，让我开心的同时，也更懂得了青春的美好与短暂。

清晨醒来，我似乎听到秦人的战马在关山的深处悲鸣，唤起松涛阵阵，关山的明月依然皎洁，关山的溪水还在默默流淌，而我再也看不到秦风横扫六合的勇武与霸气，只有山间的石头悄悄诉说亘古的历史，铜车马光泽不再。

热闹背后总会落寞，谈起历史总让人感慨落泪，辉煌与风光终是尘归尘，土归土，秦砖还在，汉瓦依旧，只不见当年的阿阳。

八月的阿阳，恰逢穆斯林开斋，热情的店主端来金黄喷香的馓子、油香。说一句"色俩目"，阿妈高兴了，又端来刚出锅的羊肉，乐得同行直问，你们是不是今天过年，失笑的阿妈一双慈眉弯如清真寺顶的月牙儿。有信仰的人，心灵总是不会迷失方向，生死不是创造与毁灭，不过是另一个轮回的开始。

每天有繁杂忙碌的事情，除了吃饭、睡觉，难有暇隙，置身其中却似乎擦身而过。但心里却有这城，这牛粪中矗立的孤寂中自娱自乐的城，朴实又骚情的城，憨直而刚烈的城。

这城，古老与现代、落后与文明和谐共处，就像百年来休养生息、荣辱与共的回、汉两个民族。

回乡风情园一瞥，在这个孤寂的城里恍若隔世，就像藏在盖头下的美女露出娇媚的容颜，即刻让这硬杠杠的城柔软起来。

忘了牛粪，忘了精力过盛的手扶拖拉机，忘了尿骚味儿的灰土，忘了奔放在沥青马路上的鼻血。

星空，碧水，弯月……此刻，这是会拐弯儿、会抛媚眼儿，有着柔软腰肢的城。

张家川没有川，龙山镇没有龙，只有大补的驴皮胶，透亮的凉粉儿，磨盘大的锅盔，和着豆腐粉条的炒面，沟沟坎坎儿里的洋槐树，撒着欢儿的叫驴。

还有庄严的清真寺，虔诚礼拜的穆斯林，秦人的牧场、关山的明月、一朵灿烂盛开过的"瓜牡丹"和黄土一样浑厚朴实的乡亲。

张家川，一座叫阿阳的城。

炕

在外时间久了，就想睡老家的炕，尤其是天冷的时节，更是巴巴盼着，再没什么比老家的炕更让人心里热火、身上实惬。

在老家，一辈辈人，长或短的一生，注定要有一些故事在炕上发生。在炕上生下，在炕上咽气，一来一去，夹在中间的，是那五味杂陈又说不清道不明的光阴。炕是休憩之所，又不只为休憩而存在。对于老家人来说，没有炕的家便不成其为家，睡惯了炕的人一时闻不到炕的气息，便连茶饭都失了滋味。老家人含蓄又热烈，从不来虚的，对你的到来满心欢喜，却说不出口，话到嘴边，成了一句——上炕！

仿佛屁股一挨着热炕，胜过所有体己话，任何问题一旦落实到炕上，也就不成问题。

新郎一生对新娘说过最动人的一句情话是：坐那么远干啥？来，上炕。老实巴交的父母说起对方时，从来都是一句屋里的或掌柜的，等到夜里吹灯上炕，才在孩子们深沉的鼾声里面对面、心贴心，深一句浅一句，说些白天说不出的话，做些两个人才有的秘密。一旦天明从炕上爬起来，他们又都默契地忘了，仿佛那温存根本就是无从谈起，说起对方，又是一句——

哎，屋里的！

哎，掌柜的！

有种心知肚明的冠冕堂皇。

家里来了贵客，还立足未稳，便来一句：上炕！仿佛不上炕便是虚情假意、心口不一。等上了炕，罐罐茶捣起来，纸烟卷起来，直谝（方言，聊天）到热火朝天、掏心掏肺。

田野芬芳／

想想，老家人真是奇怪，世界那么大，总嫌不够施展，可一旦上了炕，就天宽地阔起来。我有时忧心，如果没有炕，该拿什么来安放父老乡亲们那些深沉的情与爱？

离家在外的人，明明想家了，说出口的却是，想暖热炕了。是啊，无论光景有没有过到人前头，只要暖在热炕上，就能得一份现世安稳。多少出门打工的人，一年到头的辛苦，只为个老婆孩子热炕头。在外受再多累、再多委屈，只要想起在炕头翘首以盼的老婆娃娃，心里一热，鼻子一酸，泪蛋蛋下面浮现的，却是一张笑脸。高低贵贱都不重要了，什么都比不过那一方热炕，那炕里蜿蜒而出的或青或蓝的烟，扶云直上，一头连着他乡，一头连着故乡。对老家人来说，倘若没有了炕，人生便没了方向。炕，不单是个睡觉的地方，更是安放心灵的地方。

出门在外的儿孙，嫁出去的姑娘，一回家，当奶奶的当妈的，首先想到的是，赶紧给我娃把炕放上；等不到黑夜，心里想的是，赶紧着我的娃把身子挨到热炕上。终于盼到夜里，一家人把脚伸进一个被筒筒，拉拉家常，说说古今，一觉到了天亮。

老家人眼里，所有人只分两类：旁人和自家人。一旦上了炕，就没了旁人，都是自家人。酒足饭饱之后，盘腿坐在炕上来一句：吃饱了，喝胀了，跟皇上爷一样了。

人生有贵贱，人情有冷暖，唯有炕是公平的，谁填炕，炕就暖谁，丝毫不看脸色。不管是富汉还是穷汉，炕，都一个样。就算再穷的人家，也总有个炕，有了炕，外面的世事再不如意，回家上了炕，心里总是暖和的。

在老家，炕不修也不盖，叫盘炕。盘炕是个手艺活。盘炕的主体材料是墼①子和炕面子。墼子，就是人们日常说的胡基，它构成炕的主体立面结构。炕面子，是要睡人的那一层。墼子一般一尺见方，炕面子有五六个墼子那么大。整个炕体都由泥水和麦衣构成，不用

---

① 墼：ji，一声。

钢筋不用砖，却能承载起一家老小的分量。

炕看来普通，伺候起来不易。新盘的炕身量儿端正，模样儿憨厚，却是个犟脾气。急性子人放不了炕，背一背笼穰柴来，两把塞过去，点着，火舌扑燎燎舔着炕面子，看起来红火，可烧不了两下就完了，只有靠墙的一坨坨烙屁股，过一阵儿再揣，又冰悄悄了。慢性子也不行，慢性子人放的炕，烟囱里咕咚咚死冒烟，炕温楚楚，人越睡越心凉。所以，家里填炕的人一般都是女人。你让男人去烧炕，男人燎上半天，燎不热，倒被烟迷了眼，鼻涕眼泪的，恨不能几推耙把炕给捣塌了。还是女人们笑笑的不说话，把推耙接过去，不知怎么几下子就把炕给伺候舒坦了，安安稳稳烧起来。

伺候炕主要用到两样工具，一个是推耙，一个是锄头。推耙填炕、煨炕，锄头勾灰。填炕的材料很多，驴粪、麦衣、树叶子、茅衣啥的都可以，以驴粪为上佳。驴粪烧起耐，又不死冒烟。凡是有驴的人家，大门口必定晒着一坨驴粪。晒晒，拿推耙翻搅翻搅，待半湿不干时，揽半笼驴粪去煨炕，黑夜就能热热火火睡一觉。

家里没驴的，填炕多用麦衣。碾完场以后，把麦衣摞成垛，到了冬天，每天揽一背笼来填炕。可光用麦衣填炕显然不够，还得去铲茅衣。茅衣就是各种枯草树叶梭梭羊粪蛋蛋。背上背笼，拿个秃扫帚，掮个茅衣铲铲，就往树林子里、地埂塄边、河畔畔上走。见了枯树叶、干茅草、羊粪蛋蛋啥的，铲巴铲巴，扫拢到一处，揽装在背篓里蹴瓷实了背回去，在场院倒成一堆，以备填炕。

扫来的茅衣里有土，有时还裹着霜气，要在日头下晒晒，但不必晒得太干，要带点潮气才耐烧。填炕的诀窍是用穰柴把干的填炕的引着，旁边再煨一些湿的、带土的，这样，等干的烧到差不多了，湿的也烘干了，续上了，不至于一下子都烧完，前半夜烙屁股后半夜挨冻。如果火太旺，炕太烙，烙得人翻来覆去挨不住炕，得用湿驴粪或者灰土压一压，又不至于把火压死；如果炕温楚楚，就要拿推耙把填炕的虚拢虚拢，一会儿就四处都热了。说起来感觉复杂，对会填炕的人来说，也就是那么几推耙的事。可就这几推耙的事，有些人一辈子也不精，一辈子烧不好个炕。如果一家子有好几个媳妇子，往往是会烧炕的那个会被阿公阿家（公公婆婆）高看一眼，叫起名字来也是慈眉顺目，对不会烧炕的，就粗声大嗓。

炕烧一段时间以后就要勾灰，用的是锄头，所以也叫锄灰。勾出来的灰是上好的钾肥，堆在大门口拿土压了，闲时担到地里，和粪压在一起，来年播种时用。说到这儿，值得一提的是，拆了的老炕土也是肥料，拿镢头坷子把炕土打绵了，压粪养庄稼。

说炕，自然要说炕席。炕席是竹篾编的，铺在炕上隔潮气也隔土气。以前家里铺盖少，人们直接睡在炕席上，第二天起来，脊背上坑坑洼洼压出一片花印子；等条件好些以后，就在炕席上铺上褥子，睡着绵软多了。可这样也有一样坏处，那就是容易烧了褥子。冬天为了暖炕，一般不会把褥子被子叠起来，可有时炕火太大，人又不注意时，就把炕席和被褥烙着火了，往往等看见冒烟时，里头已经烧了个窟窿。烧了就得补，补过的炕席看起来很奇怪，一大片旧的、已经发红的席子某处补了一坨新竹篾，像人身上的疤，总不喜欢往那一坨睡。炕席是耐用品，一般情况下可以用上好多年，用了很久的炕席，被人的身体厮磨得明啾啾滑溜溜，像一层岁月的包浆。调皮的孩子黑夜睡觉时，喜欢脱光了，脊背在炕席上滑啊溜啊，痒痒的，很舒服。

那时，不是每家都能时常换新炕席，有的人家一个炕席睡过几代人，好多地方的竹篾脱落了，稀疏了，不小心就会扎人的背和腿脚，没奈何，就拿褙子粘了，缝上，修修补补又用很多年。

也有比较讲究的炕。比如我姥姥家的炕，炕外沿上镶着一拃宽的木头，这样，人上下炕时，会形成对炕沿的保护，同时，让整个炕看起来洋气许多。炕根下摆一个脚踏，方便人上下炕时踩，对小孩子来说也是一种便利。

小时候，我最爱去马关庙湾里的二姑家。一来是庙湾里有庙会有社火，二来，为睡她们家厨房套间的炕。就盼着天黑呢！到了黑夜，表姐表弟表妹们挤了一炕，大家打扑克牌，划拳喝凉水，说古今讲笑话。大人按人数分配去不同房里的炕上睡，谁都不愿意去，就要挤在这炕上。大人没辙，只好由了我们。吹了灯盏，谁也睡不着，就轮流说古今。讲到吓人处，胆子小的往盖窝筒筒里钻，大家笑话他要抢吃大家的屁，于是，一阵哄笑，追着挠痒痒，有人就真的笑出个屁。闹着闹着不知啥时候睡着了，半夜里迷迷糊糊地卷被子，有人卷到被子，有人光着身子，有人枕头掉在地下，有人缩在大家脚下……划拳喝了太多凉水，梦里四处找茅坑，好不容易找到了，一阵乱滋，结果把旁边的人陷入一片泽国，褥子上洇了一六坨，睡不住了，偷偷挪个地方，转移了犯罪现场。第二天，看着褥子上的地图，谁也不承认那是自己的杰作，于是，每个人都觉得除了自己以外，谁都可疑，谁都是背着牛头不认赃。后来大些，再去二姑家，人多，炕不够睡，可大家低头红了脸，死活都不愿意再往一起挤了，晓得羞羞了。

再后来，就睡在了异乡的床上，至于睡炕，已是奢望，每次匆匆地回老家，天黑下来，就盼着睡炕。以前睡在炕上，头一挨枕头就入梦乡，现在，却莫名睡不着了。是怕睡着了，一觉醒来却还没睡够吗？还是为夜静宵短而惆怅？于是，就枕着手，望着从椽缝里透进的那一丝溶溶月光。从这光里，望出陈年的岁月，望见年少时的羞涩与轻狂。恍惚间，一切的一切，都还是原来模样。好几次，从老家回到异乡的家，就有人说身上有种味道，赶紧翻里翻面地闻自己，哪有哪有！？一个愣怔，一回想，自己先失笑了。没错，是炕的味道，是炕的味道！笑着笑着，却笑出了惆怅。

麦

俗话说："麦黄六月各顾各，十冬腊月亲戚多。"

麦黄六月的，谁还有工夫谝闲传？谁不是热锅上的蚂蚁团团转？

眼看着阳坡地里的麦黄茬茬一片了，阴山地里的麦也韶开了，人就心急，夜里睡不着，尿尿多。

早起露水大，指定是个大晴天。老汉磨镰的手有些微颤，手边的磨刀石是一条弯弯的船。虽说天爷看起来晴的光光的，可老汉心

里还是隐隐有些怕。

怕啥哩？

怕排雨，怕冷子。

怕防不住磕嚓嚓一场排雨、一阵冷子就把快黄的麦给糟蹋了。

麦糟蹋了，天爷，可让人不得活！

老年人的口歌子："一年失了农，十年不如人。"

粮食粮食，有粮就有势哩！

农民人谁的脸势都不看，就看天爷的脸势，看粮食的脸势。一年到头，谁家土圆仓里的粮食码得磕嚓嚓的、凶洞洞的，谁家人走在路上腰杆子就硬强，就能在人前说起话。对农民人来说，仓里有了粮，才叫活人过光景哩。

对老汉来说，这些千百年流传下来的道理自是不容怀疑，可一年有一年的情形，一年有一年的焦虑。眼下的焦虑，就是近在眼前的一场排雨。

天上，黑云把日头挡尽了。老汉用指头夹起磨了半天的镰刀，举向天上的黑云，鼓起腮帮子望刀刃儿上吹口气，仿佛是要像剥猪皮一样把黑云从日头身上剥开。

也难怪——

"黑云黄边子，天上下刀子。"

天爷给人给麦都谋着哩！

老汉挂起磨好的镰刀，背搭着手，和空中的一只鹰鹞，一个在上一个在下的，在天地间盘旋。他努着嘴，嘴里没话。他抽了三锅旱烟，咳嗽了个五五二十五，终于把天爷谋了好一阵的排雨给咳跑了。

太阳脱了黑底黄边的马甲，又大剌剌地出来了，嚣张得有些刺眼。

驴圈外，房檐伸出的椽头上挂了五把镰，刃口明晃晃的，像戴甲出征的将士，只等元帅一声令下。

"麦黄一天，人老一年。"

镰都急了，人能不急？

六月里的麦，一天一个样子，愣叫人等麦，不叫麦等人，要等着麦齐茬茬的黄透了，那就把人耽搁下了。

晚上，老汉瞅着星星，捋着胡子喃喃讷讷着，不知道是说给天爷还是说给他自己。

老婆子翻个身骂——

个老怂！把你的睡，你说了老天爷又听不着。

老汉自己也觉得有些失笑，他和衣躺在炕上，眼皮将要阖上时，又突然睁开——

老年人的口歌子："黄七分，收十分；黄十分，收七分。"

麦，要旋黄旋割哩！

……

布谷鸟把人叫醒时，闻见厨房里飘来的鸡蛋糊糊汤的味道。奶奶早装了一瓦罐儿糊糊汤和一水壶调和水。锅底里还有一碗糊糊汤，奶奶拿转把儿（一种长把的饭勺）舀了给我，又俯身用食指在锅底捋，边捋边舔指头。

奶奶把锅底的汤捋干净了，我也喝完了碗里的糊糊汤。奶奶抢过我手里的碗边舔边瞪眼，我背起饭包和水壶，提着瓦罐儿往地里走。

我跟日头赛着走，日头打捷路绕到了我头顶。晌午，到了"东台顶上"——那里是我家的麦地。

我顺着地埂上踩出的小路上去，抬头就看见几把镰刀像蚕吃桑叶一样，嚓嚓嚓，把一大片麦旋出一个黄白分明。黄的是麦，白的是地皮。

是爷爷带着叔父和姑姑们割麦哩。

我说，爷，干粮来咧！

叔父和姑姑们站起来，拿手扶住腰，一个个龇牙咧嘴呻唤哩，爷爷似乎没听见，他不慌不忙把胳膊弯里的麦放在地上，绞好麦腰，用麦腰捆成麦剪，提起来蹾齐站稳，用袖子揩了汗才回头来看我——

岁日的（小家伙）能行了昂，会送干粮咧！

叔父和姑姑们早过来接了我身上的饭包，从饭包里取出干粮和葱蒜等下菜，又把鸡蛋汤糊糊倒在碗里，几个人齐齐看着爷爷。爷爷掀起衣襟揩了眼，又捋一把胡子，笑笑地摸一下我的头说，你吃了么？

唉，爷，我吃了。

爷爷要来揣我的牛儿，我一躬身躲开了，叔父姑姑们嗡嗡楞楞地笑。

爷爷说，吃！

于是，几个人一屁股坐在各自的草帽上，瞬间把帽顶子坐塌下去，他们举着馍，就着葱、蒜，把一碗鸡蛋糊糊汤喝得滋溜有声，此起彼伏，嘴皮绊得震天响。

我高抬脚，一深一浅地躲开地里的麦茬茬去地埂下，地埂周围还有一坨一坨泛青的麦子，我去揪几个麦穗，放在手心揉了，吹尽麦衣，一掬掬全放进嘴里，也顾不得麦芒扎嘴，嚼得满口麦香。

爷爷他们吃完干粮，打着响嗝儿，揉揉坐麻的屁股，拾起地上的帽子，手伸进帽子里把帽顶撑圆了戴上，各人走向各人的镰刀。

这是从龙口里抢食的时节，谁还敢歇缓。

爷爷说，岁日的，你跟在后头拾麦穗儿，拾上一"装粪"（一种竹编的篮子），给你买洋糖哩！

我答应着去拾麦穗，却偷偷捉蚂蚱玩儿。蚂蚱不好捉，就去捉一种叫"暴君"的蝗虫。这暴君有灰色的也有绿色的，头上厼根细细弯弯的触角，眼珠子突碌碌圆。捉住一只揪下腿，那伤口处就淌绿水或黑水。再把翅膀揪了，放掉，暴君在草丛里蹦来蹦去的，模样极丑陋。

等再回头时，爷爷他们已经蚕一样又旋掉了一大片麦，身后，是一剪剪麦子，像肥壮挺拔的将军叉腰站得笔直。爷爷躬着的身子，起伏之间就像是向天地作揖、祭拜。汗辣了他的眼睛，顾不上擦，只摇头甩一下，一梭汗珠飞出去，刚挨着地就不见了。镰刀像是长在了他手上，嚓嚓嚓，几镰挥过去，勾倒在地，捆巴捆巴，提起来蹾齐站稳。

田野芬芳／21

爷爷看着我吊儿郎当的样子，嘿嘿一笑，让我背了饭包，提着空瓦罐儿回家。他们要傍晚才能回去。

六月天，人们在路上见了面打招呼也简单，往往是边走边说。话还没说完，人已经超过声走在前头了。

割倒的麦子，有驴的吆驴驮回来，有路的拿架子车拉回来，没驴又没路的，就用绳子捆了双肩掮回来摞到场里。摞麦垛可是个匠人活，不是人人都会。

老年人的口歌子说："割到地里不算，拉到场上一半。"

摞到场上的麦还不算人口里的食，还得撵着天爷跑，装到口袋里才算。

我也被爷爷武装起来，穿了旧衣服做成的"麻褡护"（旧衣服做的劳动防护服），肩上搭一根麻绳，去地里背麦。

我通常只能背六剪麦，大人说背再多就压趖了。这时，一个嘴皮上吊着旱烟的人路过我家地埂，他吊儿郎当看着我说——

咹，少年！

咋！

咋增（能、力气大）滴很！

么你日能（厉害）！

嘿嘿！

受了这人激将，我非要爷爷在我的麦捆上再加一剪麦，爷爷拗不过，只好加了一剪瘦点的。我在爷爷的搊(chou)扶下挣命站起来。

爷爷问，能成不？

我说，能成！

没走几步，浑身汗泼流水的，麦芒扎得人脖子烧燎燎，靠着地埂缓缓，还不能缓太久，怕缓得更乏了再也起不来了。终于咬牙把麦背到场里，连人带麦翻倒起不来。

晚上多吃了两个馒头，喊腰疼。母亲骂——

岁娃娃家，哪来的腰！

生产队偌大的场院越来越挤了，家家的麦都抢到了场里，只等着日头红红的天时好碾场。

碾场前的空闲时间，女人媳妇子们会捡梢子又长又白的麦秆，抽来扎成捆，铡下麦穗，把麦秆架在房梁或粮仓等处，到农闲时，用浆水把麦秆泡软了做草编，老家管这叫掐麦秆。

这是女人媳妇子们给自己挣零花钱的主要手段。天阴下雨时，女人们围坐在炕上，边"呸闲"（闲聊天）边掐麦秆，一阵儿笑一阵儿骂，东家长李家短，一天日子"黑打糊涂"就过去了。也有手巧的男人会掐麦秆的，几个人叼着烟，胳膊上挽着麦编，头碰头地掐麦秆，嘴里嗑着麻籽，倒着张三李四家的是非。

碾场时，都是家里男女老少齐上阵。老婆子媳妇子们下长面（一种手工臊子面）、送饭，娃娃们帮着端茶倒水、散烟、打下手，男人们捉木权的，捉木锹的，摊场、抖场、扬场的，各有分工、有条不紊。

碾场是集体劳动，需要的人手多，得找人帮忙。对家口大的人家来说，堂兄弟叔伯们齐上阵就"矮偞"（音 wó ye，意为安好、美满）了，小门小户人家就得"工片（pian）工"——就是我到你家帮几天忙，等我家忙时你再给我帮忙。这是一种原始而淳朴的互助模式。那时的人，不兴谈什么工钱之类，说不出口，说出来亏人哩！

手扶拖拉机和四轮子那是后来才有的现代化农业机器，起先碾场得靠驴。给驴套了鼻羁和犁轭，戴上笼头武装齐全，屁股后面挂一个石碌碡，人跟在后面"哒求哒求"的吆，驴龇牙咧嘴，一脸不高兴。人吆着驴转圈圈儿，时间长了驴不耐烦又不会说话，只会梗着脖子"啊噢啊噢"的抗议，抗议无效就往麦上拉屎以示强烈谴责。碾场人自然知道驴的脾气，早备下了一个用旧麻布片蒙起来的大笊篱，驴一扬尾巴，碾场人就把笊篱盛在驴屁股下面，享受了高级待遇，驴拉得欢畅，新鲜出炉的驴粪蛋儿热乎乎、黑黢黢、明啾啾，在阳光下散发一种诱人的清香。

后来有了"铁驴"(拖拉机),毛驴终于光荣下岗了,但碾场的程序基本差不多,必要经过摊场、碾场、抖场、扬场、漫场等一系列动作。

拖拉机碾场又快又净,碾下的麦草绵软,铡了,是驴马的好饲料。麦草被人们用木杈挑了摞成麦草垛,是庄农汉人一年喂牲口的饲料和烧饭的燃料。

碾场时最怕塌场。六月家的天气,去茅坑尿泡尿的工夫,黑云就恶嚓嚓地来了,运气不好时,刚摊好的场,一阵排雨过来,人们还来不及把麦收起来就泡了雨。受了潮的麦容易出芽,出了芽的麦面做的馒头没筋,粘牙,只好做芽面(芽面本身也是一种特色食品)吃。

塌场了的日子不好过。看着人家娃娃手里的白面馒头,塌场人家的男人一到天阴下雨就骂女人打娃娃,日捣(咒骂)老天爷。芽面吃到嘴里甜,可心里是有苦说不出。孩子们不像大人般心事重重,他们的乐趣自然是在麦草里翻来滚去,打闹嬉戏。许是丰收的喜悦让大人们的脾气暂时温和起来,对孩子们格外宽容一些。于是,孩子们便玩儿出了名堂,终于有人想到把自己埋了,他要体验一把被大人焦急寻找的幸福感。可是人们忙前忙后的,居然把他给忘了,于是,那孩子想要满足一下平日不易得的被关注与宠爱的愿望落了空。等失落回家,反被一顿数落,运气不好还要挨一顿笞帚疙瘩。那孩子挨了打,吹着鼻涕泡把一碗浆水拌汤喝得风生水起,不久,便一身困乏睡倒在四处都是麦香的夜空里了,只有一只"念书娃娃"① 飞来飞去,肥胖的身子一下碰在门楣上,"吧嗒"一声掉下来,仰面蹬着腿儿。

那孩子,依然在甜梦里。

碾了场,晒了麦,人们见面互相乐呵呵打听着各自的收成,再掐算一下亩产,评价哪一块儿地丰收了,哪一块儿地薄产了,原因

---

① 念书娃娃:一种飞虫。

是粪上稀了还是三月里雨水欠下了……

终于找到了可以让彼此信服的理由，为明年找到合理的解决措施，点上一锅旱烟，咳嗽个满脸通红，才在互相的说笑里发现，脸上的皱纹这是又深了呀！里面藏了二斤蹚土！

等麦喂饱了土圆仓胖乎乎的肚子，农人苦焦了两个月的心终于能缓口气。

这一年的粮，算是又从龙口里抢着啦！

新麦磨的面，烙成近一拃厚的"麦厚"（一种烙制的厚面饼），嚼着口里香，心里踏实。"麦厚"表达了人们丰收后的喜悦心情，同时祈祷来年风调雨顺。或是蒸了佐以苦豆子的花卷，再拿胡麻油炝上一碗新蒜，花卷蘸着蒜吃，可真叫个美得蘸蒜哩！

农民人的要求不高，只要仓里有粮，炕上有媳妇儿有娃，就能天天把日子过成年。如今，机械化很大程度上代替了人力，麦黄时节，再也看不到割麦人挥着镰刀三拜九叩向天地致敬。化肥的使用让小麦亩产大幅提升，可年轻人再也体会不到"没有大粪臭，哪来馒头香"这样质朴的话语里所蕴含的情绪。

老一辈农民渐已逝去，年轻劳力大多去了城里打工，只剩老人孩子还守护着家园，守护着已说走样了的古今（老故事）。老一辈人的口歌子大多失传，古旧的木锨木杈等被烧了柴。有了机器帮忙，再也没有从龙口抢食的那份焦虑，也再不会有人双手掬起一个馒头吃，把普通的食物吃出一种神圣的仪式感。

曾以为家乡永不会走远，千山万水不会隔绝，如今才觉出当初的幼稚。其实，隔绝人的念想不用千山万水，只要一把锁。一把锈迹斑斑的锁，就把往事锁成云烟。

偶尔回老家，很多人家门上挂了锁，院里荒草萋萋。站在那片杏树坡上，想再看一眼盘旋在屋顶树梢的炊烟。炊烟是村庄的魂、村庄的根，它一头连着大地，一头连着苍天，替人们沟通心灵与神灵。

远处，荒芜的田垄上，块块界石零落其间，守望一段陈年往事。

当年，为一拃耕地老死不相往来的人们，于黄土之下达成和解，而他们的子孙沿着他们一生未曾走出的土地奔向远方，并在那里开始一段全新的生活，有人终究会回来，有人再也不会回来，无论走向哪里，因这片土地，终是心里梦里的回望。

家乡的大戏

对家乡的思念，是午夜里思绪伸展的枝枝蔓蔓，是爷爷忽明忽暗的烟锅，是屋顶一页斑驳的瓦楞，是墙角的一蓬衰草，是平地而起的一声铁炮仗，是一嗓子穿胸而出的吼秦腔。

农历九十月间，秋收结束了。洋芋入了窖，玉米上了架。被扁担压弯了腰的乡民，终于可以长长舒一口气，吼它一板秦腔戏，把这一年的辛劳与喜悦表达出来。

在那个完全靠天吃饭的年代，老一辈对天充满敬畏，祈求着老天爷保佑一年风调雨顺，五谷丰登。可天爷毕竟太远，而龙王爷却近在眼前。我家乡最尊崇的神祇是黑脸龙王。这龙王爷的来历由于年代久远，已说不清楚，但在黄土高原上干旱缺水的乡亲们的心里，龙王爷有着至高无上的地位。于是，敬神就是一件大事。敬神最好的方式当然是请龙王爷看一场大戏。

戏，当然得是秦腔戏。

秦腔，是从灵魂里吼出来的心声，嗓子眼带着血丝，曲调里飞扬着黄土地的苍凉。倘若登堂入室去看，总感觉失了原味儿。我心里的秦腔属于塬野上扛着锄头的农人，沟渠边浣衣的女子，那一声震天的吼，或是一曲缠绵悱恻的低吟，无不动人心魂。

西北的黄天厚土，粗粝风景，正适合抒发那些捶打人心的凄苦、悲决、哀怨、激昂的情绪。秦腔，一句句、一声声都是尖刀从人心尖儿上剜下来的，表达的是人最原始淳朴的情感。听着秦腔，你会感觉到自己是一个真正活着的人。

早上，蜷在热炕上的被筒筒里不想出来时，爷爷已经笑盈盈地架起火盆，罐罐茶欢蹦乱跳地往外溢。他喝了茶，捋了胡子，咕咚咕咚吸着水烟，厨房里已经飘来了馓饭的香味。不一会儿，奶奶踮着一对儿小脚就把热腾腾、黄澄澄的馓饭和麻菜摆到了炕桌上。一家人围着炕桌，把一碗碗清香温暖的馓饭"抹"进肚子里。奶奶舔了自己的碗，还要边咒骂边把孩子们的碗再舔一遍才放心。

爷，爷！今儿戏场子里唱戏哩！

哎！你想不想看戏去？

爷，我想看！

哈哈！让爷揣个牛儿，爷就带你看戏！

爷一手捧着"烧奠"一手拖着我。戏场里欢闹一片。上了高高的土台阶，恭恭敬敬跪在龙王爷跟前，爷爷把"烧奠"一点不剩地看着焚化，一脸虔诚。我始终不敢抬头，黑脸龙王实在有点害怕。我在想，龙王爷的脸可真黑啊，比村子里黑将的脸还黑。又觉得这么想是不对的，这是对神的大不敬，赶紧收住胡思乱想，认认真真磕几个响头来赎罪。

戏还没开唱，小商贩们早已各自占据了有利地形。

卖麻籽大豌豆的，卖柿子的，卖凉粉汽水的，卖糖秆的……手里边忙活边吃喝。旁边围着一群小孩儿，有的遂了心愿，双手掬着根"糖秆"小口小口地咬，有的眼巴巴望着一碗亮晶晶的凉粉偷偷咽口水。谁家的小孩儿拽着他娘的衣襟哭闹着要气球，他娘不给买，屁股上早挨了一巴掌，哭喊着，鼻涕吹出个泡泡。

老年人专意为看戏而来，年轻人就为图个"混火"，说不上还能碰上邻村谁家的女娃，瞅个对象，这得看运气。

小男孩儿不管这些，树杈上，墙头上，哪里高就往哪里爬。

突然，嘟啦啦——嘟嘟啦啦一阵唢呐响，戏要开场了，人一齐往戏台跟前凑。掐着麦秆的女人挤不进去，老远半张着嘴眺望，看谁的身子妆得好，听谁的嗓音受听。随着大铜锣和梆子采巴巴的声音停住，板胡就勾勾悠悠地拉起来了。

每当这时，我就盼着出来个大花脸，因为大花脸出来打得热闹。如果出来个女人，必要咿咿呀呀地哭诉半天，恨不得在心里骂几句，赶紧死下台去！

如果运气好，赶上唱"杀庙"，就能看见韩琦。因为这庄是韩家庄，戏里姓韩的大英雄当然就是韩家人，有一种说不出的自豪。看戏的人都爱嗑麻籽，麻籽皮来不及吐，粘在胡子上，挂在嘴角却浑然不觉。眼睛不用看，就能把一撮麻籽扔进嘴里。台上，唱到悲伤处，鸦雀无声；唱到高兴处，人群里嗡啦一声，有人笑到忍不住，还能崩出一个屁来，放屁的人红着脸往别处瞅，被栽赃的人气得吹胡子瞪眼；唱到悲愤处，女人们连麦秆都掐偏了；唱到仇恨处，人群里牙花子咬得咯吱吱响。

　　那时候小，完全看不懂戏，只图个"混火"就行。大人高兴时，还能得一两毛的零花钱，买一包五香葵花或者喝一杯橘色的或绿色的汽水，是最大的享受和幸福。后来长大，才知道秦腔里寄托了乡亲们多么炽热浓郁的情感。和天地打交道的农民不善于表达，他们平时沉默寡言，表达情感最好的方式就是在田间地头吼一板秦腔。一嗓子"王朝马汉喂一声"或者一嗓子"呼喊一声绑帐外"就能把心事说给老天爷听，说完了心里痛痛快快，利利囊囊。他们性子直，就像最爱吃的长面，长长的一根，一口从肠子这头到那头。几碗长面倒进肚子里，身上热火，脸上淌汗，五脏六腑暖暖和和，没地方藏心眼子。他们说话做事都是直来直去。

　　请戏班的钱是全村人凑的份子。这要看这个村的人口和实力。如果哪个村请来了大剧团，那可是很让十里八乡热眼的事情。一般请来县剧团倒没什么，如果请来了市上的剧团甚至外省的剧团，不单本村人高兴，周围村子的人赶上十里八里的来看戏也是乐此不疲。

　　对孩子来说，戏台的后场永远是一个神秘而有趣的所在。后台是演员们休息和堆放道具的地方，一般人不让进去。如果恰好谁的爷爷或者叔伯是"会长"，则有机会走后门儿进去。那是一件值得自豪骄傲很久的事情，可以绘声绘色地给小伙伴儿们炫耀：那王朝马汉的刀是多么明晃晃的快，杨家将的矛子是多么的尖，唱秦香莲的女人像谁的妈，陈世美又像谁他爸。

　　一到九月九，十里八乡的都要唱大戏、敬神。

本村的戏散场了，就到七大姑八大姨家去看戏，看戏走亲戚两不耽误。孩子们穿起新衣裳，大人们的脾气突然好了很多。亲戚家的长面早擀了一案板，臊子汤也搁好了。上炕的上炕，蹴板凳的蹴板凳，抹胳膊挽袖子，把一碗刚出锅的长面吃得风生水起。吃完去看戏，看戏看不出门道没人笑话，要的就是一个欢闹，如果大家都欢闹了，这戏就算看得成功。有时还能遇上耍把式的、变魔术的，那就是意外的惊喜了。看乏了，大家挤在炕上猜谜语、讲"古今"，兴奋到后半夜才渐渐睡去，连夜里谁尿了炕，"水漫金山"都不知道。

　　对农民人来说，除了过年，唱大戏就是最喜庆热闹的事情。从东庄转到西庄，从南村走到北村，看完了戏，走完了姑姑舅舅姨姨这些亲戚们，才算是对过去一年的一个总结和交代。不管过去的一年有多少喜怒哀乐，用这样一个庄重喜庆的仪式作为道别，也饱含着对来年的希冀。

　　以后上学离开了家乡，多年没看过家乡的大戏。可每当听到秦腔的伴奏响起，就把心思拉回那个热烈纯真的年代。

　　也见识过其他一些戏曲的美妙之处，可总不似秦腔，一下子就能唱到人心里。秦腔说的是老家的话，唱的是老家的腔，表达的是黄土地的子民心中最原始最淳朴的情感。

　　每当听到秦腔，就想起可爱的父老乡亲和那个已经远去的年代。那时物质匮乏，可人们的心里亮堂，人活得畅快。

　　时代变迁，许多年轻人离开了家乡，去了不同的远方追逐梦想，与家乡渐行渐远，再会，大多是在梦里。

　　偶尔回老家，家乡的土地上拔地而起的是一座座新式楼房或精致奇巧的院落。原来的老戏台已经被宽敞明亮的新戏台代替，龙王爷也搬进了新居，据说还请来了几个别的神仙做伴儿。看来连龙王爷也赶上好时代，与时俱进了。看着这日新月异的变化，龙王爷他老人家嘴上不说，心里该是高兴的。

　　记忆里的大戏犹在耳畔，新的大戏一定会唱得更"欢火"。

过了腊八就是年

民谚有云："腊八，腊八，冻掉下巴。"到了腊八，便是一年中最冷的时节了。不过，腊八节里一碗热腾腾的腊八粥，似乎又把这寒冷驱除尽了。于是，孩子们便巴巴儿盼着过年了。

又说："娃娃娃娃不要馋，过了腊八就是年。"想到要过年，心里自然是迫切又暖和的。

现在的孩子提起腊八，首先想到喝腊八粥。可我小时候，腊八要吃馓饭和搅团。因为小时候，米对于偏安西北一隅的老家来说，还是罕物。

吃什么其实不要紧，因为在孩子们眼里，只望着快点过年。到了腊八，过年就变得有日子可算了。大人们开始忙着杀猪宰羊、炸油饼、做新衣裳、办年货、剪窗花等。到了腊月二十三，要祭灶、送灶，腊月二十四开始"扫房"，年味儿一天比一天浓了。

大人们忙着自己的事，我们盼望的是杀猪。盼着杀猪倒不是急着吃肉，而是为了抢得一个梦寐以求的猪尿脬。

天麻麻亮时，就听见院子里脚步杂沓起来。帮忙的邻居们已经背搭着手、吃着旱烟陆陆续续来了。男人们半夜起来，已经往几口大水缸里担满了水，女人们把柴火架旺。大家打个照面，互相开一句玩笑，"轰啦"笑一阵、咳嗽一阵，厨房里的女人们听见男人们说的不三不四的话，笑骂一阵，灶门里的火把女人们的脸映得红堂堂。

一时间，二三百斤的大肥猪———一辈子没见过头顶的天空，此刻却被几个壮汉结结实实地摁倒在门板上，眼含热泪，平生第一次也是最后一次畅想一下远方。

田野芬芳／31

我还盯着猪的眼睛,企望懂得它此刻的心情呢,堂叔手里已攥着一把刚拔下来的猪鬃,笑嘻嘻地招手:"给!卖了换糖秆吃!"

围观的孩子们一拥而上去抢猪鬃,刚到跟前,那猪突然来了血性,"哼吱"一声翻个滚,吓得我们一个个四散逃开。

等烫、拔尽了毛、倒挂在架子上开肠剖腹后,这猪彻底没了威风,一副不甘心的样子,可也只好任人宰割。我们便盯着猪尿脬。大人自然明白这一点,手起刀落,扔到墙根儿,小伙伴儿们一窝蜂抢上前围住,到跟前时,已经被手脚麻利的孩子抢了往大门外跑,大家追出去七手八脚把他堵住,一场激烈争夺以后,终于在一个娃娃头儿的喝令下,按个头大小排好玩尿脬的次序,进而开始分工。有的负责截竹棍儿;有的负责拿尿脬在土堆里揉;有的去找扎口子的绳子。

尿脬揉开了,拿竹棍儿对着尿脬割开的口子往里吹气,骚气呛鼻子,却个个争先恐后,乐此不疲。吹起来的猪尿脬用线绳扎了,大家围着当球踢。一个个满头大汗,忘了锅里煮着的咕咚咕咚冒泡的肉。

小时候最爱跟着爷爷去十里路外的龙山镇上"跟集"。到了集市上,跑前跑后地帮忙拿东西、献殷勤,就为能得到几根炮仗来放。爷爷倒是不慌不忙,嘴里噙着他的旱烟锅吧咝吧咝地抽着,一家一家地对比各样儿年货,一分一分地讲价。直到货物和价格都称心,才从棉衣的内口袋里小心翼翼掏出一个手绢,再一层一层打开,嘴巴一张一翕配合着数钱的手指头,不时拿指头在嘴皮上蘸一点唾沫:一角元、二角元……一直数到六角元。我着急得扽他的衣襟,他盯住自己的手绢和钱就是不看我。终于给了钱,又看着摊主一角元、二角元地数完,爷爷一样儿一样儿把年货装进布口袋里,才又恢复了笑容。

我趁机说:"爷,啥时候买鞭炮哩?"爷眯缝着黠慧的眼说:"不急。"我说:"爷,再不买就让人家买光了!"爷说:"没了就算了,反正鞭炮就是听个响声哩,听人家放也是一样。"

我急了，甩了爷的衣襟就走。爷哈哈笑着一把抱住我，蹲坐在我面前说："让爷揣个牛儿，就给你买鞭炮。"

为了尽快把鞭炮拿到手，我只好忍着人来人往，红着脸勾了头，任爷爷摆布。爷爷揣了牛儿，笑呵呵地捋着胡子说："走！先吃一碗凉粉走！"

我使劲咽着口水，心里想的还是鞭炮。到了凉粉摊摊跟前，爷爷要了一碗凉粉，我唏哩呼噜两口刨下肚，抬头看，爷爷笑嘻嘻地看着我。我说："爷，你咋不吃凉粉哩？"

爷说他的牙咬不动，说着把碗底的醋水喝了。我跟在爷爷后面，觉得不对劲，刚才吃凉粉根本不用牙咬呀？

终于到了卖鞭炮的摊摊，爷付了钱，把鞭炮平分了几份，念念叨叨地说："这是你二大家的，这是你三大家的，这是你家的……"

其实，那时叔叔们已经分了家，可爷爷每次买鞭炮还是各家有份——他是不是喜欢听到自己的儿孙们放的鞭炮都是一个响声？

路上，我一定要背装着鞭炮的那个口袋，爷爷只好让我背了。回去时，跟来时不一样，我总溜在爷爷身后，趁爷爷不注意就把手伸进口袋里揣摸。爷瞅见了就说："狗儿，你咋哩？"我慌忙把手缩回来放在脖子上抓挠。我说："爷，没咋，我脖子咬人（痒痒）哩！"爷背搭着手前面走，我伸开手看，指头上都是鞭炮里面明光光的炸药，指头放到鼻子跟前一闻，一阵炸药香。

回到家，刚进门，母亲就喊："快来试试你的过年新衣裳，看合适不合适？"我兴冲冲地跑过去穿了，左看右看，袖子有点长，裤腿也需要绾一绾，总觉得这衣服很熟悉。母亲笑眯眯地看着我说："刚好，明年还能穿一年。"

我翻出了上衣口袋，终于还是看出了破绽，嘟着嘴委屈："妈，这是我哥的旧衣服改下的吧？你去年不是说好今年再不改了，要给我做一套新衣裳吗？"母亲说："虽说是改了的，但别人也看不出来，看起来洋洋（时髦）的！"

为此，我一夜没睡好，心里怨恨母亲，怨恨自己为什么要当老二。可等第二天看见哥哥穿的也是父亲的衣服改的过年衣裳，心里平衡了。等到过年时，和别人家的孩子比新衣裳时，还是一脸自豪，早忘了这是改过的衣裳。

腊月八的馓饭在锅里噗嗤噗嗤地冒泡，像一个走了很长路的人在出长气。母亲从菜缸里捞出带着冰碴子的腌"麻菜"，切了，拌上熟好的"黑油"（胡麻油底下沉淀的稠油）。等馓饭里的洋芋沙了，舀在碗里，一碗碗热腾腾的馓饭摆在炕桌上。大家捧起碗，碗烫手，便一手夹菜"捌"馓饭，捧着碗的手不停转着碗边，吸溜吸溜地把一碗馓饭吃得热火朝天、头顶磨（淌）汗。每人几碗馓饭下肚，从脚趾头到身上都暖和。

馓饭，也是"迷心饭"。吃起来"迷迷糊糊"，吃完，就把即将过去的一年里的烦心事都迷糊过去了、忘了。忘了一切不快和烦恼，迎来新年新气象。

过了今夜，又是一年腊八。我已身在异乡二十几年。入乡随俗，每年的腊八，也会煮一锅腊八粥来吃，却总觉得没滋没味。想吃馓饭吧，一来小锅小灶做出来没那个味儿，二来，妻是兰州人，吃不惯我那"迷心饭"，她吃起来，总找不到头，也不知道该从哪一头下口。可我决定，明晚一定要来一顿馓饭。没有馓饭的腊八那是别人的腊八，不是我的腊八。

又快过年了，衣柜里基本都是新衣服，可我一点穿新衣的欲望都没有。再好的衣服鞋子都不如小时候穿上母亲改制的、缝缝补补的过年衣裳和一针一线纳的千层底那般欢快。

今夜无眠，写下这些散乱的文字时，已是凌晨时分。我的心又飞到了童年，回到了故乡，回到了母亲身边。我仿佛又成了一个抹着鼻涕、嚷着要新衣裳的孩子。

我多想今夜有一个甜梦啊！梦里，我终于成了那个永远长不大的孩子，爱缠着爷爷要鞭炮，带着一群孩子跑来跑去踢猪尿脬的孩子。

小年

  我们跑到爷爷家院门口一看，呀！咋变样儿啦？满院子堆着毛毡啊，被褥啊，柜子啊，什么坛坛罐罐啊一类的，再喊爷爷奶奶——
  天爷！像两个毛鬼神从画儿上走出来了：爷爷捉着个拂尘，眉毛胡子白成一团；奶奶拿了个鸡毛掸子，在一个木框的方镜子上扫来扫去。
  爷啊，这是干啥啊？
  爷像个耳背的老道。
  婆啊，这是干啥啊？
  奶奶瞅一眼爷爷的眉眼，嘴角一笑，细细地说，扫房啊。
  扫房干啥哩？
  扫房过年哩。
  过年不是还得几天吗？
  今儿是小年。
  哦，小年，小年就要扫房哩……
  我给记下了，再没忘过。
  不过，扫房是大人们的事，我们只趁混混（混乱）玩儿。玩儿啥呢？玩儿秘密。若不是趁现在，爷爷奶奶这一屋子的零零碎碎，根本都是各是各地放着，也许还有什么以往没见过的宝贝就在哪儿藏着呢，平时谁敢动？看也看不见。这下可好，一屋子平常见得见不得光的物什都摆在那儿了。我们就假装躲猫猫，穿梭其间，摸摸这个，逗逗那个，还要尽量做出不感兴趣的样子。可终究心里有鬼，瞥一眼，爷反正是耳背的老道，不管他。婆却早咬起牙花子了，目光往我们身上蹩摸了，仿佛是找一个合适的部位，好下手。奶奶一咬牙花子，我们就怕，这我们是知道的，她咬了牙花子，接着就是火辣辣的一指头，无论戳在额颅上还是肋巴上，都要火辣辣。这，我们也是知道的。然而这次却没有。她只是咬牙花子，脸上却带着笑。我心里就开始感谢这小年了，一到过年过节，大人们的脾气总会突然好很多。

  终于没能找到期望中的秘密。也许那些秘密给奶奶用一把铜锁锁在一个红漆木柜子里了。记得以往，几颗糖果啊，一把花生啊啥的，都是从那个柜子里，变魔术似的变出来的。我们就又跑到已经差不多搬空了的上房里寻秘密。房突然就大起来了，猛然让人觉得一定是藏了不少秘密。果然是一双眼睛不够用，搬开的面柜后头，墙上贴着几张小姑的"三好学生奖状"；取下来的镜框背后藏着两个穿戏服的人，据堂姐说，那是林黛玉和贾宝玉。中堂被取下来了，可影子还周周正正地挂着，影子上的报纸就没旁边的那么黑，报纸上有张合影照片，堂哥说，那是邓小平和撒切尔夫人。真是想不到，爷爷家的上房里还住着个外国女人哩！又有谁发现了一个秘密，他叫起来，大家跑过去，原来是墙上糊着的饼干的包装纸，不知谁就念了起来：咪咪饼干[①]……

  啥是咪咪饼干？

  面面相觑谁也想不出，可每个人眼里都写着一些字，内容大约是——我想吃饼干……

  真想不到，这么熟悉的房子里，居然藏着这些个秘密，要不是扫房，谁能知道呢？就说小姑的奖状，就让人刮目相看。

  这时，那边院子里有声音喊吃饭，这一喊，传染似的，好几个声音连着喊起来了，毕竟那时各家都是一个大院子分出去的。大家听到各自母亲的呼唤，就一哄而散。我的目光还没收回来，我的目光被房子四角垂下来的"扯幕扯"（俗称吊吊灰）给拖住了，突然觉得那些"扯幕扯"是那么古老，就像我的爷爷奶奶。想到这儿，心里泛起了惆怅，就觉得将要被扫去的"扯幕扯"跟迟早要死去的爷爷奶奶一样。然而母亲的喊声是越来越尖利了，我跑出门时没敢

[①] "咪咪"为一种饼干的牌子。

看爷爷奶奶，想到死，把所有发现秘密的喜悦都冲散了。

　　回到家，母亲要呵斥的，可她终于忍住了，母亲向我使眼色，知道是要让我去厨房端饭呢。端着一碗搅团往房里走时，我心想，过年就是好，过年能让脾气暴躁的人变成好脾气。跟扫房一样，吃搅团也是这天的"规程"，因为要送灶王爷哩。说起灶王爷，我总觉得有些说不来的失笑。就说这灶王爷两口子吧，穿着戏服坐在墙上，忍受厨房的烟熏火燎，一点没有其他神仙的威严，他们的衣服总是那么宽大，袖子垂下来那么长，绝不像大门上的秦琼敬德那么威武。这也就算了，大人们还要给他们嘴上抹一筷子搅团，说是糊了他们的嘴，到了玉皇大帝跟前，只许说好话，不许说坏话。天下竟有这么好欺负的神仙！我边舔碗边笑灶王爷，就觉得灶王爷左右的对联也是失笑的。母亲说过，那对联上写的是"上天言好事，下界降吉祥。"母亲原本是不识字的，这副对联她倒认识。正要问母亲呢，却见她一脸虔诚地把几把灶糖献给灶王爷了，献完轻轻瞅我一眼，我知道，她是想说，别偷吃，神仙还没吃呢。我想，灶王爷的嘴都被搅团糊上了，还怎么吃灶糖。看母亲那么认真，终于没敢问。这时，母亲从碗柜里端出一碟子灶饼来，其实我早已偷吃了两张了，但母亲似乎并没有发现。她掐下一些灶饼，走到院子里，嘴里念念叨叨地把掐下来的灶饼往房顶上撒，我想，这也该是送给哪个神仙吃的吧，这神仙可真会吃，那薄薄的饼，多好吃呀……

　　后来我才知道，母亲是在乞求神仙保佑五谷丰登。终于，嘴巴被糊住的灶王爷被揭了下来，说是要送他们两口子上天，说是必须用火烧了，再倒进河里，到了三十晚上，灶王爷两口子梳洗打扮一新，又被重新请来，坐在原来的位置上，看一把一把的人间烟火，怎样把他们熏到终于没有个神仙的样子，然后又被一筷子搅团打发了事。

　　灶王爷已经被送走了，可我还站在那里想他们，想着他们被烧掉倒进河里的可怜巴巴的样子，觉得不忍，再看看还粘在手上的灶糖，感觉简直是对灶王爷的大不敬。

小时候总爱一个人发呆，这也是没办法的事情。

突然听见谁喊一声——

快来呀，快来看呀！要杀鸡啦！

等我跳进爷爷家的门槛儿时，堂兄弟们已经围了一圈，圈子中间的爷爷蹴在地上，两个膝盖弯里分别夹住一只公鸡的翅膀，膝盖并拢一处，又把公鸡的两只脚给加紧了，那只鸡看来只好服从了命运，但它终究不明白到底发生了什么，两只黑豆子一样的眼睛，只是转，只是转，我突然替它感到疼。爷爷脚旁边放了一只碗，碗里装了半碗水，水里立着一把锋口明晃晃的刃子（一种镶在镰刀上的长刀片）。四周是凝固的，除了那只鸡骨碌碌转的眼睛。爷爷一手捏了那刃子，另一手端起碗，喝一口水，腮帮子圆圆的鼓起，噗——一口水化成水雾，瞬间把围着的圈子冲大一圈儿，每个人都以一种肃穆的眼神看爷爷，或者看那只鸡。爷爷把刃子咬在门牙间，放下碗，腾出的手配合着迅速拔去鸡头上的一撮毛，噗噗吹两口，鸡毛向两边分去，露出白生生的头皮，爷爷看准了，用指甲掐掐那鸡头上拔去毛的地方，从门牙那里接过刃子——我眼睛一闭。等再睁开时，那只鸡头上已经开了口子……终于，鸡放弃了反抗。那一刻，我长出一口气，才发现原来我的心一直是悬着的，一开始的兴奋不见了，有种难言的颓惰感，对爷爷的崇拜里，加进去一点点残忍。我不知道别人是怎么想的，又不好问，觉得问了对不起爷爷。

你看，就这么一瞬间，我又发上呆了。

突然感觉圈子向两边散开，一看，原来是爷爷在摆手，我也紧跟着后退两步，爷爷朝堂哥努努嘴，堂哥快步过去把大门又打开了一些。爷爷对着那只鸡念念叨叨说着什么，像是怀抱着一个熟睡的婴儿。过后，我们问堂哥，爷爷在说什么，他说，爷爷是送那鸡上路呢，我们让开一条道，就是给鸡的魂灵让路。听这么一说，我给爷爷的崇敬里加进去的一点点残忍又不见了。再看时，爷爷已经坐在门槛上抽起了烟锅，烟锅里火星一闪一闪，爷爷的白胡子一翕一动，他早笑呵呵的了，完全没有了刚才的威严。

等我们疯玩儿够了,再去看那只鸡时,它已经白白净净的了,我们已经开始幻想着鸡肉的味道了,已经开始为谁吃腿谁吃翅膀争上了。

夜里睡在炕上,又把白天的事演电影一样演一遍——

婆啊,这是干啥啊?

扫房啊。

扫房干啥哩?

扫房过小年哩。

扫房过小年哩?

过了小年就是年哩,

……

一想到过年,心突突一跳,突然觉得这夜怎么这么长,简直等不到天明。又想起鸡肉,把白天分好的给打乱了,按自己心里想的意思重新分一遍,觉得这才公平了,满足了。一觉醒来太阳都上了树了。咋没听见鸡打鸣哩?

哦,那只鸡等着我们过年哩!

过年

过年，过个什么呢？

过了个老人娃娃，过了个人情世故。

当你风尘仆仆赶回家，看到炕头上火盆里那一汪烟火，怎样地把老屋的椽子又熏黑一些；看到一盅酽酽的罐罐茶，怎样地滋溜滋溜咂进老父亲嘴里；当一群小儿女闻声赶来，攀着胳膊大腿，从你兜里翻糖果，为谁多谁少争执不休；当你听到老母亲颤颤巍巍从厨房过来，唠叨不停，笑笑地数落你怎么又瘦了时：不用说，你知道，这就是家了，这就是过年的味道了。你又看到墙上，木橛下吊着的一串儿萝卜干儿，又看到厨房里，大笸箩里笑靥如花的蒸馍馍，你终于知道，你一路匆匆地，不过是急于摆脱一种光阴，然后一头扎进另一种光阴里罢了。这光阴却从不虚幻，它那么具体，是一种你熟悉的味道，熟悉到你寻常懒怠提起，以为终究是忘了的，终于某个日子，这味道连同一些记忆被唤起，从而有了一种不可遏止的力量，牵扯着你，把你连人带魂的就给牵了去了。那味道便是父亲的罐罐茶的味道，是母亲的蒸馍馍的味道，是屋顶上炊烟的味道，是冬日晒着孩子头发上的味道。而促使你闻见这一切味道的，便赖于你的记忆。记忆，可真是个好东西，是造物主对人类的偏爱。倘若人生没有了记忆，也就无所谓美好。于是，你便在这一汪烟火的味道里又揉进了许多美好的记忆，终于把一颗孤悬的心踏实安放，你便觉得这才是回家，才有了过年的味道。

是啊，我们是有多久没有真真切切的感受过年的滋味了。当物质的富足消解了期待，当喧嚣的霓虹代替了月下的徘徊，过年，终于变得近似聊胜于无，甚而成了一种无法摆脱的负担。不知是怕匆匆的流年而刻意的辜负,还是人到中年那轻叹样的,一抹无言的孤独。便忍不住要问,我们曾经的期盼,它哪里去了,我们曾经理所当然过的那些年,怎么就回不去了。便要推开窗,于一个渺远的虚空里寻找答案,却望见一个更广大的虚空。当目光悻悻,不甘滑落那一刻,你终于看到,远近高低的钢筋混凝土丛林,仿若一个个精致的囚笼,那囚笼便是我们称谓中的家。你又惊心于这个陈旧而新鲜的发现了。

家,是这个样子的吗?

在你以为,家,曾是一背篼一背篼的柴禾,是埋在灰堆里的一窝洋芋,是划过老屋烟囱的一鸣鸽哨,是衰朽在过往里的一页门扇,是奶奶从一棵杜梨下匆匆而过的一双小脚,是爷爷憋出了眼泪花的一阵咳嗽。然而,你已是多久不曾把这一切叫作家了,而是习惯于把一个从晨曦中匆匆离去,又于晚灯里彳亍而归的水泥盒子叫作家。你终于明白,你分明在这样的盒子样的家里,想的却是另一处的,已然不存在又真真切切盼在那里的家。

你总觉得,该是那样的家,才算是家,在那样的家里过年,才算是真正的过年。那家里盛着一些经年的时光,那时光里有一些牵着你一生的好味道,那味道里,留下一些人和另一些人的故事,故事里有苦涩,也有欢笑。你终于明白是少了些什么,乃至于让你越来越为现在的拥有而感到虚幻,却为过去的逝去而感到真切。你终于多少知道一些这虚幻的来由:没有那一缕炊烟,没有划过炊烟而去的一声鸽哨,没有老人围起火盆坐在炕头,没有娃娃声声的嬉闹,这家,还算是你期望的家么? 这年,还算是你盼着的年么?

分明想起那时候,三十晚上,父亲的兄弟们以及他们背后的妯娌们,各自端来平日鲜见的吃喝,堆在一处,欢笑声包围住堂前的二老。地下,众兄弟姊妹们奔走玩闹,争抢着一粒水果糖,一颗花生豆,一毛压岁钱,抢得的在叫,没抢得的也在叫,便是某个长辈作为临时的法官,断起官司来,也是脸上带笑。抢输了的孩子啜泣中吹出一个晶亮的鼻涕泡,那泡泡也有着缤纷的欢乐在里头。鼻涕泡破了，伴着一声鞭炮声破了，那声音听着怎么那么好受。那时虽说分家了，可爹娘往堂前一坐，就是永远的主心骨，兄弟姊妹们无论远近永远都是一家子。年，是每个人的年，也是大家的年。所以想起，有些人的父母迟暮到老态龙钟，甚而瘫痪在床很多年，可只要活着，就总有兄弟姊妹往一处跑，这时，也就无论谁孝顺多一点，谁贡献大一点了，大家总还能跨进同一个门槛儿。可一旦老人都不在了，渐渐地，大家便成了亲戚。也许不是心里不亲热，实在是为这亲热找不到一个合在一处盛放的理由。

  人说："家有一老，如有一宝。"那时终究不曾懂得这话的含义，后来是懂了，也觉迟了。犹记得当年父亲曾说过的，有个老母亲在家里守着，一进门喊一声妈，就有人答应，听见答应，心里就暖和，再清寂的屋里也不觉得古。也记得别人善意地玩笑说，你都多少岁了，还有个妈呀！真让人羡慕。便想起那时的父亲，竟骄傲得像个得了一把糖果的孩子。

  那时去拜年，倘若谁家没有老人，又没有孩子跑出来蹦蹦跳跳，便觉得拜年也拜得没有趣味，磕了头就走，便是得了糖果也不觉得多少欢喜，到下一年便要借口不去了。

  晚上还要想，没有老人孩子，两个大人瞪着一桌子肉菜，该由谁先动筷子呢？能吃出香来吗？甚至连这么想想，心里都觉得古，连这想想也透着几分不吉利。

  那时，只要还没出"五服"，就还是一个大家族，就还会因为有一个共同的祖先而骄傲。去本家的叔叔婶婶家吃顿饭，睡一觉，那是再自然不过。便是谁家宰了一口猪，也要一碗一碗的端了去，连本家带左邻右舍都要兼顾到。然后，你家的碗混在他家的碗摞里了，他家的筷子别在你家的筷笼里了。又是或亲自或打发孩子跑一趟，难免又是一顿家长里短的，你挽上他的麦秸，他织上了你的毛衣，把日头谝斜下去了，把炕谝得烙屁股，挪一坨儿地方，又坐稳了，坐瞌睡了，猛丢个盹，天爷，要回去做饭了！

等一家人的碗筷上了桌,却忘了去别人家的使命是什么,空手而去,空手而归。于是,那碗筷便终于是你中有我,我中有你,大家再聚在场院里吃饭时,彼此都觉得眼熟。

过年,自然要转亲戚。转亲戚要送礼,那会儿不叫送礼,叫行"人情"。所谓人情,也不过一包花生一包黑糖。关键不在礼的多寡,在人情二字。有人情在,不请也上门,没人情,请也不去。可一旦进了门,非得吃饱喝胀不可,一顿吃饱喝胀不算,还要留下"站"两天,站,当然不是让你站着,是新被面新褥子热炕头的让你睡,好吃好喝的给你招待,秦腔戏看了,游世给游美了,才拉拉扯扯的放你走,临走还非得把你照出门,站在土台台上,照啊照,照啊照,直到照不见了才笑呵呵地回去。

说是人情世故,实际上,那时,只有人情,没有世故。非要说有世故,那也不是现在这个世故。

你就知道,过年,过的不是年,过的是老人娃娃,是人情世故。

曾以为光阴是永远在那里的,谁知它是一块饼。一个老人走了,撕去一块,又一个老人走了,再撕去一块;一个孩子大了,吃掉一块,另一个孩子大了,又吃掉一块。终于,光阴千疮百孔。

千疮百孔的又何止是光阴。还有牵扯其中的人情世故。当"人情"成了礼品,"行人情"成了送礼品,礼是越来越厚了,人情却越来越薄了。

你说,光阴这张饼,还是原来的味道吗?年,还是曾经的年吗?又或许光阴本还是光阴,照着的也还是那轮月亮,只是我们回不去了。回不去的我们,便把一切归咎于所谓光阴。光阴不说话,只让那轮月亮依旧的来来回回,像照着当初的炊烟一样的照着已是混凝土铸就的屋顶。只是,门外的土台台不见了,土台台上照啊照的目光也消失了,仿佛那目光根本从未来过。

可你总觉得那光阴是有记忆的,那月亮是有记忆的,否则,怎会在某个时刻,让你心上突然的一疼,你便觉得是饿了累了,便是想要去在那土炕上睡一觉了,便是想去闻一闻那存在光阴里的味道了,去照照那轮一如当初的月亮了,那么照着照着,你便觉得是土台台上的目光又抚在你身上了,又看见一些老人围着一个火盆,火盆里升起一汪烟火,把屋顶的椽子熏得黑了一些,又黑一些……火盆里的罐罐茶咕咚咕咚响着,一群孩子在地上笑闹着,你分不清哪些是咕咚声,哪些是笑闹声。

灯盏里的元宵

元宵节也叫上元节，已有悠久历史。

如今人们说起元宵节就想起闹花灯、吃元宵。于我而言，元宵节最难忘的记忆莫过于点灯盏、吃灯盏。

在许多传统节日已逐渐演变成一场场促进消费的商业盛宴的今天，关于儿时元宵节的记忆，已成为一种挥之不去的情结。

那时，每当元宵节前一天，母亲总会为元宵节的灯盏做准备。灯盏有荞面做的，也有玉米面做的。灯盏最基本的形状，是一个上小下大的锥形酒盅。颈部饰以大小参差错落的尖角，中空的结构是为了盛灯油，就是胡麻油。

除了这种最基本最普通造型的灯盏，还有其他一些造型各异、形态别致的灯盏，多以家里人的属相及其他一些动物形象为主。一家的主妇是否手巧能干，就体现在捏这种灯盏的功夫上。

心灵手巧的主妇可以让面团在手指或刀剪起落腾挪之间，把各种动物表现得活灵活现。制作时，以手捏为主，辅以剪刀、顶针、锥子等日常工具，就可以玩儿出许多花样儿来。比如蛇，先把面团揉搓成盘状，蛇眼睛用麻籽或麻豆表现，蛇身镶嵌上谷粒等物，再往蛇嘴里配上红信子，猛一看能吓人一跳、头皮发麻。

狗是人类忠实的朋友，因此狗造型的灯盏颇受人们的钟爱。把造型各异的狗狗灯盏点在大门框上、粮仓旁边、驴槽上等处，可以看家护院，守护财产。

说到狗灯盏，其实元宵节和狗还有一段不得不说的渊源。

据说在上古时候，由于风调雨顺，人们又勤劳能干，于是粮食年年丰收，五谷丰登。这也助长了人间的奢靡之风，浪费粮食的情况时有发生。玉帝知道后震怒了,他决定惩罚人类,以示天威。

在一个即将丰收的时节,玉帝派天上掌管粮食的天神下界,把人间的粮食糟蹋殆尽。

天神下凡后,撸去了庄稼即将成熟的籽实,就在风卷残云之际,一只狗狗可怜巴巴地跪求天神:给我留一点吃的吧!天神动了恻隐之心,于是给小麦、谷子、糜子等庄稼保留了头顶的一个穗。

当天神撸到荞麦时不小心被荞麦秆扎破了手指,于是荞麦秆从此被染成了红色,荞麦也得以幸免,可以有多个穗儿、结许多籽实。

人类因为狗狗的祈求而得以幸存繁衍,感于狗狗的恩德,于是让狗狗看家护院。

后来,玉帝想察看人间是否已得到惩罚,是否荒无人烟。

天神害怕事情败露,偷偷下界告诉人们遍插杨柳以掩盖。玉帝察看时,果见人间遍地荒芜,草木零落。

玉帝还不解恨,来年元宵日又派天神往人间放一把火。天神再次偷偷告诉人们夜里点燃灯盏,玉帝望见人间一片火海才心满意足。

后来,为了感谢天神的恩德,人们会在元宵节时点灯盏,敬献天神。

这也是端午节和元宵节以及端午插柳,元宵点灯盏的由来。

捏灯盏是个手艺活,除了造型要逼真、惟妙惟肖,从和面到上笼屉蒸再到冷却,每个环节都很重要,都牵扯到灯盏制作能否成功。不同面粉比例不合适就难以捏合,面和的好坏直接影响口感。蒸熟后得用笼布包得严严实实,放置一夜自然冷却,灯盏才不会裂口、漏油。

制作灯芯也有讲究,把新棉花缠绕在麦秆上插在灯盏中间的窝窝里,倒上清油,清油就会沿着灯芯被吸附在棉花上。清油不容易点着,要单独拿一个蘸着清油的灯芯逐个去点,需要一点耐心才可以。

当灯芯燃烧起来以后,空气里就弥漫着清油的香气和荞麦面的香味儿。一家人围坐在灯盏周围,灯光点点、影影绰绰、香烟渺渺、情意浓浓。每个人守着自己的灯盏,默默许下心愿,期望着自己的

灯芯能够烧出最大最多的灯花。而灯花的大小多少完全取决于灯芯上棉花的缠绕技术,若棉花缠少了,灯花就会单薄,若缠过多,又会烧焦灯盏,也会很快燃尽清油导致熄灭。每个人都要精心呵护自己的灯盏,不能熄灭,燃得越久越好,代表长命百岁,灯火越旺意味着日子越红火,灯花越大,说明生命力越顽强,能赚更多的钱。

就在一家人的虔诚守护下,一个个灯盏点亮了内心,点燃了希望。大家热烈讨论着谁的灯花最大,谁的灯火最旺。爷爷捋着白胡子呵呵笑,奶奶的小脚乐得颤颤巍巍,一群孩子嬉笑打闹,其乐融融。

吃灯盏可不是那么简单,要趁灯火没有熄灭时吃,还不能两个人分食,也不能掰着吃,必须一口口地吃,这样才不会"崩眼"——不会口舌生疮、不会跟人发生口角。

灯盏最好吃的地方莫过于灯芯最底部。火烤得清油滋滋响,直到把灯盏窝窝边沿烤得焦黄,咬一口,外焦里嫩,夹杂着清油的香味儿,在那个油水寡淡的年代,真是味蕾的一大享受啊!

烧完的灯芯不能随便扔了，必须集中起来烧掉，不然灯芯会变成蚰蜒钻进你的耳朵，吃掉你的脑子。小时候听到大人们这个告诫，总是虔诚地相信，灯芯不敢乱扔。

当然还要端着灯盏去"寻蚰蜒"，谁要是不去柴禾堆或者门背后的旮旯里"寻蚰蜒"，蚰蜒就会钻进他耳朵眼儿里。

"寻蚰蜒"的过程也是孩子们嬉笑打闹、游戏的时候。有时候还会去别人家，偷别人家门框上的灯盏，谁偷得多说明天神会更多地保佑他。

借着皎洁的月光，吃着甜糯的荞麦面或者玉米面的灯盏，把幸福欢笑撒了一路……

再大一些，跟着一帮堂弟兄去放"天灯"。

天灯，类似孔明灯。每次都由心灵手巧的堂哥珍田亲手制作。堂哥的父亲，也就是我的堂叔，他是村里的木匠，盖房子打家具是一把好手。堂哥遗传了他的灵巧，无师自通便会做出造型奇巧的天灯。

天灯上写下一个大大的"韩"字，因为我们是韩家村。在去往田野放飞天灯的路上，我们就猜测天灯最终会花落谁家。心想倘若飞到邻近的村子，再看到天灯上大大写着的"韩"，我们心里的自豪与骄傲无以言表。

看着天灯徐徐升起，在风中摇曳，我们一路欢呼着、跟着天灯奔跑，心里默默念着，期望这灯能把我们心底的美好愿望告诉老天爷。

点了灯盏，放了天灯，大家迫不及待地回家，打着各自母亲亲手糊裱的灯笼，结队从村东头跑到西头，比赛谁的母亲手巧、谁的灯笼最好看。比赢了的，免不了一脸洋洋得意。有时还会因此起了争执，彼此不服气的两个人打着各自的灯笼碰——就像两头好斗的小公牛互相抵角。最终结果是大家的灯笼被烛火点燃、烧成一团，在一片哭喊咒骂声中，在大大圆圆的月亮注视下，渐渐恢复平静。

一会儿又抹干眼泪鼻涕，手拉手地回家。

玩儿美了，困乏了，睡在暖暖的大炕上，有人做梦，有人尿炕，一觉睡到大天亮。

早上，母亲端来腾热的灯盏，咬一口，甜糯美味。我怕被哥哥多吃了，就偷偷拿几个袖起来准备藏着慢慢吃。打开抽屉一看，原来他早先下手为强，把几个造型最好看的灯盏藏在里面了。我如获至宝般飞去跟父母告状，母亲笑着说："你啊，还不是贼喊捉贼！"

如今，母亲早已不在，故乡也只是遥望，元宵节之夜，都市的霓虹摇曳多姿，元宵灯火必将辉煌灿烂。但我心里的元宵节的味道，总是那冒着青烟的、扑闪着火苗的清油灯盏的味道。

依稀间，爷爷奶奶、父亲母亲的面容鲜活起来。大家围坐在炕桌周围，看着燃烧的灯盏许下最美好的愿望，祈望风调雨顺、一家幸福平安、孩子快快长大、无病无灾……

在一年年的元宵灯盏里，日子如流水，洗白了乌黑的青丝，沧桑了年轻的容颜，压弯了倔强的脊梁，也送别一颗颗年轻的心奔向远方。

远方有高楼林立和霓虹璀璨，却不见故乡那熟悉的味道。而当那一轮明月"千里共婵娟"时，总让游子热泪盈眶，总想举杯邀明月，托她带去对亲人与故乡的无尽思念，心里燃起那清油的灯盏，在夜空，星星点点……

田野芬芳

社火

——在我老家，社火，也叫故事，耍社火，就是耍故事。

这几天，老家到处在耍社火，身处异乡，我只好在老乡们发的小视频里过过眼瘾。视频里，鼓和钹的节奏还跟以前一样，只是换了新的敲打者；社火的内容大抵依旧，不过也有与时俱进。以前更多敬神，现在更多敬人，以前感谢上苍，现在讴歌时代。如今的社火，跟记忆中比起来，确实是高大上了，几乎是清一色的彩车。让人想到一个说法：骡马化一跃而成机械化。而我，却在每个视频中，社火的缝隙里寻找着"马故事"，寻找着"高跷"，这些都是属于过去的社火里的元素，如果能看到"跑故事"，那简直是意外的惊喜。

然而找到它们，却不容易，便于热闹里有了些许小小失意。

小时候的"马故事"，是马背上的社火。当然，其实也往往名不副实，因为马终究稀罕，有时候一个生产队也集合不了几匹，于是驴就堂而皇之地充当了马的角色。说是马故事，其实是马们、驴们、骡子们的故事，只不过统一成一个说法。现在想起来，之所以对马故事念念不忘，除了记忆形成的顽固意念，还要赖于味觉对这记忆和意念的再次强化。我想，小时候为什么那么热衷于跟在一队马故事后面趁混火呢？除了看热闹之外，还在于迷恋那种人畜交杂中的味道。当一队队马故事伴着冲天的铁炮声经过，于硝烟弥漫中隐隐现出这么一队人马，一刹时天地混沌，人神不明。人亢奋时淌的汗，马蹄驴蹄蹚起的土，麦草焚烧后的烟，马们驴们骡子们拉下的粪蛋蛋，这各种味道混合起来，形成一种奇特的人间真味。氤氲其间，竟有种活在当下的、难名的安然与享受。这其中，尤爱马粪驴粪的味道。马粪驴粪,原本是野洼上的青草或庄稼秸秆,被牲口们嚼碎了,再经过消化系统辗转徘徊,继而排泄出来。虽然变了成分与形态,却仍然依稀带着春天和土地的味道,也带着秋收和北风的气息。许是农民的基因作祟的缘故,又因着一片土地的联结,让人和牲口彼此的气味截然迥异又纠缠不清。于是,当你回到故土,首先闻到的可能是炊烟,然后就是牲口粪便的味道。其实,这原本就是个一而二、二而一的问题。对农民来说,秸秆既是饲料也是燃料,牲口粪便既是肥料又是燃料,它们原本互相滋养着,难免沾染彼此的气息。因此,农民人才会时常说起一句话:"没有大粪臭,哪有馒头香。"

那个年代,人和牲口一起讨生活。

当农民们忙活一年,终于农闲,要欢快地耍起社火时,怎能忘了那些驴啊马啊的牲口。驴和马自然是牲口,可也是伙计,社火比赛赢了,也是把一匹"红"挂在马或驴的头上,驴和马不会表达,人却可以以给驴和马的荣耀来彰显内心的自豪。

小时候,那么羡慕那些有机会扮社火的人,羡慕他们脸上抹着花花绿绿的油彩走街串巷,更羡慕那份骑在马上或驴上的荣耀。

有一年,堂哥去妆社火,他有了骑驴的机会,他的兴奋映出我的神伤。半路上,看他骑着驴,掬一支香穿过大街小巷,我默默跟着,幻想着,多渴望驴背上的人是我,因此恨上了自己的居民户口,彼时的骄傲却成了此时的卑微。

那时,不是所有村子都有实力妆马故事的,小村子只好妆跑故事或者高跷。跑故事,全凭一双腿脚,而高跷为了引人注目,只好把木杆子越弄越高。如果哪个村子妆了"高台",则可以引来所有人的艳羡与赞叹。以前的"高台"由人抬着,是名副其实的"高台",后来有了"四轮子"和"手扶",便是彩车的雏形。

农民人的过年不是三天,而是整个正月,真正的喜庆热闹,要从耍社火开始。一个村镇一个村镇,一个集市一个集市的,轮流着耍。"初八"还是"上九","十三"抑或"十五",早已约定俗成。社火往往伴着庙会，赶庙会又趁着走亲戚，一个社火便联系了亲情与人伦，沟通着神祇与上苍。

看了社火，逛了庙会，走了亲戚，给一年忙碌的生活一个充满仪式感的总结，又预示着来年的丰收。在以家族伦理维系的乡村社会，社火所表达的意涵，不仅在于欢庆与热闹，更是亲情乡情最恰当的表达。又因为姻缘联结，十里八乡有着差不多口音的乡民们，不用攀，都沾亲带故。与其说耍的是社火，不如说是人情世故。至于说社火最早是否是一种古老的祭祀仪式，反而不那么重要了。至于庙会上的迎神敬神，也因为共同的敬畏与信仰而不分彼此。无论是窦家的大爷还是韩家的龙王，他们共同的职责是护佑一方的风调雨顺和五谷丰登。

那时，人和人是亲戚，神和神也是亲戚。

也不知从哪天起，彩车流行起来，马故事和跑故事渐成了稀奇。以前耍社火，是人群围着高台转圈圈，伸舌头，现在是对一队马故事、跑故事众里寻它，望眼欲穿。思来想去，释然了。随着现代农业机械的发展，驴啊马啊的，早已被当成落后生产力的代表，被忽略着，淘汰着。曾经，人们骂人时说："某某比驴还多。"简直骂得天经地义，如今想骂却觉出心虚，人们发现以前司空见惯的驴子，如今成了罕物。曾经，每个傍晚，妇女们站在土台上呼喊丈夫子女吃饭的声音，和牲口圈里驴马的叫唤声，是村庄天然的风景，如今，不复存在。

以前的村庄安静，现在的村庄寂寞。

社火还是一年一年地耍起，也仿佛一年比一年热闹。终于成了组织有方、规划统一的狂欢，有领导的即兴发言，有专人维持秩序，有铿锵有力的口号，有繁多的奖项，却唯独没了牲口，没有牲口粪便里氤氲出的那种人间真味。

有朋友发了一条"说说"，我评论道，"我独爱马故事，爱马故事的缘由里，爱闻驴马的粪便味道也是其中之一。"她回复，"那下次跟着好好闻闻。"我说"好啊好啊！"两人会心一笑。这绝非仅是调侃和玩笑,在我而言,真是盼望着,盼望着,盼望真还能有那么一回,跟在一队马故事后头,好好闻闻那场人间烟火,也闻闻马粪驴粪的味道,那里面有庄稼和土地的味道,也有人情世故的味道。

这么想着时,我仿佛又看到一匹又一匹的驴啊马啊,在田野上欢快地吃草,放肆地尥蹶子;仿佛看到我终于实现了妆一回社火的愿望,骑在一匹毛驴身上,在一阵鼓和钹的节奏里,在一串马粪驴粪的前头,迎接着人们的景仰与羡慕。

然而我想,我终于还是回不去了。

咥[①]

老家人见面爱问一声——

他爸爸，你咥咧么？

咥咧。

你咥咧个撒？

我咥咧三碗长面。

……

不了解的人还以为是什么江湖黑话，绝想不到这是寻常打招呼。等知道是啥意思了，终于为老家人的憨直爽快会心一笑。

曾几何时，吃饭是中国人的头等大事，见面必问一声吃了没，天南海北概莫能外。可把一顿饭能吃到风生水起、舞脚爹手的地步，则非老家人莫属。

老家人把吃不叫吃，叫咥。

见面问吃了没的，一听就是外人，便恭恭敬敬，客客气气，问咥咧没的，不用说是一家人，则亲亲热热、勾肩搭背。

老家人热情，而表达热情最便当的方式就是把你拉到家里咥一顿饭。逢年过节，走亲访友，不咥一顿你是出不了门的，你不咥，就是下视[②]人。眼看着你肚子咥得憋碌碌圆[③]，才眉开眼笑地把你送到二台子[④]上还依依不舍，倘若客套，没咥一顿就回，下回再想欢欢喜喜进咱家的门，那可就难。

咥这个字，直爽又痛快，粗俗又市侩。仿佛没有这个字，则西

---

① 咥（die）：吃

② 下视：小看

③ 憋碌碌圆：浑圆胀满

④ 二台子：大门口的土台子，可以瞭远

北风给西北人捶打出的一身豪迈便无以安放。斯文秀气的江南人说ci饭，温柔妩媚的上海说qia饭，都是天经地义。五大三粗的西北人便只有一声痛快淋漓的"咥"才能无遮无拦、直抒胸臆。

咥是个响当当的动词。

咥在西北方言里除了吃，还有别的意味。比如说咥你，就是要打你，说某个人咥活，那就是闯了祸。甚至，在某种情况下，咥活这个词还有点原始洪荒的性意味。

当咥这样一个字眼被用来做一个吃的动作时，透着天然的生猛，像黄土高原上光膀子吼秦腔的农人，粗粝而直白，又于天然质朴里含着活色生香的烟火气。可见西北人在语言上的创造力。当其他地方的人把吃权作一种唇舌和口腹之间的动作时，西北人却用一个咥字让同样的动作迸发出千古而来的穿透力。

于是，当一个咥字当头，一碗饭便不再只是一碗饭而已。

咥是一种生活方式，咥也是一种信仰，是一个族群彼此辨认，彼此归类的方式，通过一个咥字划分了自己人与外人，也规定了化内与化外。西北人从不否认自己与文明世界的差距，他们的憨厚与粗放合二为一时，便有了一种格格不入又心安理得的坦然，而咥这个字恰好诠释了其中独特意味。当一种吃食方式承载了如此的精神内涵，这种方式便不再简单。

当一群西北人出门在外，通过蒙头盖脸的一顿饭就自动归了类，相逢一笑便是三生有幸。啥都不用多说，先围着圈儿咥一顿再说。他们抱团取暖的最佳捷径，便是圪蹴在一起，咥一顿饭。

也不是所有的饭都配叫咥，能叫作咥的，那还得是面。而面里面，要数面条。也只有面条这种吃食，才最能把咥这个字演绎到龙精虎猛、有声有色。别的吃食，吃相太斯文。

土豆面、扁豆面、瓠子面，虽然也都是面，可都要一筷子一筷子的撩，一口一口地吸溜，对五大三粗的西北爷们儿来说，简直不成体统，那是女人娃娃们没事干耽牙的饭食，而馓饭拌汤一类的饭

田野芬芳

食，则是没牙老太太的专利。汉子们，只有胸前掌着一海碗面条时，才威风，霸气。

高高一海碗，用一腔豪情，风风火火，三下五除二，科利马擦①，三捶两膀子②的把一碗面条整进肚里，那才叫咥。

对老家人来说，三天不吃饭可以，但一天不咥面就觉得没活头。面是老家人的精神，一顿不吃心里觉得慌，两顿不吃火烧火燎，三顿不吃能跟天王老子拼命。

尤其是过去重体力劳动时，有了一海碗面在手，日子再苦情，老家人也能把光景过得感天动地。有了面就有了排场，有了仪式感，人手一碗面，聚在一起谝着闲传吃着面，才能在彼此的吸溜声里感知到真切地活着。

过去，几家人共用一个场院，一到饭点，各家端着各家的面碗登场亮相。面捞高，醋调好，油泼辣子放得红艳艳，抓住大海碗的碗底，边走边拌面，耳根上别着葱秧子，手心里捏着蒜，美滋儿美滋儿，边拌面边支起耳朵听人说笑，也不往脚底下看，腿脚倒像是自己长了眼睛一般稳稳当当踱到地方，圪蹴③在碌碡④旁边、墙根儿底下、门槛儿上，高低肥瘦、男女老少，大家心领神会，呼呼啦啦就开始比赛着咥，边咥边谝闲传，东家长西家短，王家的媳妇儿李家的汉。

咥完一碗，招呼孩子再捞一碗，咥欢了，额头上磨了汗，抻下脖子，揩揩鼻子，捋捋嗓子，起个范儿，紧接着咥。咥完面，碗就地一放，摸出烟纸，捏了旱烟渣在上面，抹匀了，筒了手卷巴卷巴，舌头舔湿了，粘住，揪了烟尾巴，擦着火柴，叭呲吸一口，噗儿一声吐一口烟出来，揉揉肚子，美其名曰——

饭后一根烟，赛过活神仙。

---

① 科利马擦：形容快，干净利落
② 三捶两膀子：三两下
③ 圪蹴：脚后跟着地的蹲下来
④ 碌碡：石碾子

哎把他家地！这才叫过日子。

可是，倘若你便把这当作了咥，那也未免太小看。真正的咥面，必得是这样——

大汉一名，海碗一只，圪蹴于地，气沉丹田，一筷子下去，半碗面挂起来，眯着眼，战一战，吹一口气、张嘴——刺啦一声，面一头吸进嘴里，一头垂在碗里，眉头一皱一皱，眼睛瞪得憋圆，却只看着碗里，筷子只管往里送，嘴只管往里吸，吱溜吱溜！面尾巴欢快抽打着嘴皮子跑进去了，嚼也不嚼一下，只见喉结一上一下地剧烈抽动⋯⋯

只这一下，半碗面到了胃里，半碗面还在碗里。缓一口气，嘴不停，咔嚓！一大瓣生蒜又下去了，刺啦又是一口，咣当咣当，没一会儿，刚还满满的一大老碗，就只剩下空碗壁上留下一层红彤彤的辣子油。吧唧吧唧嘴皮，心满意足，腆着肚皮。

这，才是真正的咥。

非马步蹲裆不叫咥。

非脖颈里汗泼流水不叫咥。

非就着一瓣生蒜，嘎嘣有声不叫咥。

非风生水起、风卷残云不叫咥⋯⋯

要咥出最佳效果，一般的长面都不过瘾了，必得是半拃宽的扯面。油泼辣子染的红红的扯面，搁一把香菜在上面，只看一眼，涎水就漫过脖子往头顶上淹。一筷子下去半碗就空了，一根大葱脆脆地咬断，就着满嘴面嚼得腮帮子虎虎生威。三两口下肚，打个震天的饱嗝儿。

整个世界都舒坦了。

刚吃下去多少面就舀多少面汤，原汤化原食，任你这么厚这么宽，都化在肚里，长成身上一把子一把子的力气。

只要有一碗面垫底，西北的汉子，胃里有一座长城也能给你消化了。无怪乎老家人把吃叫咥，一个咥字里，透着生命浑厚的元气。

老家的黄天厚土，是小麦的娘家，而把小麦磨成的面咥进肚里，则是对这土地最深情的表达。

　　后来日子好了，吃食空前丰富起来，人们时不时去酒店里吃一顿大餐也不在话下。可不管你是一桌子的海参鲍鱼还是油焖大虾，若最后没有一碗面作为压阵和收官，心里总还觉得欠点啥。

　　有时，老家人去外地赴宴，纵然主人极尽周到热情，纵然面前是七碟八碗、五杯六盏，可脸上总有不实惬之态，搞得主人诚惶诚恐。

　　最后终于问一句，此间可有面否？若答有，则赶紧唤来三碗五碗，虽不能尽兴却也聊胜于无。主人这才恍然大悟，原来之前的大鱼大肉只是个徒有其表的虚构，这最后的一碗面才是压轴。

　　在靠天吃饭的体力劳动时代，面食最能耐饿，一天咥一顿面，农人就能甩开膀子干一天，若肚子里没有面，你就是拿鞭子吆，他也走不动。

　　现在机械化代替了大部分的人力，可对面的喜爱似乎渗进基因，成为老家人命里不可或缺的一部分。而面，必得是咥了才过瘾。只是为了所谓的文明，他们终于变得收敛一些，终于不再把腮帮子甩得惊心动魄，不再把嘴皮子叭唧的荡气回肠。可一旦脱离了文明社会，进入自由世界，回到可以一个人放浪形骸的离群索居，或者是几个人心照不宣凑在一起，则必定恢复了本色，必得整他一碗面，咥出个惊天动地。

　　很多老人被孝敬的儿子接进城里，老人却闷闷不乐，不是儿子儿媳不好，实在是为不能放开咥一顿面条而憋得慌。想圪蹴下来，摆开架势吧，又不得不顾忌。于是，吃的越精致，脸色越蜡黄。可怜孝顺的子女还不明就里。

　　其实，年轻人不也一样。

　　多少人坐在富丽堂皇的酒店包厢雅座里，可心思却圪蹴在场院里，梦想着抓起一只老海碗，踏踏实实的咥他一回。

浆水

在外久了，就难免想老家。想老家的什么呢？以为是想老家的人，想老家的山水。想到无可无不可之际，便寄望于文字来飨想念的痛楚。夜里，点起一支烟，捉起笔，搜肠刮肚来寻一些华美的词句。写着写着，自己就失笑了，为自己的矫情失笑。哪是想老家呵，实在是想老家的饭。这才发觉自己确确实实是饿了。一切文字的矫饰，不过画饼充饥，都不如一碗老家的饭来得实契；再丰沛的感情，再华美的词句，唯有一碗饭，从形式落到了具体。

就这么，在微微的一笑里，找到了根本所在，就想起了老家众多的美食，而这美食里，尤以一碗浆水面最让人牵肠挂肚。于是，便于梦里也有了打马而起的冲动，恨不能立刻天明，咥呀，咥他三碗浆水面再说！

浆水面的好处，全赖于浆水。浆水的好处，全赖于实在，有如糟糠之妻。老家把做浆水的过程叫作卧浆水。一个"卧"字实在传神，倘若家里某处的圪垯立着这么一个黑不溜秋的二瓮子缸，里面卧着一缸浆水，缸的粗粝围起浆水的柔情，就像坐在炕上把家的妻，有着大门不出二门不迈的小家子的稳重秀气，又有着下得厨房上得厅堂的生猛豪迈。

卧浆水的原料不必讲究。黄土大塬的旷野，犄角旮旯里，一把苦苣，一把天萝卜缨子，拣去了柴梗，洗去黄泥，开水煮去生鲜气，和下过面的面汤一股脑倒进一口二瓮子缸里，假以一阵锅碗瓢盆的平淡时光，就滋生起来。想起时，拿长筷搅巴搅巴，闻一闻，如同爱的抚摸。渐渐地，缸里漫出独特的香气，浆水就成了。这看似轻描淡写的一笔，仿佛农家缺少关爱的子弟，任他自由的滋长。可真正的质朴烂漫，却也于无声处悄悄孕育。一旦具备了一把子力气，却是里里外外都少不得。一代一代的农人，倘若没了这毫不起眼的浆水喂养，则男人走不动路，女人养不出娃。男人劳作渴了，就仰头闭他一气浆水，瞬间生出一股子力拔山兮；女人不下奶了，婆婆踮起小脚做一碗浆水拌汤，盈盈地端上来，日常所有的交恶都变得浓情蜜意。浆水，如同原野上奔放的农家女，有着天然的清淡又浓烈，清淡如一天捱一天的时光，浓烈如照在野洼上的日头。对于农人而言，馋肉，一年也就馋几回，浆水，少一顿就伤筋动骨。

浆水，因着天然的朴实，便跟谁都合得来。不管粗粮细粮，无论黑面白面，怎么搭配便有怎样的风味。

最好是浆水长面。新麦磨下的面，温水和了，千揉万揉，揉出带着母亲体温的面团，揉到如婴儿的屁股那么光洁。一根擀面杖把面团擀成一张吹弹可破的面饼，再用刀一根一根地切下来。这个过程，对坐在小板凳上烧锅的我来说，便是一场曼妙的舞蹈。其时，灶火映在我脸上，暖暖融融的，看着案板前的母亲，跟一团面翩翩起舞，那是天下最美的背影。

正瞅着母亲发愣呢，油锅里刺啦一声，接着，葱花的香气直钻肺腑。母亲早舀来一盆浆水倒进锅里，又是一声浆水和葱花热烈相见的欢畅。母亲抽手摸摸我的头，我捉住柴禾的手，摇得更起劲了，浆水一会儿就翻起了浪花。

一碗酸香的浆水面，葱花周围浮着点点黄黄的油花儿，搛几筷子韭菜来，一开口，面没到，涎水倒先冒出来了。吸溜吸溜就是一碗，嚼的动作反而多余。再闭一气浆水，也不过垫个底而已，再来一碗。连着三碗，摸摸肚皮，走起路，肚子里的浆水咣当咣当响，响声里是舒畅的满足感。

最好是玉米面锅鲰①。拿笊篱搭来，舀上浆水，搛来韭菜，放

---

① 锅鲰：一种老家的美食，玉米面荞麦面洋芋淀粉皆可做。又叫漏鱼儿或面鱼儿，也叫凉粉胡儿。

上油泼辣子，泼泼淹淹的一海碗，爽爽滑滑的锅鱼，三捶两膀子[1]就是一碗，总觉还不过瘾，再来一碗，直到肚里养满了鱼。

最好是玉米面蛋蛋[2]。玉米面蛋蛋和着绵绵糯糯的洋芋蛋蛋，咬住，黏牙，回味，酸爽香甜。吃胀了肚，猛不防打个嗝儿出来，都是玉米和着浆水的清甜。

最好是浆水拌汤。一盆面梭梭，一锅开水，几勺油泼辣子，几筷子盐炒韭菜，在浆水的点化下，这几样儿再普通不过的食材搭配出了不可方物的人间美味。那时，一碗浆水拌汤，一个馍馍，是最妥帖的干粮。吃饱了，喝胀了，连富汉家娃娃一样了，背上书包蹦蹦跳跳去学里。

最好是浆水搅团。满打满转的一碗，狠狠捌[3]上一筷子，放在鼻头前观战[4]观战，噗儿吹一口，嘴皮子已经抢出去了，一嘴含了去，嘴皮搭住碗边吸溜一口浆水，满口玉米面的清甜，浆水酸菜的酸爽，让人忘了过年。

最好是馓饭。捞了浆水里的酸菜，拌上辣椒，酸菜的凉能快速中和馓饭的烫，一口馓饭包裹着一口酸菜，在嘴里颠来倒去，舍不得咽下去。吃馓饭，如果没有酸菜，不如不吃。老年人的口歌子说——

打官司凭赖哩，吃馓饭凭菜哩。这菜，必得是浆水里的酸菜才过瘾。后来城里人用炒菜当馓饭的下饭菜，看着高档，其实不伦不类。

最好是……

哎呀！无论如何寻常的食材，一旦和浆水放在一起，就没有个不适合，不美味。

夏天，炝好的浆水是一家最好的饮料。孩子们提起一瓦罐儿浆水，送到田间地头，一家人轮流着抱住瓦罐儿，一人闭一气[5]浆水，

---

[1] 三捶两膀子：三下五除二。
[2] 玉米面蛋蛋：一种玉米面做的美食。
[3] 捌：吃搅团和馓饭的动作。
[4] 观战（diān）：在眼前端详。
[5] 闭一气：老家把仰头猛灌一气水或者饮料叫闭一气。

把日头酸到了山背后,把阴凉留在身边。也有急性子的人,一回家就奔向浆水缸,舀起一勺生浆水,饮驴一样的咕咚咕咚一气下肚,咔一声,长长出一口气,便解了一天的乏。生浆水喝了非但不拉肚子,还消火解暑。

老家人吃浆水,通常离不开韭菜。如果说浆水本身就是一道美味,有了韭菜的搭档,则为浆水的清香酸冽增了色,又增了无穷余味。浆水的质朴以韭菜的葱绿点缀,使人望而生唾。同时,浆水使韭菜这种重口味的菜蔬得了最好的归处,浆水的清雅中和了韭菜的浓烈,相得益彰。这使我养成了一种固执的观念,以为吃浆水,如果没有韭菜,还不如不吃,吃了也嫌寡淡。

浆水又是清高的,卧浆水时,见不得半点荤腥以及不洁。浆水缸一般放在厨房里温度适宜,空气流通的地方。搅浆水的长筷最好能专用,要保证干燥洁净。倘若一时不慎掺了杂质,则好几天的工夫都要白费。浆水要勤吃勤投,吃一顿,填些面汤和菜进去,只要不坏,就能永续下去。

冬天,要把浆水缸放在生着火炉的房里,有时是炕上,以保证持续的发酵,否则浆水就不酸。这样,一家人就整天氤氲在浆水特殊的香气里,白日黑夜地熏陶着人的嗅觉,终于惯出了一个贪婪的味蕾,一天不吃一顿浆水饭就如同没有吃饭。

浆水也有脾气。浆水的脾气就是主人的脾气,不同的主妇卧出的浆水,口感迥异。浆水是有灵性的,会在发酵滋长的过程中沾染制作者的风气与体味。主妇干净勤快,浆水就清冽爽口;主妇是个懒婆娘,浆水就泛着懒婆娘身上的味道,甚至是脚丫子的味道。有的懒婆娘实在太懒,几天都不去翻搅一下,等到想吃,一看,白花[①]了。

于是,就总有人借浆水。借浆水其实不算借,属于平常的礼尚往来。有人是一口气吃完了,没来得及投,有人是手艺不精,想尝尝别人的。如果是手艺不精,终归是没面子的事情。你想,作为一

---

① 白花:浆水变质以后浮在表面的一层,意味着浆水坏了。

家的主妇,卧不好浆水,在公婆眼里地位自然要降一等。

在我看来,只有苦苣①和天萝卜②缨子卧出的浆水才是正宗的浆水。浆水本出身乡野,沾染了田间地头的土气,因此才投乡民的脾气。后来,有人把浆水做出高大上的样子,用买来的芹菜或莲花菜卧浆水,非但口感差了,心里也少了些实在。苦苣和天萝卜缨天然的淡淡苦涩,恰诉说着浆水卑微的出身。在那个物质贫乏的年代,显得贫贱的食材,却给人留下了最难以磨灭的味觉记忆,终于成了记忆里的无可替代,以至于高级的食材反而少了浆水应有的风味,以至于我每次在异乡吃着改良了的浆水,总有一种隔膜。而且,总觉得一个人坐在一家饭馆里默默吃浆水面浑身别扭。浆水面,不适合斯斯文文的场面,就该在乡间炕头,端来一海碗,山呼海啸、汗泼流水地吃,要吃,就吃他个惊天动地。

在兰州,总觉得兰州的浆水面就像远房亲戚,远看着想走过去,进去了,左顾右盼,不自在。端来一碗,面是面,浆水是浆水,没有老家浆水里面汤和野菜混杂在一起的,如人间烟火般的纠缠不清,吃不出人情味,也就终于吃到没滋没味。

曾以为的乡愁,便是一种灵魂里的忠实,以为身体不过是思想的俘虏。到头来,才发现我们忠实的终究是我们的身体。因为思想可以矫饰,可以欺骗,而身体不会,它需要什么,就会明白无误地告诉你,来不得半点虚伪。

其实说起来,浆水不过是一种卑贱的食物。不爱者对它充满厌弃,而爱它者,爱到骨子里,却又难以言喻。就像糟糠之妻,非要对人说出她的好来,羞于出口,可心里又实实在在的离不开。她的好,不用时刻去想着,好处就在心里。

思来想去,人,大概实在是有点卑贱的基因的。在感念眼下的好处时,却始终忘不了过往那些苦痛处的记忆。把最热烈的赞美给了当下,却把最深沉的缅怀留给过去。一如今天的我,手捧

---
① 苦苣:苦苦菜,一种野菜。
② 天萝卜:一种野菜。

异乡精美的饭食，眷恋着的，却是那一碗清汤寡水的浆水面。

何止是我。曾不止一次看到，那些香车宝马里匆匆钻出的人，腆着肚皮坐在大饭店的桌前，眼巴巴地，却点了一窝浆水拌汤。眼看一个谦谦君子面对一窝浆水拌汤风卷残云，辱没了斯文。一身豪华富贵，在一窝卑贱的浆水跟前被揭了短，扒了皮，所有的飞扬跋扈都成了媚态。

人，只有在食物面前才能现出骨子里的卑贱。只有面对中意的美食，才唯唯诺诺，点头称是，扯下面子，放下尊严。对食物的敬畏，源自对自然的敬畏。而怀念一种食物，便是对一段岁月的感念，更是对岁月沉淀下来的骨子里的某种基因的告慰。

原以为我对家乡的想念，是一种伟大的情愫，时而让我热泪盈眶，可当我面对一碗老家的浆水面时，却看出了自己的卑贱。我所以为的伟大，在卑贱面前低了头。

谁说这卑贱不也是一种深沉的爱？

搅团

有南方朋友问我，什么是搅团。我穷尽记忆，搜罗词汇，尽力向他描述半天。最后，他恍然大悟道，哦，搅团，搅团就是面糊糊。我一时语塞，进而失笑起来。跟南方人解释稀里糊涂的搅团，就像南方人向北方人述说毛毛刺刺的粑粑一样，是费力又不讨好的事。于是，只好放弃。然而，关于搅团的记忆却又分明在我脑里浮现出来了。

搅团，是典型的西北美食。说是美食，其实赖于时间对记忆的美化，若实在地追究起来，那时的搅团，不过是一种寻常饭食，寻常到像是旧年的夫妻，明明心里记着他的好，若要从嘴里说出个好来，却并不容易。

西北黄土高原多产苞谷。苞谷面，便是做搅团的主要原料。那时，磨面的机器还不像现在这么精细。苞谷又不能像小麦一样的，在钢磨辊上磨，得用粉碎机粉碎。粉碎机粉碎出来的苞谷面，就有些粗糙，做成面疙瘩面片片，要咽下去，会有些扎嗓子。因此，孩子们吃久了，就不爱吃，老人们牙口不好，硬咽下去不好消化。于是，人们就创造性地做出馓饭、搅团这样的食物。粗糙的苞谷面在巧手的主妇点化之下，摇身一变，成了妇孺皆喜的食物。俗话说："搅团馓饭，老汉娃娃的饭饭。"的确，吃搅团和馓饭，是可以不用牙齿的。所以，那时的月里娃儿，如果母亲奶水不足，是可以用搅团馓饭替代喂养的。许是这个缘故，很多人离开爹娘以后，离开故乡很久，依然忘不了搅团和馓饭。

搅团和馓饭到底有什么区别？大概是阿伯子和小叔子的关系。一个比一个熬得时间长一些，一个比一个的路数稠（路数稠：俗话心眼儿多）一些。但这也仅是外人看来的表象。实际上，阿伯子和小叔子，各有各的脾气。除了稀稠的微妙差别，更在于吃法的截然两样。

搅团，不叫做，叫打搅团。用啥打？用擀面杖。

如何打？俗话说"搅团要好，七十二搅。"又说"搅团要黏，勾子（屁股）拧（转）圆。"这话形象体现了打搅团的动作要领。

一般饭食，都是主妇一人完成。打搅团，得夫妻二人配合，因为打搅团可是个体力活。一般都是男人烧锅、拉风匣，女人撒面。男人边把穰柴一把一把塞进灶火门里，一边跟女人调笑闲谈，女人就往锅里舀水。俩人说欢了，女人拧一把男人的耳朵，说一声——藏赶紧把锅烧好！

男人就嬉皮笑脸地装正经，边烧锅，边偷瞄一眼女人。女人也不瞅他，她盯着锅里呢。锅里的水冒泡了，女人一手从面管箩里抓起一把苞谷面，一手拿擀面杖，往锅里边撒边搅地打起来。这时，火要旺，男人自然晓得这一点，就忙忙把苞谷芯芯苞谷秆秆往灶火门里填，女人皱一下鼻子，还嫌火不够旺。男人照着灶火门噗噗吹几口，火舌舔了男人的眉眼，男人咳咳咔咔起来，女人腼腆一笑，就搅得更欢了，摇指颤腕、扭腰送胯间，带动锅里冒出的团团热汽在半空摇摇曳曳，仿佛舞蹈。此时，若从门外进来一个人，是要被女人的腰身给迷住的。然而蹴在小板凳上的男人此时却顾不上看她，他得留意着火，留意着女人撒面的手腾出空来，给他一个拧耳朵。

一时间，听见锅里噗嗤噗嗤地吹气了，女人拿擀面杖捞起一些苞谷面来，看看能不能挂得住。如果挂不住，再撒几把面，如果挂住了，说明稀稠差不多。这时，女人鼻翼上泅出了细细密密的汗，男人瞅她。女人把面手往锅里啪啪一磕，顺手从背后解下围裙。女人围裙还没放下，男人就晓得女人的意思，他讨好地猫腰站起来，乖顺地拿起擀面杖。女人嗔白他一眼，就去擦额颅上的汗，一擦，擦下一个面圈圈。男人拿起擀面杖就搅，动作像拿铁锹翻地，憨厚笨拙。女人噗嗤一笑，蹴在板凳上烧起火来。男人搅欢了，把七十二搅搅到了三百六十搅，女人来一声——藏死过！

男人知趣地闪到一边，又起腰嘿嘿笑着站起来。

搅团已经八成好了，还得馇（焖）一会儿。男人把灶火门里的苞谷秆秆抽出来几根，在地上绊灭了，又把灶火门里的火拿灰玉一压。搅团就在大铁锅里咕咚咕咚的，一下一下顶锅盖。馇一会儿，女人掀开锅盖，又拿擀面杖搅搅，一捞，一看，成了。

打好的搅团用木勺盛在大盘里、大老碗里。空气中弥漫着苞谷的香甜。案板上的蘸料是早调好了的。或是浆水酸汤，或是蒜泥油泼辣子，选哪样，看个人口味。盘子和老碗从女人手里跃过炕席、摆上炕桌，大家纷纷捉起筷子，选自己喜欢的蘸料，就吸溜吸溜、吧唧吧唧吃起来。若是蒜泥油泼辣子，就捌一筷子搅团，蘸了，吸溜吸溜吹两口，一嘴吃进去，蘸料的酸辣和苞谷面的爽滑次第而来，安抚着悸动的舌头和腮帮；若是爱吃浆水酸汤的，把浆水酸汤浇进搅团里，边捌搅团边吸溜浆水，又是另一番滋味。一家人的筷子上下翻飞，看看彼此或吧唧或吸溜的表情，有一种热火火的安闲自在。

当然还有洋气一些的吃法，是搁出臊子汤，臊子汤里有黄花土豆块儿胡萝卜块儿等，往搅团碗里舀上臊子汤，搅团的香和臊子的香混合一处，让所有的味蕾都应接不暇。

无论是哪种吃法，搅团，就吃个安闲，就吃个自在。吃搅团大多在冬天，那时是农闲时节，人们才有心思把一锅搅团吃到慢条斯理。搅团爱黏碗黏锅，洗涮麻烦，如果农忙时吃，怕洗涮耽误工夫。再说，大热天的吃搅团，一心急，吃不到嘴里。

搅团虽简单，可也是对一家主妇的考验。搅团打得光不光、黏不黏，全看手法。手法好的，稀稠刚合适，人也愿意多舀几碗，如果手法不好，糊了锅，公公婆婆难免吹胡子瞪眼，男人还得低眉顺目地赔笑脸，女人只好躲进厨房里，嘟起个嘴，心上想着娘家，枉亏得偷偷抹眼泪。毕竟在那时的农村，做饭是女人一生的事业。

而搅团对于孩子们来说，也有非同寻常的情感寄寓。那时，大人们总说吃了打过搅团的锅底的呱呱（锅巴）会拾钱，于是就抢着去吃呱呱，钱倒是许久也没拾到过。没拾到，也依然是深信只怪自己运气不好，而不是呱呱的错。可倘若哪天真的拾到一分或二分钱，便要跳起来大声宣告，都是因为自己吃呱呱吃得好的缘故。

想想，那时的大人真是智慧，教育孩子们节约粮食的理念，竟灌输得如此和风细雨。如此寻常的搅团，却能吃出仪式感。

这仪式感，就是腊八节的一顿搅团。

老家过腊八没有吃腊八粥的习惯。即便后来听说外边人过腊八要吃腊八粥，可总觉得隔着一层。那是人家的腊八饭，而我们的腊八饭，就是打搅团。搅团吃起来煎火（烫），做时热火，最能代表家的氛围。一家人围在一起，把一碗搅团吃得汗汲流水、风生水起，咂吧咂吧的嘴皮，吸溜吸溜的声响，都是家的滋味。尽管每个人都不说话，但每个人要说的话，就在那一声声咂吧和吸溜里。

"打搅团"，一个"打"字，除了表达出打搅团过程里的欢火热闹，更有一种只有老家人才可意会的、别样的人生况味。

在我老家，把诸如两口子闹别扭这样的麻烦事，也叫"打搅团"。两口子没有隔夜的仇，可过了一夜，心里终究还有点别扭。怎么办？打搅团！

于是早起，就在两口子围着一口锅、围着一眼灶火的烟雾蒙蒙又暧昧不明里，一个烧锅，一个撒面，就心照不宣地打起了搅团。一开始谁也不说，谁都噘嘴。接着，是有意无意地，你碰我一下，我碰你一下，你白我一眼，我白你一眼，不知不觉的，两个人意念里就搭上了茬。就在一个幽幽的埋怨和另一个的死皮赖脸里，不知不觉又搭上了话，终究是你一句我一句，于有意无意的来来往往里，把昨夜的怨气和缠绵重温一遍，到最后，肚里的气也消了，脸上的笑也绽开了，一锅热热火火的搅团也就打成了。

自从有了这样的经验，人们就把一切说不清道不明的麻烦，都叫"打搅团"。这，颇有点得了太极真传的意味。老百姓的日子里，没有太多的恩怨分明，更多的是纠缠不清的家长里短。婆媳之间，儿孙之间，街坊之间，邻里之间，莫不如此。如果非要当个官司，断出个分明，那人就活得没有半点趣味。于是，只好眉毛胡子一把抓的打搅团。打搅团也绝非全然是非黑白不分的胡羼，乃是由本身的乡土宗族观念决定着，靠单纯的是非黑白去算账，最后还是一笔糊涂账。不如，将计就计，糊涂账就糊涂算。于是，一切麻烦就打进一锅搅团里，你来我往的，把一些事捋一捋，理一理，心里一团乱麻，脸上和和气气。到最后，还是没捋那么清楚，没理那么明白，可在这捋和理之间，又掺杂了避免不了的亲情友情乡情进去，就在大家彼此的打搅团里，把是非矛盾打成了一团和气。到最后，谁也没说出个明白的道理，可那道理，每个人却分明是清清楚楚。

你看看，一本糊涂账，最后捋得展展刮刮，各自心里清楚，可别人看来还是一锅搅团。这，就是"打搅团"于乡民们的妙处。

如今想来，爱吃搅团，不过是忘不了搅团里的那份烟火气，忘不了打搅团的过程里，那种磕磕绊绊又卿卿我我的人间真味。乞活，本就是一锅搅团，把人情世故和家长里短一锅搅进去，又蘸上一筷子酸甜苦辣，一仰脖，统统给咽下去。关于一切的人生况味，便都在里面了。

农人们向来是不善于表达。他们说出句情话，倒像是仇话，如果非要表达，逼急了，他就给你来一锅搅团。一锅搅团下肚，便是什么也没说，又什么都说了。

而对于离家在外的人来说，当陷入现实的迷惘中，当无以安慰久别的愁苦时，便想起老家的搅团。

便要打他一锅搅团，把埋在心里的千种柔肠，万般无奈，都打成一锅搅团，混混沌沌吃下去，吃出一个豁然开朗来。

馓饭

一场不请自来的大雪，悄悄降临在西北黄土高原上，四处的野洼上都披上一层白。冷啊！这是抹馓饭的好日子。俗话说：人暖腿、狗暖嘴、鸡暖嗉子、猪婆暖肚子。这样的天气，鸡啊猪啊狗啊的都在麦柴秆秆底下，或者圈里窝里暖着去了。人在炕上，腿是热火的，可心里头到底感觉欠些啥，对！这得咥几碗馓饭暖一暖。

馓饭，讲究的是新面新洋芋。面，以苞谷面为主，也有莜馇面和豆面。最常吃的还是苞谷面馓饭。大铁锅里的水被锅屁股底下的柴火烧得咕咚乱跳时，把切成核桃大的新洋芋倒进锅里，等再开锅时就可以撒了。

撒馓饭的过程，对一个手巧的农妇来说，不啻是一场行为艺术。左手抓起一把苞谷面，右手拿一双加长加粗的撒锅筷，左手的指缝轻轻蠕动，面粉就从指缝间撒下来，这时，得用右手里的筷子快速而均匀的搅动。俗话说，馓饭要做好，三百六十搅。动作还要干净麻利，不然水蒸气会呵湿手里的面，到了锅里容易结成一颗一颗的小疹疹，里面包着生面。

随着左右手的协调摇摆，带动整个身体运动，协调、舒展、优美。左手指缝的蠕动全凭感觉掌握，指缝开合的大小和频率，决定着面粉撒下来的多少。右手搅动的速度决定于左手指缝间、落下来的面粉量的多少。均匀撒下的面粉和水接触的瞬间，形成一个个小气泡，气泡随着筷子的搅动，跟着跑弧线。

这时候，火候一定要旺，要一把接一把的柴禾才能把灶火门的那张大嘴给喂饱。烧柴禾也是有一定技术含量的，握住柴禾的手法和抖动频率不一样，火势大小就不一样。人心要实，火心要空。要让柴火的火舌不住地舔着锅底，才能让锅里的水大口喘粗气。

感觉筷子搅起来有些重了，就拿木勺来搅。这时，馓饭已经比先前稠了些，冒出一个个鸡蛋一样大的大气泡，这气泡像青蛙的肚子一样鼓起来，扑嗤一下又塌下去了，像一个刚睡醒的人出一口长气。

这时，火候要小一点，让馓饭馇一会儿。过程中得拿木勺舀一些，再倒出来，观察稀稠。如果倒出来时能拽成线，就说明差不多可以了，盖上锅盖焐上片刻就可以出锅了。

抹馓饭，必然是粗瓷大碗才能施展得开，也不容易烫手。一碗一

碗馓饭冒着白气放在炕桌上，桌子中间是下菜。俗话说，打官司凭赖哩，抹馓饭凭菜哩。这足以说明下菜对于馓饭的重要性。下菜里面，番白菜腌的麻菜和萝卜缨腌的酸菜最好。小时候吃馓饭，下菜是不炒的，一来费油，二来就着刚从大缸里捞出来的菜吃，才过瘾。有时候，菜里还带着冰碴子。一筷子麻菜一筷子馓饭，冰火两重天，菜和馓饭的温度一中和，就能吃下口了。

吃馓饭是一门技术。要从碗边上挖着吃。夹一筷子菜，再把菜顺碗边一挖，面裹住菜，然后送到嘴里。端碗的手，边吃边转着碗，不然时间长了会烫手。有些人边转碗边往碗里噗儿噗儿地吹气。

　　馓饭是老少皆宜的吃食，因为几乎用不到牙齿，从三岁小儿到耄耋老人都爱吃。可吃相却有大不同。会吃的人，吃完一碗馓饭，碗干干净净，几乎不用洗。不会吃的人，筷子挑来挑去，跟鸡啄食一样，把一碗馓饭弄得面是面，水是水，汤汤水水的看着都没食欲。吃馓饭还得不紧不慢，吃得太慢，就吃不出那个热火劲儿，馓饭凉了不好吃。吃得太急，一筷子放进嘴里，太烫，腮帮子倒来倒去的换，实在撑不住一嗓子咽下去，烧心烧肝，烧得人眼泪花转圈圈。吃着吃着，露出了面下面的洋芋疙瘩，当年的新洋芋，绵绵沙沙的，吃进嘴里，伴着苞谷面的清香和洋芋的清甜。

　　吃馓饭，吃的完全是五谷杂粮本身的味道，不要什么佐料。现在的人，会拿油泼辣子把下菜拌了或者用油炒了吃。如今的一些饭店里也有馓饭，下菜五花八门。可我总觉得还是小时候那种纯天然的吃法最香。再者，馓饭本身的朴实自然，就适合在农家的大炕上、一家人围起来抢着吃，一登堂入室，餐具再精美，面磨得再细，总吃不出小时候那个味道。

　　由于馓饭的亲民接地气，围绕着馓饭的调侃和笑话也层出不穷。话说有一年一位下乡的干部去一位农户家抹馓饭，黄金灿灿的馓饭一上桌，干部只傻看着。一问才知道，他是半天找不到面头在哪里，竟无处下嘴。

　　另有一个干部下乡吃饭，看着大家挖起一筷子馓饭，要在面前转一转再吃——因为太烫，转一转为了降温。干部很好奇，问这是为什么？人回答，我们这个饭叫"缠头饭"，吃的时候，要举起筷子绕着自己的头转一圈才能吃。于是，这干部就挖一筷子，放在头顶转一圈儿，再送进嘴里……

　　抹馓饭，吃的就是个热火。一家人盘腿围着一坨热炕，吃得眉飞色舞、鼻尖冒汗，御严寒于家门之外。说到这里，您大概明白攃饭为啥不叫吃，而叫抹了吧？

碗里一捌，往嘴里一抹，形象又生动。

小孩子吃攃饭容易，囫囵往下咽。老汉们还得注意别黏在胡子上。吃完了，一个个都把脸埋进碗里，伸出舌头舔碗。一条条舌头上下翻飞，像蛇一样抽打着碗内侧，滋叭滋叭此起彼伏，蔚为壮观。

如果是莜馇面攃饭，那可是另一种滋味的香甜。可惜莜麦比较少，一般都是往苞谷面里撒一两把。就这，苞谷面的甜，洋芋的沙，莜馇面的油香，来回在唇齿间荡漾，打出来的嗝儿都是香的。

攃饭也叫懒人饭，做起来简单方便又暖和，最适合在冬天吃。因为水分多，不耐饿，又适合在早上当早饭吃。所以，攃饭可以尽饱了抹，抹它四五碗也不要紧，过一阵子，几泡尿就打发了。攃饭做多了也不要紧，再撒上几把面，就可以当搅团吃。这又是另一种美食。用浆水或者麦麸醋勾成臊子汤，蘸着搅团吃，再来一瓣大蒜，简直美得蘸蒜哩！

如果一顿搅团还没吃完，也不要紧，还可以再和一些面，发一发，做成苞谷面碗坨。就是把和好的面团放进碗里，以碗做模具，然后在笼屉上蒸熟了，又是黄金灿灿的苞谷面碗坨。要双手掬起来吃，不能掉一点馍馍渣渣，不然老年人看见会骂——这娃娃遭罪哩！下辈子让你转世成饿死鬼！

抹了攃饭，舔了碗，打着饱嗝儿还不算完。对！还有呱呱哩！——就是锅巴。

这锅底下铲下来的呱呱，据老人们说，吃了能捡钱，于是孩子们抢着吃呱呱。有一次我吃了呱呱还真的从我爸的裤兜里捡到了五分钱，于是，我对此深信不疑。

攃饭好吃，锅难洗。每次洗锅都要通过猜石头砂锅水来定输赢。谁输了谁就去洗锅，赢了的幸灾乐祸，一脸坏笑，输了的蔫头耷脑，委屈就范。

有时候天晴时，大家也会端着各家的馓饭边浪门子边抹。到一个阳凹暖暖处，大家蹴在墙根底下，端碗的手担在膝盖上，馓饭碗里堆着一撮麻菜或者酸菜，边抹边谝闲传。从张家的阿公说到李家的女婿，再从东山的猴子说到他爷爷的胡子。谝高兴了，碗也舔完了，拿了碗背搭着手，哼着秦腔回家。

　　这么多年在外，最想念的还是老家的馓饭。现在的小灶做不出那个味道，即使勉强做出来了，味道不一样，心境也不一样。老家的滋味，那是如从指缝里流走的岁月一样，一点点熬出来的。离开了柴火锅，离开了那片土地，离开了那片土地上长出的苞谷，再好的手艺也做不出记忆里的味道。

　　记得前两年有一位家乡的博士毕业的副市长，为馓饭作了一文，谈古论今、旁征博引，大有把馓饭推到庙堂之上的感觉。

　　可我还是想说，馓饭，它就是最朴实的饮食，它就是一把黄土里长出的苞谷面和几个黄土里刨除来的洋芋蛋蛋。就适合在农家的大锅里和热炕头，一把鼻涕一把汗的抹，你给它整洋了，会水土不服。

玉米面疙瘩

现在的人，把玉米面摆在超市里卖，成了稀罕物。过去在我老家，玉米面就像恶婆婆手下的新媳妇儿，揉啊、搓啊、捏啊的，由着人的性子来，而玉米面也是憨厚质朴的，任你怎么摆布，都能吃出一股清甜糯香来。无论是玉米面酸拌汤还是玉米面片片、丁丁、搅团、馓饭，都是人们碗里的常客。

其中最方便的做法，除了馓饭、搅团，就属玉米面疙瘩了。这都是懒人饭。可我却总想知道究竟是哪个聪明的懒人首先创造了玉米面疙瘩这种饭食，可真是懒人里的天才。

既然是懒人饭，做的程序自然简单。

大锅，灶门里拢起柴火——一般是玉米秸秆。一把韭菜或者几根辣椒切了，炒熟，就是盐菜。再趁着热锅热油，刺啦一声——一盆浆水倒进锅里烧开、炝好，盛出待用。

锅里再填了水，切好的洋芋块儿下到锅里，等水冒起大花儿来时，拿马勺舀一勺开水，一手拿勺，把开水徐徐浇在盆里的玉米面上，一手捉筷子来搅，直到把盆里的玉米面搅拌成稀泥状，把面盆端到锅台上，懒人的表演就开始了。

一手拿筷子，一手捏一疙瘩玉米面在手心，然后手指收拢攥紧，玉米面就像一条条黄泥鳅一样从指缝间溜出来，乒乒乓乓、争先恐后跳进开水锅里。边捏边拿筷子搅，防止面疙瘩粘锅。

每次看母亲捏玉米面疙瘩，总让我想起玩儿泥巴的乐趣，忍不住就想把脏手往盆里伸，母亲拿起筷子嗔怪着在我手上打一下：看你那黑爪子！我看着自己的一双脏手，不好意思地背到身后。用不了一会儿工夫，一盆玉米面都成了泥鳅，在开水里来回打滚儿，洋芋也已经八成熟了。这时,再用马勺舀几勺凉水倒进锅里,用文火煮一会儿,锅里的热气顶得锅盖啪啦啦得抖,揭开锅盖时,一股热气扑在人脸上,带着玉米面的清甜扑鼻,玉米面疙瘩熟了。把炝好的浆水倒进锅里,调上盐,尝尝味道,合适了,再把盐菜倒进去,最后挖几勺油泼辣子搅匀,一锅酸爽清香的玉米面疙瘩就做好了。

　　一家人围着炕桌,每人面前一碗冒着热气的玉米面疙瘩,先喝一小口汤,油泼辣子的清香一下刺激得人胃口大开,接着是浆水的酸爽入喉,和着口水咽下去,顾不得烫嗓子。

　　我刚要动筷子,父亲已经把头埋进碗里呼噜呼噜刨开了。我从小吃饭怕烫,等不及了就吹一口、吃一口。母亲说吃饭不能吹,我只好嘴巴凑近碗边,装作喝汤的样子轻轻吹一口,然后夹起一个疙瘩送进嘴里,一咬,面疙瘩包住了上下牙,烫得人咬嘴皮,眼里转眼泪花儿。洋芋绵绵的,舌头一压就化;玉米面疙瘩甜糯滑爽,来不及嚼就往人嗓子眼儿里钻。吃得人额头一层密密的汗,嘴里不住的咔气。冷不防打个嗝儿,满口都是玉米面的清香。

　　老家人习惯于一天吃两顿饭,把上午的一顿饭叫作"干粮"。"干粮"是一天饮食里最重要的一餐,要把肚子咥圆了才好,不然下一天地、干一天农活,肚子非得叫唤。

　　干完活回来,男人们天经地义地缓着去了,女人来不及擦汗便风风火火地钻进厨房。麻利的女人一阵锅碗瓢盆的交响曲以后,三下五除二就能把一锅饭舀进碗里,男人呼噜噜三碗下肚,把饭碗往外一推,刺啦一声划了火柴、点了烟,就赛过活神仙了。女人们又把碗筷等洗刷干净,摆置到该在的位置。一切看起来都理所当然。在农村,男人做饭不是本事,说出去会被人笑话——男人生来就是"爷"。

　　那还是以粗粮为主的年代,尽管小麦播种面积也不小,可毕竟产量不如玉米,于是,玉米仍是养活人的主力军。于是,玉米、洋芋、浆水这弟兄仨,便是绝妙的搭配,能变幻出许多不同的花样儿。

但让人怀念的，还是玉米面疙瘩。

　　父亲那时是干部，有国家供应的定量商品粮。于是，我们家的主食是白面。可堂哥家依然以吃玉米面为主，他偏不爱吃。他每次吃玉米面时，脸上都是一副作难的表情。他坐在廊沿上盯着自己碗里的玉米面疙瘩发呆，仿佛遇到了一个无解的难题。身旁有一群鸡，脖子一伸一缩地探到他跟前，偏着头看他，仿佛是等待一个什么答案。堂哥用筷子把碗里用来卧浆水的萝卜缨缨挑到地上，那些鸡扑棱着翅膀飞过来抢了吃。鸡翅膀扇起了地上的草灰，他伸脚去踢那鸡，鸡呱啦惨叫一声跑开，老远地歪着脖子，一伸一缩地张望。我端着一碗西红柿鸡蛋面，不住失笑。他见我过来，眼里突然泛起精光，叫我过来，瞥一眼我的碗，幽幽地说，玉米面疙瘩是金蛋蛋，吃了拾钱哩。我说，那咱们换着吃饭吧！他诡异地幽幽一笑说，能成！没等我伸手，他便抢了我的碗过去，呼噜噜刨开了。我端起他的玉米面疙瘩，也像是占了一个很大的便宜，两厢欢喜。

　　其实，我明白他的心思，又每次一脸懵懂，装作什么都不知道，心里只觉得好玩儿。每次换着吃饭，都是一副简单相信的表情，忍着不笑。我觉得我的演技是过关的——这一点从堂哥得逞的表情可以印证。

　　后来，吃玉米面疙瘩的次数越来越少，在人们心里，它到底没有白面疙瘩讨喜。

　　有一年过年，我回老家，跟一帮孩子去看社火，场院里谁家架起了一个"轮轮秋"（一种旋转的秋千），一个稍大的小伙子坐在"轮轮秋"上美滋滋地叫唤。大概是转得太快，他晕了，脸色突然一阵蜡黄，接着，随着秋千的旋转，他嘴里有什么暗器像子弹一样扫射一阵。等停下一看，原来是一颗颗未及消化的玉米面疙瘩！没想到我跟这老兄的重逢居然是以这种方式，竟然让我思索一路。大过年的，他居然吃玉米面疙瘩，究竟是太爱吃，还是家里实在困难呢？想到他家大过年的吃玉米面疙瘩，我心里一阵难过，又想到他也许是实在禁不住玉米面疙瘩的香,又欣慰。想来想去,心里宁愿相信是后一种答案。玉米面疙瘩呀!你终究在人们心里还有一个位置。

后来的二十几年,我人身在外,再不曾吃过一顿玉米面疙瘩。偶尔回老家,想起玉米面疙瘩,又不好意思跟亲朋说起,一来是怕人家麻烦,二来是恐怕这些年,人们早都忘了它的做法了吧?可我心底总有个愿望,能再坐在老家的热炕头,呼噜噜刨几碗玉米面疙瘩。

说着说着我居然感觉有些饿,我对妻女说,我想吃玉米面疙瘩。她俩相对一觑、一脸疑惑地问:啥是玉米面疙瘩?我无奈一笑说,玉米面疙瘩啊……它是一个遥远的传说,它是一个清甜可口的念想。

舌尖上的牛肉面

提到兰州，就不得不说兰州牛肉面。不只因为面好吃，名气大，更因为这是一种情怀，一种信仰。兰州人早晨提起裤子，擤了鼻子，第一件事就是去吃一碗牛大（牛肉面在当地的通俗叫法）。而牛大碗里面那扯不断、嚼不够的面条就像一根根缰绳，把男女老少从四面八方牵过来。想起某位兰州诗人的话："午夜入城的羊群/迎着刀子/走向肉铺。"要我说，清晨的兰州人，迎着蒜苗子，走向牛肉面馆。

清晨的牛肉面馆，八方的人群，不同性别、年龄、民族，汇聚在一起，不自觉就亲切起来。一碗牛肉面呼啦啦下肚，意犹未尽地咂吧咂吧嘴，擤了鼻子，各自散去。兰州人简单直接，热烈奔放，敦朴沉默，细腻柔情。了解兰州的人都知道这句话："砂锅里煮的洋芋蛋，炕上铺的烂毡片，屋里头躺着尕老汉，羊皮筏子赛军舰。"

兰州地处三大高原交汇之地，是连接西域与内地的要道。不同文明，不同民族在这里融会贯通，最终形成了兰州特有的地域文化。这里的空气里，飘荡着玫瑰香与羊肉膻；女人们穿着比基尼漫着花儿，有"黄河母亲"的柔情，也有"羊皮筏子赛军舰"的豪情。繁华中有落寞，激扬里有忧伤。一条黄河把兰州劈成两半，一边古老，一边现代，一边繁盛，一边荒芜。兰州，突兀而和谐，散乱而统一地存在着，有种不明就里的和谐。不管你是开奔驰的还是坐奥迪的，也无论士农工商各色人等，只要端起一碗牛肉面，彼此就有天然的亲近感。不管是坐着、站着、蹴着，不管是毛细、韭叶、大宽还是二柱子，头上冒着热气，脖颈上淌汗，呼噜呼噜，三下五除二就像瀑布一样的，把一碗面倒进胃里。

田野芬芳／

外地人到了兰州，必定去吃牛肉面。若是第一次吃，说不定就会受一番奚落。他们进了面馆，往往会说，来一碗兰州拉面。这时候，裹着头巾的老板娘幽幽抬起头，嘴角一丝不屑而诡异的笑，"你佛佬个撒（你说什么）？第一次来兰州吧！"外地人不明就里、诚惶诚恐、抓耳挠腮、哆哆嗦嗦、汗汗津津，以为兰州人都是"新龙门客栈"里的剔骨刀客，不禁毛骨悚然。他哪里知道，兰州人从不说"兰州拉面"，就叫牛肉面。

只见一个兰州人进来，老板问："哎，师傅，下个撒尼（你要下哪种）？"兰州人说，"格我来上个'双飞'（一碗面外加一个茶叶蛋）！"然后，拿了票到窗口，对着里面喊："哎！尕滴个，格我下个韭叶子（小伙子，给我下个韭叶）！辣子多些，蒜苗儿多些，萝卜多些！"

捞面的小伙子接过票，口里唱道：三二两毛一薄宽还有两个二柱子！拉面师把那澄黄晶莹的面团辗转翻飞之间已然下到滚烫开花儿的锅里。须臾之间，那面如蛟龙入海，鱼翔瑶池，热热烈烈就从捞面人的筷子跑进了碗里。从开票到拉面、捞面，仿佛报幕、舞蹈、谢幕，一气呵成，绝不拖泥带水。前后最多两三分钟。这不是拉面，分明是一种优雅的行为艺术。

把外地人看得目瞪口呆，怎么吃个面还要"双飞"？当他们看着这惊世骇俗、悠扬婉转的表演时，一个兰州人悠然把一碗面和一个茶叶蛋放在桌上，倒进胃里，擤了鼻子，喊一声"满福滴很呐（满福意为舒服、畅快）！"

外地人彻底不懂了，他们吃着兰州牛肉面，却看不懂兰州，读不懂兰州的牛肉面。

兰州人的牛肉面，必定一清二白三红四绿五黄。就像兰州人做事，必须明明白白、清清楚楚。

兰州的牛肉面，招牌上必定不写"正宗"二字，而那些挂着大大的"正宗兰州拉面"的招牌多半是冒牌。

兰州牛肉面，面粉是河西走廊盐碱地产的高筋粉；牛肉是西北高原黄牛腱子肉；辣子是辣椒和多种调料秘制合成的油泼辣子；水是不硬不软的黄河水；发面用的是河西走廊戈壁里的蓬草烧制的蓬灰（只有这种天然蓬灰才能使面澄黄筋道有嚼劲）；汤是用牛骨加其他丰富的香料、食材文火熬制……总之每一种原料，每一道工序都有严苛的工艺要求，否则就不是正宗的兰州牛肉面。

外地人不明白为何叫"兰州拉面"会被兰州人鄙视，因为他们不懂，兰州牛肉面的精髓并不在"拉"，而在汤。

那些青海或者其他地方的拉面为何要出"拉"字？因为外地人往往被拉面师出神入化的拉面技巧折服，认为这种拉面技艺是体现面是否正宗好吃的标准。而那些非兰州传统拉面却挂着兰州拉面招牌的人正是利用外地人的好奇与神秘感，挂羊头卖狗肉，充当正宗。真正的兰州牛肉面，不光用料讲究——原产地；做工考究——讲究"三水、三灰、九九八十一遍揉"，细的、毛细、二细、三细、韭叶、大宽、二柱子等九种面形；配料讲究——牛大棒骨加其他佐料熬制，绝不放鸡精味精等人工合成调料；就连捞面师也得练就炉火纯青、火眼金睛的技能——面在汤里翻滚几次、颜色变化、捞面时机等等都得把握得恰到好处，否则牛肉面的口感与嚼劲会大受影响。

兰州牛肉面是以汤定面，有多少汤就卖多少面。一般早晨五点开门，到下午两点左右关门。汤完了就歇业，绝不会像那些打着"正宗"旗号的店，味精鸡精加水勾兑，二十四小时营业，那不是兰州牛肉面。

兰州牛肉面是一代代兰州师傅怀着敬畏之心，严格遵守传统，又在改革创新的基础上传承发展起来的。这就是兰州人说牛肉面而不说兰州拉面的原因。拉面容易，而做一碗真正的兰州牛肉面不容易。不单靠纯熟的技艺，还得守着自己的良心！倘若一个环节省略，一种食材偷工减料了，做出来的就不是真正的兰州牛肉面。

很多人说兰州牛肉面离了兰州总不是那个味儿。的确，如同一方水土养一方人，牛肉面离了兰州就离了根。兰州人从外地归来，必定要第一时间找到面馆，风生水起地吃一碗牛大，吃牛大就是吃家乡的味道。身处外地的兰州人说想家，可能不一定是想爹妈，十有八九是馋牛肉面。

牛肉面是兰州人的情怀，对家乡，对故土，对父老的情怀。就像没有流浪艺人与音乐就不是维也纳，没有埃菲尔铁塔就不是巴黎，没有湖水就没有九寨沟。

兰州人吃牛肉面，各自有各自的喜好与去处。吾穆勒、厚粮、占国、金强、安泊尔、曾经的辣子、苍鹰、萨达姆、舌尖尖……如果喜欢吃安泊尔，那么家门口的占国再好吃也要开车半小时去黄河北，堵在城关黄河大桥上两小时也不在乎。这些名店都有各自的秘方，口味不同，用料及手法也各有特色，但秉持的基本原则都是一样的，就看各人的喜好了。

记得那一年和朋友特意去小西湖吃"辣子牛肉面"。十几勺红灿灿的辣子……下肚后五秒，满脸辣起了红豆豆，要的就是这种撕心裂肺的效果……兰州人对牛肉面的任性一般人外地人真的不懂。

其实，那些连外地人都耳熟能详的大招牌兰州人一般是不去的，因为他们为了适应全国各地食客的口味，特意做了改良。兰州人还是认散布在各个巷弄胡同里的草根牛肉面，接地气，对口味，满福！

与此同时人们也要问，兰州牛肉面真正的主人兰州人为何守着金蛋却让别人孵出了凤凰？兰州人让兰州牛肉面遍地开花不是更加顺理成章吗？

也许，通过前文，您大概已经有所领悟。没错，兰州人对待牛肉面是近乎宗教般的虔诚的，他们不容自己对百年来靠着良心与诚信代代相传的兰州牛肉面工艺有丝毫懈怠与亵渎。

离开了纯天然的蓬灰，离开了河西走廊的面粉，离开了黄河水，离开了世代对传统工艺的传承，离开了这一方水土，兰州牛肉面还能是那碗兰州人的牛肉面？

不是他们保守不前，故步自封，也不是他们守着金字招牌不知道四处圈钱扩张。因为，他们要坚守一种信仰，关于牛肉面的信仰，其实也是关于人心、人性的信仰,这信仰不容他们把兰州牛肉面毁在自己手里。

其实,在欧洲有很多传承了几百年的传统手工艺作坊,他们没有扩张,没有遍地开花的加盟,不是不能,而是不想。有些文化的传承是不需要一窝蜂似的繁花似锦的,太多的吹捧与宣扬反而是摧毁。

兰州牛肉面需要像全聚德烤鸭、狗不理包子一样,需要走出去,需要发扬光大,需要她的繁荣给从业者带来财富,让更多人了解牛肉面背后的独特历史文化。但牛肉面真的需要像肯德基麦当劳那样扩张吗?

不管孰是孰非,兰州牛肉面在给甘肃以及青海等地的人们带来好处的同时,也需要看到在兰州牛肉面的故乡,有很多虔诚的人还在坚守着,他们宁愿驻守故土,宁愿少赚一点,寂寞一点,也要坚定守卫兰州牛肉面的精髓与灵魂。

兰州牛肉面作为一个城市、一个群体的信仰,就像兰州人一样倔强耿直地存在着。这里有粗粝的风沙,也有婉约的母亲河,有彪悍的汉子,也有温柔的莎莎(美女)。在这一方古老而现代、僵硬又柔软的水土上,一碗牛肉面让四面八方的人走到一起,喝着黄河水,唱着秦腔与花儿,舞起太平鼓,坚定而乐观。

牛肉面是什么?牛肉面对兰州人来说是一首诗,一缕乡愁,一声娘亲的呼唤,一只父亲的羊皮筏子,一种萦绕心头的情怀,一个百折不回的信仰,一首流淌在心底的歌谣。

乡愁，是一碗炒面

当你沿着关陇古道西出长安，领略了峻秀险峭的陇山，一路旖旎向南，在那莽莽苍苍的关山尽头，听着姑娘们在沟恰恰里漫着花儿，你就到了张家川。

张家川，不是一座城，她是历史的老祖母穿秦越汉、被苍凉的西北风迷了眼，淌下的一窝眼泪。这浑浊的泪，化成秦家源铜车马上的锈迹斑斑，又仿佛盘腿坐在大火炕上，诉说着老掉牙的古今，听各琅琅的清水河穿过古老年月里的荣耀与沧桑。她佝偻而不屈的脊梁，如白起堡矗立千年的烽燧，静静怅望着长宁驿的官道上打马远去的秦人，消失在天尽头；脚下黄土地里深埋的三国古战场，刀剑和箭头已失去了往日的光辉；一座座山峁洼梁，如岁月侵蚀的道道皱纹。

张家川，就藏在这皱纹密密匝匝的褶子里。

张家川是寂寞的，像野洼上挥着放羊鞭子的老汉，嘴角是永远抹不下来的一串麻籽①碗碗。

张家川是厚重的，一如那磨盘一样的锅盔，用杠子压、火炉烤，带着太阳般黄澄澄的颜色来到人间。

张家川是宁静的，晨起，端一盅酽酽的罐罐茶，嚅着腮帮子，在热气里吸溜吸溜，掐一划子锅盔放进嘴里，吃到日上三竿，一天的光阴就开始了。

张家川是醇冽的，像电影院门口的甜醅子，吃上一碗不够，再来一碗，脸红脖子粗，倒着绞绞醉倒在家门口。

张家川是隐忍的，像双城门的牛板筋、牛头皮一样，嚼得人牙

---

① 麻籽：一种地方休闲小零食。

花子发酸、舌头发直，可嘴里不说一句话。

张家川是粗粝的，张家川人能把三马子开成航空母舰，一屁股黑烟绝尘而去。

张家川是温柔的，盖头下的小阿娘美过风姿绰约的异域玫瑰。

张家川是遥远的，就像已经成为辽远传说中的招女儿和瓜牡丹。

张家川是庄严的，如星月下的清真大寺里，传出的悠悠的诵经声。

张家川人不会说话，见了谁都是姑舅①，都是他爸爸、他丫丫。

张家川人把说话叫谝闲传②。

高兴了说，走！谝闲传走！

不高兴了说，看谝传了么！

张家川人实诚，实诚的张家川人都是直肠子，一碗出汤面一头在嘴里，一头在肠子里。

张家川人的实诚不是装出来的，来了不吃不喝你就别想走，拽住脖领子，磨③也要把你磨到六虎家咥一碗炒面。

是啊！不咥④一碗张家川的炒面，你也好意思说你到过张家川！

我心里的家乡张家川，就是那一碗跟园树梁一样、高高耸立的炒面。

张家川的炒面不一般。

能一头碰死人的老豆腐切成片片，都是干货，水分少；能吊死人的粉条是纯洋芋淀粉，筋道、不掺假；油是高原上的绿色食品胡麻油；牛肉来自喝农夫山泉长大的小黄牛；碗是比脑袋还大的海碗；掌勺的是英俊的小伙子社穆、阿丹；揪面片的是心疼的尕媳妇儿凯

---

① 姑舅：一种亲属关系的称呼。

② 谝闲传：侃大山，有时也含有贬义，瞎整的意思。

③ 磨：动词，拉、拽的意思。

④ 咥：方言，吃。

莱曼、麻兰；店，是老马家的店。

上阵父子兵、打虎亲兄弟。一家子人，揪的揪、炒的炒，不管是南来的、北往的，保证把你的肚子伺候地滚溜溜地圆。

很多地方的炒面其实是菜拌面，而张家川的炒面是真正炒出来的。抹胳膊、撺袖子、马勺龙飞凤舞么样子，三下五除二，一碗高高堆起的炒面就出锅了。粉条豆腐上面站、油泼辣子红艳艳，还没端到桌子上就已经咽了一肚子口水。

我每次回老家，下车第一件事就是去炒面馆，不光为吃，还为听。

听？

听啥？又不是唱花儿。

听我慢慢给你说。

作家刘震云笔下的民工刘跃进，喜欢去发廊里听女声，是为安抚身体里蠢蠢欲动的荷尔蒙。

我去家乡的炒面馆去听吃面，是听那一片稀里哗啦把一碗面"刨"进胃里的畅快。

家乡人喜欢说"睡觉要孛个死势哩、吃饭要孛个饿势哩"，睡觉要像挺尸，饭要想吃得香，就不能斯斯文文地吃，得"刨"。一碗面三捶两膀子刨个一干二净，打着响嗝儿一抹嘴，才是干散人。

久居城里，小锅小灶的吃惯了，一家人不管吃面还是吃米饭，都是静悄悄的，生怕弄出一点动静来。去饭店吃饭，更是正襟危坐，不是绅士也要做出一个绅士的样子。讲文明当然是好事，可时间久了也寡淡。于是，就想去老家听听吃声，听吃声最好的去处就是炒面馆。

吃客大都相熟，不是姑舅就是他爸爸、他丫丫，见了面难免道一声"色俩目"或者你好！听着乡音，寡淡的味觉一瞬间就复活了。没有哪里人能像张家川人一样，把一碗炒面吃得绘声绘色、风生水起；吃得鼻尖冒汗、脖子淌水。呼啦呼啦的刨面声；吸溜吸溜的喝面汤声；吧嗒吧嗒的绊嘴声……嘎嘣，再来一颗大蒜，真个是香得蘸蒜哩！若是刚出锅的面太烫，眯着眼"噗噗"吹两口，香气飘到隔壁等待的客人跟前，那人装着咳嗽一声，一脸的严肃——其实是偷偷咽口水哩！于是，像鸡一样伸长脖子左望望、右望望，还不见来，急得桌子下的脚绊得梆梆响。面终于上了桌，也不管烫不烫了，张嘴就刨，冷不丁口水砸在脚面上。

咥饱了的，心满意足的嘬着牙花子，眯着眼滋溜一口面汤，抬头环视一周，仿佛有一股云睨众生的优越感。然后，摸着滚圆的肚子，溜溜达达、恋恋不舍地出门去了。

咥饱了肚子，跟了集，包里必定装着酥脆的大麻花，背着磨盘一样的锅盔，提着酸溜溜的醋粉，嘴里叼一个刚出锅的荞面油饦[①]，风风光光地回家。

其实，以我现在的饭量，只能吃半碗炒面，眼睛受不住美味的勾引，可胃不争气。在外生活了若干年，心总往老家跑，胃却变得小气了。这半碗，还得细细嚼、慢慢咽，倒不是显示我的文明，就为多听一会儿吃声。

听吃声，是为听久违的乡音，擦亮蒙昧的双眼，唤醒沉睡的神经。每当我在外久了，生活变得麻木而机械时，回到老家，站在老家的黄天厚土里，听到这呼呼啦啦的吃声，就能再次体会到一种亮堂堂的生命的张力，才能再次感受到自己是一个切实活在世间的人。

每当听到这带着原始的、有些粗粝的吃声，记忆便回到那曾经的岁月。

那时，夜里抬头就能看到满天的星星；月亮也远比现在离得近，身子挨着热炕头，根本不用数绵羊，倒头就能做一个甜梦。天亮了，干粮是一锅热乎乎的拌汤，一家人围着一盘子花卷或者玉米面粑粑，把头埋进大海碗里，呼呼啦啦三碗下肚。那时的面，是真正的粮食应有的味道，因为粮食带着太阳的味道，带着黄土地的味道。

[①] 油饦：一种西北油炸杂粮食品。

阳圪暖暖的墙根下，圪蹴着几个白胡子老汉。有人吧滋吧滋吸着旱烟；有人津津有味嗑着麻籽；有人双手掬一个玉米面粑子[1]，用仅剩的两个门牙啃出一道道白茬茬……

那时的日子过得很慢，慢得人掐着指头天天算着想长大。可长大后，梦里都光着脚丫子飞奔在一望无际的田野上。

回不去的岁月，像酿在胸口的陈年老酒，一口一口，口口都是愁。每当步履匆匆、每当不知身在何处，就想停下来，去家乡走走，去吃一碗炒面，去听一回吃声。

一碗面成了半碗，吃客一拨一拨的来来去去，我依然陶醉在一阵阵热烈的吃声里。

碰到老同学，问，干吗来了？

听面来了。

啥，听面！别人吃面你听面，这不是胡谝传哩嘛！

可不是胡谝传咋的。

于是，就约上三五个同学真的去谝一阵闲传，每个人又把过去的故事重复上三五遍，故事是陈年的故事，却依然笑得人仰马翻、狗窦大开。不知不觉，把一碗炒面消化到无形。

住上几天，顿顿都想咥炒面，这次吃完了，说下顿再也不吃了，可到了下顿，还是想咥炒面，不光咥炒面，还想听吃声。自己在心里骂自己一句，看谝闲传了么！

是啊，这是一个永远都谝不够的闲传。

故乡是什么？

故乡就是一天骂了八次谝闲传，下一回还想谝闲传的地方。

张家川啊，我的故乡，你就是一碗炒面。

---

[1] 玉米面粑子：一种玉米面为原料的馍馍。

张家川锅盔

有顺口溜云——"房子半边盖,锅盔像锅盖。"这锅盖大的锅盔,说的便是甘肃天水张家川的锅盔。

如果说兰州人的一天是从一碗牛肉面里醒来的,那么张家川人的一天,就是从一划子(一块)锅盔就着一盏三炮台里醒来的。倘若少了这一口,一天干啥都没心劲。

每天清晨,散布在张家川大街小巷的锅盔铺子里的香味,把人们从睡梦里唤醒。四面八方的人们像被青草召唤的羊群一样,迎着朝阳奔向一坨一坨的锅盔。

买主和卖主一般都是相熟的,卖主不慌不忙不吆喝,买主们自会不约而同,各自寻向各自喜欢的那家铺子。

见面没有过多寒暄,一声姑舅、一声他爸爸他姨姨,就算是打了照面。毫无扭捏,自然而然。

卖主用刀把一坨磨盘一样的锅盔三两下划开。你要这一划子,他要那一划子,卖主眼疾手快,手里的秤杆儿秤砣上下翻飞,一会儿工夫就卖出去大半儿。看卖主娴熟的动作就是一种享受,看着看着,手里的一划子锅盔已经下肚,只好再买一划子。睡迟了的人,来一看,只剩个光案板,仰天叹口气,看来今儿这一天就只能干靠着(捱着)了。

买了锅盔的人回家泡上一盏三炮台,笑眯眯吹一口气,呷一口茶,咬一口锅盔,美滋滋儿的,简直把日子过成了年。吃完锅盔的人,各自走向既定的轨道,谋一天的生活。

张家川人的一天,就在这大如锅盖的锅盔里拉开了序幕。

这是县城人的景象。

田野芬芳

倘若赶上逢集,"招手停"和"三马子"便载着一车一车四邻八乡饥肠辘辘的人们到来。车甫停,人们便一哄而散,背上提包挽着口袋去寻各自喜爱的锅盔摊摊。等肚里装了凉粉儿酿皮,提包里装了锅盔,他们的心才踏踏实实放下来,才有心思结伴去压马路,到中午才有劲走到"六虎"家,把一海碗炒面咥进胃里,然后笑着抹了嘴,互相打声招呼——

"矮傢(妥当、安好的意思)着?"

"哎,矮傢很!"

大家都"矮傢"着,那是因为有提包里的锅盔压阵哩,要不然,这一天都不得"矮傢"。

对于张家川人来说——

有了锅盔,便是"矮傢",便是安好,便是晴天。

如今,张家川的锅盔成了寻常吃食。

过去可不。

记得小时候我们和连手(朋友)们一起耍,一起唱儿歌——

烟锅烟,采锅采,

我到张川买锅盔,

张川的女子我单爱。

刷刷帽根儿(短辫子)红头绳,

手拿提篮卖油饼。

头上戴着草帽子,

腰里别着干票子(人民币)。

那时,张家川县城的锅盔是罕物,卖锅盔的张家川女子,更是梦里的魂,心上的疼。

小时候家里没钱买锅盔,我们也没指望卖锅盔的女子能多看自己一眼,只好昂起头,挺起腔子(老家念作"kang子"),嘴里哼着儿歌,边念边上心(方言,想)着,就当吃上了那外脆里嫩的锅盔,就当瞅见了腰里别了干票子的卖锅盔的女子。

腰里别了干票子的张家川女子，那是一种怎样的飒爽英姿，实在超出了我们贫乏的想象。于是，我就把她们想象成奶奶讲的"古今"里的仙女。

想象里，这仙女心疼（好看）不说，关键人还有锅盔！

小时候，奶奶讲了很多"古今"，后来大多都淡忘了，唯独一个关于锅盔的至今清晰。

奶奶说，那是挨饿的年成，一个人赶了几十里路上张家川赶集，下决心给娃买了一牙儿（一小块儿）锅盔。买了，他舍不得吃，拿到鼻子跟前闻闻，正咽口水哩，被旁边一个叫花子一把夺去。那人追，叫花子跑。叫花子肚子里没食，跑不动，眼看要追上了。叫花子使劲搌一把鼻涕，又呸几口唾沫在那牙儿锅盔上，站定不跑了。那人揪住叫花子的烂衣服，又松开……

眼看着叫花子把粘了鼻涕唾沫的锅盔揣进怀里走了……

锅盔啊锅盔，从此成了我心里一个遥远的传奇。

后来稍长，家里光景强了些。偶尔，爷爷从龙山镇赶集回来，会带回来一角锅盔。锅盔锁在炕头的"门箱"里，可锁不住人的口水啊！我们就围着那"门箱"转磨磨（转圈圈儿），对着爷爷奶奶一口一声爷、一声婆的叫，可眼睛却瞅着"门箱"上那把黄铜锁。爷爷奶奶无奈，只好让大家先出门闭眼，等再进来时，给每人掐了一口锅盔。我们用双手掬了坐在门槛儿上，你看看我，我看看你，谁也舍不得第一个吃。大一点儿的孩子哄小的，你吃呀！小的一脸狡猾说，你咋不吃！

最后，也不知谁带了头，大家都把锅盔用双手送进嘴里，有人的锅盔冷不防被口水一下冲进肚里去了，一时还没记住啥味儿呢，只好巴巴望着别人有滋有味儿的吧唧嘴。

剩下的一角锅盔，爷爷奶奶始终没舍得吃，放了几个月，忘了。有一次小堂弟生病，爷爷实在没啥可安慰，突然想起门箱里还有一角锅盔。拿出来时，锅盔干成瓦块。爷爷用自己的牙齿试试，摇摇头，说了一句我听不懂的话——

没锅盔的有牙板,有牙板的没锅盔。

没法,就用开水把锅盔泡碎了,拿调羹喂给堂弟吃。一直守在门槛儿上看的堂哥叫——

爷!

咋!

弟弟吃了锅盔我舔碗吧?

哎!

爷刚答应完,门背后钻出来五六个脑袋。

后来,终于能把锅盔尽饱吃了,以为吃够了,可过上几天又想吃。吃起锅盔就有一股天然的"饿势"。

张家川的锅盔所以好吃,在于地理上的便宜和独特的工艺。

张家川属温带大陆性季风气候,光照适宜,这里出产冬小麦。冬小麦生长周期长,因此保留了小麦所有的优良品质,磨出的面筋道耐嚼,是做锅盔的天然好食材。又有适宜本地气候的胡麻出产的胡麻油,简直是张家川锅盔的黄金搭档。

做锅盔是一门祖传手艺,并非人人都掌握。各家有各家的配料,各家有各家的绝活儿。但最基本的调料,离不开苦豆、花椒、姜黄、食盐等。

先用酵子(天然发酵后含有酵母的面)和干面,并加入适量胡麻油搅拌,最后加水和成面梭梭,再揉成面团。

有经验的制作人都是靠长年积累下的一种心领神会,多少面该放多少食盐和清油,不用称量,他们心里有数。

和好的面要放在大盆里,用塑料布捂严实了,放置十二个小时,叫作醒面。

醒好面,把面团切割,称重为三四斤不等的面剂子,放在案板上用杠子一遍一遍来回压,压的次数多寡直接影响到锅盔的口感和品质。

杠子的一头固定在墙上一端，另一端由压杠子的人双手握了，来回反复碾压。直到面饼表面光洁如绸缎，再把苦豆、花椒等香料调料涂抹在面饼上，再次揉压成形，才能入鏊去烙。

鏊是特制的，上下两层。先把面饼放在最上面一层，烙出亮黄的花纹时，再放入底下一层。三百六十度全方位受热的面饼被烤制成外黄里酥、香气四溢时，一个干而不硬、脆酥爽口的锅盔便成了。

火候的把握，全在长期经验形成的心手默契。火大了小了都不行，要刚刚好。

小时候的锅盔表面都有漂亮的花纹。那是制作人用干净的顶针或箆子在生面饼入鏊前创作的，现在的锅盔为了提高效率，时常省略了这道工序。

张家川的锅盔，一般厚一寸，直径一尺或一尺余。外地人首次见了，难免发出"老虎吃天，无处下爪"的感慨。

有外地人好奇地问如何下嘴，调皮的张家川人就告诉他，从锅盔中间掏个洞，套在脖子上转着吃。看那人一脸茫然，张家川人简直笑断了气。

制作锅盔的商户里，也有老字号。这种老字号家的锅盔，一般需要提前订制。有人家的锅盔由于太紧俏，即便订制也得是熟人才可以。

订做时可以根据买主需要制成"干面锅盔"或"鸡蛋锅盔"。所谓"鸡蛋锅盔"，就是往干面里和了鸡蛋，相比"干面锅盔"又别有一番风味。至于孰优孰劣，全看个人口味。

张家川是回族自治地区，这里的穆斯林心灵手巧，除了做锅盔，他们还擅长做各种牛羊肉美食，自然少不了牛肉泡、羊肉泡。

跑了许多地方，再没有哪里的牛、羊肉泡馍能有张家川的这么"攒劲"。

一来是肉好，二来便是因为张家川的锅盔。

在我看来，只有和张家川的锅盔相配的泡馍才是真的泡馍。

新鲜窨香的肉汤慢慢渗入锅盔里,便和锅盔本身的独特清香融合在一起。牛羊肉的嫩、滑,配上锅盔的糯、香,热腾腾一大碗,吸溜吸溜咥一碗下去,满头大汗,浑身每个毛孔都打开了,舒爽无比。

聪慧的张家川人又创造性的制作出"炒锅盔"这种独一无二的美食,和闻名天下的张家川炒面双峰奇绝、相得益彰。

对张家川人来说,倘若没了锅盔,天下美食尽收眼底也没滋味。

一来是锅盔本身的美味,二来是锅盔承载着一代又一代张家川人的美好记忆。

当年,无论是下陕西"赶场"的"麦客子"还是走宁夏"下苦"(出苦力)的出门人,口袋里都要塞一坨子锅盔。吃了锅盔的张家川人无论走到哪里都浑身有劲,都能把活儿干得像牛舔门扇——吃板(吃板:方言,合适、熨帖)。

现如今,无论是出外打工的还是上学的,出门时必要带着锅盔。

一班车的人等着,倘锅盔还没到,车轮子就死活转不动。直到爷爷奶奶、老爸老妈把一坨一坨的锅盔从车窗外抛进来,从头上传过来,从怀里接过来,仿佛那班车才有了力气,便拉着一车张家川人和张家川锅盔奔向天南海北、海内海外。

出门在外的张家川人彼此见了面,还未开口就闻见彼此嘴里的锅盔味儿。

张家川人是一根"出汤面"通到底的直肠子,又因为吃了锅盔,说起话来便硬扎,便元气充足。他们的性子有锅盔一样的憨厚实在,他们聚在一起,三句话离不开老家的锅盔。有了锅盔的张家川人心里头就"矮偻(舒适、美好)",就敢上天入地,就敢把皇上爷拉下马。没了锅盔的张家川人,你叫他咋过光景?那不是谝闲传(说闲话)哩么?

据说有一年,一个老汉要无常(去世)了,一家老小陆陆续续都赶来了,可老汉就是舍不得咽气。大家猜,还有谁啊?

老汉见大家猜不出来,就拿手比画,一会儿一个大圆一会儿一个小圆，一会儿一个满圆一会儿一个椭圆。家人议论纷纷、窃窃私语，都以为老人还藏了银圆，才舍不得离去。

最后，他最疼爱的孙子二话不说拿来了锅盔，老人这才含笑而去。

张家川人爱锅盔，不单是嘴上爱，心里爱，魂里梦里都爱，连下辈子也爱。

每次在车站码头，看见手里大包小包提着锅盔的人，我就天然觉得亲切，不用问，那必是张家川人，就想走过去跟他耽两句牙（聊天）。

从外头回老家的张家川人，下车头一件事便是去买几坨子锅盔，到家再泡一盏三炮台，一口锅盔一口茶，不管有钱没钱，吃饱了，喝胀了，就连富汉人一样了。

张家川穆斯林的先民，来自遥远的中东、波斯等地，那里干旱少雨，又兼有大漠阻隔，于是，为了长途跋涉，穿越漫漫丝绸之路来中原来做贸易，他们结合中原汉民的生活习惯，便发明了便于携带又可口美味的锅盔。

此后，他们又在历史的演进中辗转腾挪，最终定居在张家川这块美丽而厚重的土地上，他们用来自渭河文明的小麦与来自两河流域的胡麻，经苦豆点化，创造出了人间美味的锅盔，充实了一辈辈张家川人的肠胃，在这片土地上生生不息。

他们喝着关山上流淌下来的水，滋润出锅盔一样外干里嫩的心肠；晒着从盘古开天时一路跟随而来的太阳，把皮肤染成了麦子一样的金黄，锅盔成为他们身体的一部分，也成为精神的一部分。

于是，无论走到哪里，张家川人都离不开锅盔。

麻籽

麻籽，许多人不知其为何物。即便知晓者，也多以为是给鸟雀的吃食。麻籽对张家川人来说，是一种离不开的休闲小零食。作为一个张家川人，若不会嗑麻籽，说出去那是一件丢人的事情。

麻籽是张家川人的好连手（好朋友）。无论男女老幼都喜欢嗑麻籽，嗑起来风生水起。

朋友在一起谝闲传时嗑麻籽，"混火"（热闹）。闲着没事干时嗑麻籽，则是打发光阴的最好办法，还能交流情感，加深友谊。

冬日的阳仚暖暖儿下，下棋的、掐方的、打百分（扑克牌）的，三五一撮儿，六八一伙儿，人手掬一捧麻籽——

"嘎嘣！"

"噗！"

此起彼伏。

一个人时，有了麻籽陪伴，就不寂寞。一伙儿人圪蹴着围成圈儿，嗑着麻籽，就能迅速拉近彼此间的距离，找到亲近感。即便初次见面的人，口袋里掬出一把麻籽递到对方手里，就能七拐八弯儿的把原本八竿子打不着的人认成姑舅认成五百年前的挑担（连襟）。麻籽嗑过瘾了，亲戚也认下了，一举两得。

看见张家川人嗑麻籽，若他伸手说"驾"（给）！

你立即接过来一起嗑，那就是自己人。如果你不接或者接过来一把全扔进嘴里，连壳嚼得嘎嘣嘣价响，那一看就是外人。

会嗑麻籽的，嗑得亲亲热热，不会嗑的人看着人家傻笑，尴尬得手都没地方放，当然不容易融入圈子。

嗑麻籽对张家川人来说，就跟递烟倒茶一样，成为一种社交。

张家川人都是急性子，又极热情，干啥都喜欢"混火"，讲得就是一个气氛。牛肉烩菜要"煎煎儿"（热热）地吃，馓饭要烫烫地抹，油饼要"温热儿"地吃，可是嗑起麻籽来却又耐心十足。因为这嗑麻籽可是个技术活儿，会嗑的人就像耍把戏一样，不会嗑的人吃一肚子麻籽壳，既扎嗓子又扎肠子。

嗑麻籽，讲究的是舌、齿、唇间的紧密、熟练的配合。

先用舌尖，把比绿豆小一点的麻籽颗粒推送到上下唇之间，稳住，然后，上下门牙开个缝儿，由嘴唇把麻籽偎进上下门牙之间，这时，你得保证麻籽壳的侧边沿和牙齿保持同向，才能在接下来的嗑时，保证嘎嘣一声一分为二。如果方向不对，就得借助舌头来调整。等麻籽处在牙齿间的正确位置时，上下牙适当用力咬合，一颗浑全的麻籽瞬间分为两瓣儿，麻籽瓤脱离了壳，顺势滚下来，淹没在口水里，一股麻籽香向味蕾袭来，满口生香。最后由舌尖再次把麻籽壳推送到唇间——"噗～"一声，麻籽壳被吹出去了。

嗑麻籽的人嗑着香，路过的人闻着也香，口水一下来，他也忍不住赶紧去买一把麻籽来嗑。

文字描述起来，嗑麻籽貌似一个无比复杂的过程，可对于一个熟练嗑麻籽的人来说，整个过程在十分之一秒之间完成。偶尔遇到麻籽瓤儿不能自动滚落的情况，得靠牙齿和舌尖共同配合，把那顽固的瓤儿给挖出来。

嗑麻籽的过程，舌、唇、牙齿之间配合默契，转瞬就像耍了一个戏法，把没见过的人看了个目瞪口呆，可嗑麻籽的人眯着眼享受着麻籽的清香，根本就没当一回事。

当然，这只是嗑麻籽的基本动作。

嗑麻籽的最高境界是，抓一把麻籽放进嘴里，先储存于口腔后部，然后由舌头送出来一颗麻籽，重复上面的动作。待嗑的麻籽和正在嗑的麻籽有条不紊、两不耽误。像流水作业一样，仓储是仓储，作业是作业，让不明就里的人以为这麻籽是从人嘴里凭空变出来似的。

年轻人嗑麻籽，嗑一颗吐一次壳，麻烦又费气。老年人的功夫就浑厚多了，他们嗑出的麻籽壳顺从地从嘴里蠕出来，排着队挂在嘴唇和嘴角上，像回巢的蜂一样。等攒多了，一把抹到手里，就像捋胡子一样。所以，有时候你看见一个人嗑了半天麻籽，脚下却没有一个麻籽壳，原来功夫全在这里。

正因为嗑麻籽是这样的精细独特，所以，这就成为我辨认老乡的最好办法。

离开家乡到了外头，倘若看见一个嗑麻籽的人，即便不听他说话和介绍，就知道遇见了老家人。看着他熟练的动作，会心一笑，一下就亲切起来。

一个张家川人即便没有老婆，即便很穷，可他兜里一定装着麻籽，就算到了大城市，时间长了还是想捏一撮麻籽来眈眈牙。不然心里痒痒，嘴里寡淡。

说麻籽就不得不说小时候吃麻籽的事。

那时，我跟着父亲在马关上学。马关的街道上有一个叫作杨秋彦的老汉，他摆了一个麻籽摊摊。大小不一的笸篮里装着颗粒大小不一的麻籽。麻籽在笸篮里向上堆成一座小山，"山顶"上坐着一个药瓶或者罐头瓶的盖子，这盖子是用来"掊"（用瓶盖作为一种量具）麻籽的，一分钱就"掊"一药瓶盖盖，五分钱能"掊"一罐头瓶盖盖。

每次放学经过他的麻籽摊摊，就能闻见悠悠的麻籽香。可我没有零花钱，怎么办？

摆麻籽摊摊的杨秋彦有个孙子叫尔利，我就去巴结他。他告诉我，他爷爱吃鸡蛋，我可以拿鸡蛋换他爷的麻籽吃，这个主意一下子让我心跳起来。

那时，在父亲单位后院里，母亲恰好养了几只鸡。这不是给我准备的嘛！嘿嘿！

于是，以后每隔几天我就去鸡窝里偷鸡蛋。偷鸡蛋的时机倒是好掌握，听到那母鸡"哥哥蛋！哥哥蛋"的炫耀起来时，恰好我的尿也就憋不住了，急匆匆奔向后院。在老母鸡虎视眈眈地注视下，抑制着心跳把一枚热热的鸡蛋袖在袖子筒筒里，装作若无其事的样子，边系裤带边走出来。然后趁着父母不注意，一溜烟跑出去跟杨秋彦去换麻籽。

他孙子说的没错，杨秋彦麻籽摊摊的塑料棚里，火炉上的炭火上，总架着一个鸡蛋，他爷爱吃烧鸡蛋。对于这种奇怪的吃法，我总不能理解。随他去吧，反正一个鸡蛋能换来半口袋麻籽哩！

我每次做贼心虚、蹑手蹑脚走进杨老汉的塑料棚，他都眯着眼躺在椅子里，白胡子垂在油光明亮的黑色棉衣（我怀疑他的棉衣至少得有三十年没洗过了）的胸前，我以为他没看见我，可他说话了，吓得我差点把鸡蛋从袖筒里掉出来。

他说："鸡蛋哪？"

我从袖口把鸡蛋亮出来，"驾！"（给）

他抬起厚重的眼皮一看，微微一笑，也不用盖盖"揹"了，大家都是熟人了嘛。

他就认真地抓起麻籽，手指张开的很大，可抓出来的一把又很小，我用指头撑开衣服口袋紧张地用目光追随他的手，他的手大大的张开了三下，又小小的攥住了三次，我的口袋就有了一些分量。

我在口袋外面捂住麻籽，生怕它们飞走了。走到没人处，捏出几颗放进嘴里使劲嚼，为啥不嗑呢？不是不会嗑，我舍不得，怕把有些还带着瓤儿的麻籽给吐出来。

自己吃也就开心一会儿，叫上小伙伴儿一起吃才好耍。于是，我就去找窦旭斌和王小文，跟他俩分着吃。半口袋麻籽小心翼翼地分成三份，三个人掬在手里，还要看谁的多了，谁的少了，再匀一匀，觉得公平了，才笑口颜开地嘎嘣嘎嘣起来。

有时候，那些鸡也好大喜功、谎报军情，听它们"哥哥蛋、哥哥蛋"的叫，跑进去看时，窝里却没有蛋。就只好守在旁边帮着它使劲努，使劲使得人腿麻，那鸡却捉弄人似的看笑话，急得人一手心汗。好不容易等蛋落窝，我就一把拾起来，也顾不得鸡蛋上粘着鸡屎或者红血丝了。

这鸡下蛋原本是有规律的，后来母亲就很疑惑，由一天一次到三天一次，后来一个礼拜也不见一个鸡蛋。母亲用目光逼问过我好几回，可终究没有证据。最后，她把那几只不下蛋的鸡给卖了，这下彻底断了我的财路，我再也吃不到杨秋彦老汉的麻籽了，只好跟窦旭斌和王小文蹭麻籽吃。

再去了只能眼巴巴瞅瞅，杨秋彦老汉也对我没那么热情了，可他的烧鸡蛋却从没中断过，那个味道我太熟悉不过了，烧鸡蛋的味道真难闻！也不知道是谁的进贡，我也顾不得多想，我只关心那香香的麻籽味道，一想我就流口水。

那时，喜欢跟着大人去"跟集"（赶集），"跟集"时，突然变得特听话。一会儿帮着提东西，一会儿跑前跑后的听大人使唤，就为了能得了大人的欢喜，能吃上个香甜的"油饦"、一碗凉粉或者得到半口袋麻籽。每次走到小吃摊摊跟前，原本轻快的步伐就迈不开了、走不动了。大人心里自然也明白。"油饦"和凉粉不一定每次都能吃上，可五分钱一盖盖的麻籽，也就足以安慰肆虐的口水了。

那时，也经常跟着大人去看戏，戏场里绝少不了"哎！大颗麻籽大豌豆咧"的叫卖声。

唱戏时，大人们也比平时大方了些，从兜里摸出几个"钢元儿"（硬币），我兴奋地接过来，一溜烟去买麻籽。卖麻籽的老汉挺实诚，最后还多"掊"了半盖盖给我，把我高兴得向戏场里的人群蹦跳而去。

抬头看不见戏，只看见黑压压一片后脑勺，随着戏台上的剧情变化，摇来晃去。每个人都往嘴里扔着麻籽，挂在嘴角的麻籽壳也顾不上抹了，像趴在蜂巢外的蜂儿，一嘟噜一嘟噜的。多到挂不住了，终于一串串掉下来,散落在脚下。等散了戏,人们脚下就"哔哔啵啵"地响起来,那是麻籽壳被踩烂的声音,就像用指甲挤爆虱子的那种声音。

后来离开老家在外头,放假了回老家时,都不用看班车上的字,一路循着麻籽壳就能找到回老家的车。一上车,果然,人人手里掬着一把麻籽,车厢里全是麻籽的清香味儿。那时的车慢,又不准点儿,在漫长的等待过程中,嗑麻籽是打发无聊的最好选择。如果没有麻籽陪伴,估计急性子的张家川人得恨不得把班车抬起来往回走。

麻籽好吃,可毕竟麻籽壳会污染环境,这些年公共场合几乎没有人吃麻籽了。可一旦到了允许嗑麻籽的环境,嗑麻籽的声音必然"嘎嘣、嘎嘣"起来。

张家川人爱吃麻籽的原因之一是张家川产麻籽。马鹿等寒寒山区是麻籽的优良产地。

麻籽是苴麻的果实,是一年生草本植物,雌雄异株。雄株只负责授粉,不产麻籽,叫作花麻。等到雌株结了麻籽时,就该拔花麻了。拔下来的麻秆,放在水坑里压上土,就是沤麻,沤好了的麻晒干,把麻秆表面的一层植物纤维剥下来就是麻纤维,可以拿到集市上去卖。

晒干的麻秆还是吸水烟的好燃料。小时候,爷爷拿一个灯盏放在桌上,端着水烟壶坐在桌旁,那一根劈开的麻秆用灯盏引着了,放在烟丝上,呼噜噜地吸水烟,一口吸完,"噗"一口把麻秆吹灭,等下一口再引燃。苴麻浑身都是宝,果实是好吃的麻籽,麻秆可以剥取植物纤维又可以当燃料。

麻籽还可以做麻麸包子,把麻籽在石磨上推了,泡在水里,搭去浮在水面的麻籽壳,滗了水,就可以用麻籽瓤儿包包子,麻麸包子咬一口,清香四溢,引得旁人直流口水,比肉包子好吃、也金贵多了。

张家川人嗑麻籽的习惯不知从何时起,我直觉得,自打地球上有了张家川人，他们就会嗑麻籽。老汉们嗑起麻籽，不急不躁，透着稳重；没牙老太太嗑麻籽，腮帮子一鼓一缩，就是咬不开，忙活半天气得扔下不嗑了；小伙子嗑麻籽，稳、准、狠，吐出的麻籽壳像枪子；姑娘家翘起兰花指，轻轻捏一颗放进嘴里，脆脆的"嘎嘣"一声，然后轻轻地"噗"出去，带着说不出来的风情和妩媚。

小时候经常停电，在没有什么活计可做的时候，连煤油灯也不必点了，一家人边掐麦秆（草编）边嗑着麻籽，讲讲古今、说说笑话，就把无边的黑暗给打发掉了。张家川人夜里嗑麻籽也不会把麻籽嗑进鼻子里，他们长期练就出百发百中的技能。手里掬着麻籽，食指和拇指捏来一颗，张开嘴，一颗麻籽稳稳地扔进嘴里，然后，舌头和牙齿、嘴唇，绾着花儿就把一颗丰满圆润的麻籽变成两瓣儿麻籽壳儿褪出来。

清香可口的麻籽陪伴张家川人走过了不知多少个或快乐或悲伤的时光。

俗话说："十里不同风、百里不同俗。"每个地方人都带着每个地方的特色。比如说起大葱就想到山东人，说起大麻花就想到天津人，说到牛肉面就想到兰州人……在我心里，想到麻籽，就想起老家。

张家川人只要嗑着麻籽，就能把锅盔烤得外酥里嫩，就能把炒面馆开到全世界，就能把花儿唱得格外欢，就能把日子过得比蜜甜。

张家川人的生活里，不能少了麻籽。

甜秆

上兰州前，没见过甘蔗，只知道世上有这种植物而已。

还好，我们有甜秆。

我们说的甜秆，是一种可以像甘蔗那样嚼的玉米秸秆。但并不是所有玉米秸秆都可以称为甜秆。

夏秋交际时，远处野洼上，四望是一幅蓬勃葳郁景象，满眼黄代之以满眼绿，再直肠子的人心里也难免缠了藤蔓，变得曲折起来，人心里有种说不上来的欢喜。这是黄土高原难得的温柔妩媚时刻。高高低低的，都一派亭亭玉立：站着的是玉米，蹴着的是洋芋，趴着的是豌豆，田埂上摇头晃脑的是狗尾巴草。微风拂过，撩骚得一切都不安起来，仿佛必得发生点什么故事才配得上眼前景象。

尤其是当看到一大片玉米地时。

玉米，把一垄一垄习惯了裸露的黄土地深深暗暗地遮起来，正适合藏点儿什么秘密进去。一个土疙瘩扔过去，玉米叶子欻啦啦一阵响，那边一只兔子跳到田埂下去了，这边谁家的媳妇儿提着裤带从玉米叶子下探出头来，红了脸东张西望。看见了，是一泡小屁孩儿，她抻紧裤带骂了——"把你几个岁绊死的（该死的小家伙），又要到哪里害人去！"

我们喜得四散奔逃。

真正害人的时候还没到哩，玉米和洋芋还没完全成熟哩。

现在是嚼甜秆的时候。

几个人戴了狗尾巴草编的帽子，以侦查姿态迂回进谁家的玉米地里。心跳声被玉米叶的欻啦声恰当地掩盖了，太阳也不见了，暗地里，再怂的人胆子也突然大起来。然而要想找到甜秆，也不是那么容易。那种秸秆翠绿粗壮的，嚼起来一股草腥味儿，我们又不是驴。只有秸秆细瘦、表皮发红的玉米秸秆才算真正的甜秆。

当然，更直观的判断标准是，秸秆上有没有结玉米棒子。结了的一般不甜，没结或者结了但棒子瘦小的，会比较甜。

我们当然不会有大人的耐心，一般都是做个初步判断，便直接在秸秆上下口，一口下去，吸溜一下，如果咂到甜水，便是甜秆了，就从根部把甜秆扭断；如果咂了一嘴菜味儿，则弃之而去。

为了抢到最甜的那根，几个人把玉米叶弄得唰喇喇响，脸被玉米叶子边沿的锯齿划了一道道深深浅浅的口子。

终于扛着各自的甜秆出来了，你看看我，我看看你，有一种恶念得逞而心照不宣的窃喜，继而又是莫名地兴奋，这兴奋足以激起人的表演欲。于是，有人扮演起了扛着红缨枪放牛的王二小。角色由小偷瞬间转换为英雄，扛着甜秆的肩膀一下理直气壮起来。可二小毕竟只能一个人演，不过瘾，于是大家不约而同想起了《乌龙山剿匪记》。当"四丫头""榜爷""二爷""独眼儿龙"和"解放军"终于混战在一起，胜负不明、敌我不分时，打枪也打累了，大家就围在一起吃甜秆。刚才还在瞄准敌人的家伙，转眼成了嘴里的美味。

甜秆的前半部不好吃，菜味儿重，握住结节处撅折了扔掉，门牙搭在断茬边沿处，咬了，一绺一绺把甜秆皮撕下来，青皮褪尽，里面就是白色的涵着甜水的甜秆瓤了。甜秆瓤里还保留有植物纤维，一口下去，连瓤带丝的嚼起，嘴里咂出啊吸啊吸的响声。甜水钻进牙缝里，甜得人牙根打战，眼也跟着迷离起来，摇头晃脑。

咂干了甜水，忒一声吐出渣，渣飞到蹚土里，上面还留着一排牙印。

撕咬甜秆皮容易挂彩，那皮子又硬又锋利，不留神就割破了嘴角嘴皮，人却时常不留意，再嚼甜秆瓤时，血渗进甜秆瓤里，染成红色，才知道是哪里给割破了，然而也不在意，农村孩子哪里破个口子淌点血似乎是再正常不过的事情。

小时候干啥都爱比，每个人都夸口自己的甜秆最甜，谁也不服谁，只好你尝一口我的，我尝一口你的。如果确信自己的比较甜，心里充满自豪以及对对方的下视；如果自己的不如别人的甜，心里不高兴可嘴上就是不认。大家脸上都透着简单满足的幸福和心知肚明的狡猾。

　　热天里，日头当空时，嚼着满口清甜的甜秆，真是莫大的享受，嚼得陶醉了，眯缝着眼，吸溜声一片。大家赛着吸溜，仿佛谁的吸溜声越大越生动，便越能显出谁更多一份的享受。咬甜秆支时戳破了牙花子也顾不得了，嘴里咸咸的，脸上依然是一副不可一世的陶醉。

　　不一会儿，每人脚下一片白，那是吐出来的咂完甜水的甜秆渣。突然发现脚边一块儿渣在动，吓人搞怪！细看，原来是一群蚂蚁正嘿咻嘿咻地搬那渣呢。这群傻帽儿！甜水都被咂完了，它们吃力八荒地搬回去干吗？

　　蚂蚁们的执着激起了某人的破坏欲，于是，终于把一泡尿兜头赐予那群蚂蚁。蚂蚁们以为天降排雨，于是抱头鼠窜、屁滚尿流。

　　那时候，大人总爱欺负我们，而我们，总爱欺负蚂蚁。

　　耍乏了，无论是麦草垛里还是大柳树下，都能昏昏沉沉睡一觉。迷迷糊糊听见大队部树顶上的喇叭里有人在骂先人，支起耳朵听，原来是被害了玉米地的那家人告到了大队书记那里。

　　结果自然是没人承认。

　　可去别人家玉米地里害人终究不好，不好不是为人家考虑，而是人家要骂先人的。可明知道不好，又总觉得自家地里从容折来的甜秆到底不如害人时折来的甜，这样，每次心里的保证都是只管几天就一笔勾销，几个人碰头，目光相对，不用说，心里都想着一个问题，去"害人"。

　　才害了几回，玉米秆就有些老了。老了的玉米秆里头是虚的，咂不出多少甜水来，也就失了再折甜秆的兴趣。等到搬了玉米棒子，地里只剩一个个光杆杆时,当初的情致已荡然无存,玉米地里也渐渐藏不住秘密了,人连钻进去撒泡尿的心情也没了。

可玉米秆自有它的用处。剁了背回来,或是用架子车拉回来,晒干就是好柴禾。当然,农村人还会用它围临时厕所,当扎菜园子的栅栏,做晒粉条的横杆,等等。

在那个缺糖缺水果的年代,一根甜秆满足了味蕾对所有甘甜的美好想象。身边没有参照物,便觉得甘蔗大抵也不过如此了吧。

后来到了城里,看见从南方运来的成捆的甘蔗,禁不住就想尝尝,想看看甘蔗和甜秆到底有什么不同。买来咂摸一番,甜倒是没得说,可总少了一些趣味,于是,那甜也便索然无味起来。还是怀念小时候的甜秆。

也不知道现在的孩子还吃不吃甜秆,或者知道不知道甜秆为何物。

于我而言,那时的甜秆,可有不一般的意义哩!

想起甜秆,就能想起满眼清脆蓊郁的玉米地,想起玉米地里钻出来、猛扎扎惊人一跳的野兔,想起梦里酝酿了几回回,却终未实现的愿望——

梦里拉起她的手,走进了玉米地,想偷偷摸摸她的手手哩,又害怕她大扛着锄头经过哩……

于是,没曾留下秘密的玉米地里,留下了惆怅和遗憾,也把漫山遍野的秘密收拾回梦里。

天之大,
唯有你的爱是完美无瑕,
天之涯,
记得你用心传话!

——《天之大》

第一部分 四季回响
SIJI HUIXIANG

没有生日的母亲

女儿过生日,吹灭蛋糕上的蜡烛前,照例要默默许愿,等许完愿,我以为她要急着分蛋糕了,可这次她却问了我一个问题。她说,"爸爸,你小时候怎么过生日的?吃蛋糕吗?"这个问题让我猝不及防,一时无语。是啊,过了四十年了,我是怎么过生日的呢?

成年以后的我,对过生日这样的事一概不热衷,乃至于潦草到一时竟说不清我过往的生日究竟是如何度过。但对于小时候的生日却记忆尤深。我说,我吃鸡蛋。

吃鸡蛋?

女儿很诧异。

我点头笑笑,对,就是吃鸡蛋。

女儿对这笼统的回答似乎很不满意,她在期待着我的进一步解释。而我的思绪,却早飞到了小时候。

我的生日在农历正月十五。老家不说"元宵节",就叫"正月十五"。这是个重要的节日,所谓"小年大十五"。

那年正月十五,母亲回五里外的娘家看社火,突然肚子疼,赶回家生下了我,于是,我的一生便注定要和这个节日发生必然的联系,并深刻影响到我。最显著的一点是,沾了这节日的光,让我的生日自带仪式感,有种普天同庆的自豪。然而,这只是后来的附会,小时候的我,心里可没有那么盛大而虚妄的意象,所有的期盼都很实在很具体——到了晚上,可以吃上两个煮鸡蛋。

正月十五是公开过的,而我的生日却偷偷过。

天黑以后,孩子们纷纷抢出门去,手里挑着各式各样的灯笼,到村里各处去游,比赛谁的母亲手巧,谁的灯笼更好看。而我于这集体的喜乐背后内心里还隐藏着一个独属于我的幸福,那就是盼着回家吃煮鸡蛋。终于游完了街,各回各家,我轻手轻脚迈过门槛,到了堂屋门外,故意提高嗓门大叫一声——妈!母亲抬头一笑,她自然明白我这一声喊的言外之意——我的鸡蛋煮好了没有?母亲向我努努嘴,我会意,灯笼照地下一撇就回身去关大门——

这是打我记事起一家人之间养成的默契:每当家里有炸油饼或者煮鸡蛋这样的好事时,总要把大门关起来。那么小心,实在是出于无奈。那时大家都穷啊!虽然和爷爷奶奶及几位叔叔婶婶们分了家,可到底还在一个大院子里住,大家出了各自的家门,还是共用一个通道,走的还是同一个大场门,归根到底还是一家。也因此,从叔叔家门里出来,走上几步,对门就是我家。那时节,类似炸油饼和煮鸡蛋这样的好事,一年也碰不上几回,一家人均分还不够解个馋呢,万一正吃的当口,堂兄弟姊妹们来了,是给还是不给呢,这很作难人。于是,那时不管谁家做了好吃的,都会给大门上了钩,串门的人来了推不开门,喊上几声,知道家里有人却不言传,自然明白里面的实情,便会心领神会地回转身。当然,大多数时候,人家根本不会喊门,因为随风飘散的香味已然给出答案。哎呀!那时的风也是嘴不把门儿,只要谁家炸油饼,很快,方打围圆的邻居,家家都知道了。这是题外话,回到开始——

我巡着母亲的目光,轻易就找到放鸡蛋的碗,通常都是两个鸡蛋。母亲早剥了蛋皮。我端起碗,看着两只晶莹剔透的鸡蛋,涎水早已咽得咕咚响。碗底有母亲撒好的盐,我拿起一个鸡蛋,很仔细地把鸡蛋的每一处都蘸了盐,用指头抹匀了,舔舔指头上的盐,双手把鸡蛋掬起来,看看,托到鼻子前闻闻鸡蛋特有的清香。我把每个动作都尽量做出一种夸张的范儿,以延长这种期盼的幸福感,因为一旦鸡蛋进了嘴,两个鸡蛋于我贪婪的唇舌不过是风卷残云的事情。闻着鸡蛋,使劲咽一口涎水,因为咽得太剧烈,能感到呕眼处有撕裂般的痛。舔一下鸡蛋,舌尖爽爽滑滑,接着传来盐的咸香,这下,嘴皮毫无征兆地挣脱了大脑的控制,一口就吞住了鸡蛋,蛋白的滑嫩和着盐的清香直冲脑门,还没来得及让牙齿也享这福呢,一整颗蛋白已经滑进了肚里。这让人很懊恼，怎么能这么快就让一个鸡蛋一半的幸福划过去呢？

剩下的蛋黄可要格外小心，免得再囫囵吞枣。于是，蛋黄被像洋糖一样噙在口里，泡在涎水里，慢慢地一点一点化开，再一点一点滑进嗓子里去。即便如此，一颗蛋黄也坚持不了太久，口里的涎水实在汪洋恣意。

就这样，一个鸡蛋下了肚，却像个幻梦一样不真实，还没来得及吃呢，只闻了一下就不见了。看看碗里，还剩下一个鸡蛋，这回可就认真多了。从蛋白开始一层一层地剥，剥一点放进嘴里，可还没等牙齿舌头好好接头密谋一番，好好享受这盛筵，那点儿鸡蛋又化了。剥到只剩一个孤零零的蛋黄了，索性破罐子破摔，一口吞进嘴里，用舌头压扁了，在口腔里左左右右地搅拌搅拌，一口气吞下去。

两个鸡蛋就这么荡气回肠又意犹未尽地消失于无形，一个生日也就这么过去了，晚上，便可以做个踏踏实实的梦。

然而有一年，我的鸡蛋却少了一个。

当我兴冲冲回家，端起碗看时，碗里只有一个鸡蛋，我整个人瞬间被愤怒和屈辱包围。

妈，我的那个鸡蛋哩！

母亲张口要说，似乎又觉得不知该怎么开口。我向房里四处搜索，父亲笑嘻嘻地过来摸着我的头哄我说，这个鸡蛋大，一个顶两个。这个解释让我更加愤怒，我一扭脖子甩下父亲的手，看见坐在门槛上一本正经的哥哥，明白了！一定是哥哥吃了我的鸡蛋。我恶狠狠瞪着哥哥，他心虚了。在我的怒视中，他们的沉默就是默认，我抓起碗里的鸡蛋朝哥哥打过去，歇斯底里地喊——你赔我的鸡蛋！说着，把满腹的委屈和着眼泪倾泻而出，我心想，这是我生日的鸡蛋，全世界都不能动我的鸡蛋！鸡蛋打在哥哥身上，掉下来，滚到桌腿边分成两瓣。见鸡蛋破了，我更加愤怒，嘴里鼻腔里升起一股热辣辣的咸，直充脑仁。我躺在地上撒泼打滚儿，丝毫不顾及还穿着过年的新衣裳，似乎要把衣裳滚出足够多的泥土，才能让他们意识到事态的严重,才足以说明我所受的天大的委屈。

那次,实在拗不过,母亲打了我。记忆里,那是在我生日里唯一的一次挨打。母亲落在我腿上身上的笤帚疙瘩,每一下都激起我对哥哥的仇恨和对自己的委屈。笤帚疙瘩雨点一样落下来,母亲带着哭腔向我怒喊:"每次、每次都是你一个人吃,你还不够!让你哥哥吃一次又怎么了!"

哥哥回头,用手背抹一下眼角,狠狠瞪我一眼低头出去了,我被闻声赶来的爷爷抱过去睡了。那晚的月亮很冷,很陌生。我在梦里发了一个大大的誓愿:等以后长大,自己挣钱了,我要煮一钢精锅鸡蛋,一个人吃,谁也不给。

后来我大了,母亲告诉我和哥哥,在那之前,每次都是编谎把我哥哥哄出去,才由我霸占两个鸡蛋。可那次哥哥死活不上当,于是,一个鸡蛋被他消灭了。我和哥哥听了,都笑着低下头。

然而,印象里,母亲是从不过生日的,乃至于我从没意识到母亲也有生日,甚至连她的生日也是在她去世后的挽幛上看到的。

这很奇怪。因为我对小时候许多事情都有记忆,却唯独记不起母亲曾过过生日这回事。而且,回想起来,在我年幼的心里认为,生日是只关乎孩子们的,跟大人又有什么关系?大人不过生日是理所当然的事,甚至也根本不会去想这个"理所当然"。除了我跟哥哥的生日,母亲唯一提到的就是父亲的生日。老家把过生日不叫过生日,叫过"岁"(老家话念 zui。或许是"罪"?——母亲的受难日便是孩子的赎罪日?对于这个读音,我只能猜测,却找不到确切的解释)。其实就算父亲的生日,我那时也不确切知道是哪一天,只听母亲说,今儿是你大大的岁。母亲会擀一顿长面,一家人围着热热火火吃一顿,算是庆贺。而关于母亲自己的生日,从没听她提起过。母亲的生日那天究竟会吃一顿长面还是煮一个鸡蛋呢?一切都在记忆里找不到凭据。许是母亲忘了自己也有岁的吧?因此,要写母亲的生日,居然是一片空白。

母亲的生日在春季,正是农民开始一年的劳作的时候。我猜想,兴许母亲也曾有过为自己过一个岁的念头的吧？她一定在劳乏了一天的夜里，躺在炕上算盘着给自己也擀一顿长面，可又想再等等，等过了春耕再说，春耕完了，母亲又说，等播种以后再说吧……于是，一转眼，地里出苗了，苗又拔节了……母亲终于把她对自己的承诺变成嘴角的一个笑——你看，我又把自己的岁给耽搁了，唉，明年再说吧。可到了来年，她念歌（老家话，念叨）着，念歌着，又忘了。

终于，她彻底忘了自己的生日。

于是，母亲终于没有生日。

在母亲的葬礼上，跪在母亲脚下的我，看着写着母亲生日的字，那些字像笊篱一样在我心里又抓又捞，抓得我心疼，捞得我空如一叶豆荚，我的身心只剩皮，没有瓤儿，仿佛一阵风过来就能飘走。——我又是多么希望自己能飘起来啊，飘到母亲去的世界，告诉她，妈，我终于知道了您的生日，我要为您煮两个鸡蛋。

母亲在时，我不知道她的生日，母亲走了，我终于知道了她的生日，却再也没机会为她过生日。

母亲曾说过，她惜（老家话，盼着）着以后等我有出息了，享我的福。她又说，唉，我就惜着惜着啊，啥时候才能把你惜大哩，等你大了住你的洋楼，吃你媳妇儿的饭……

母亲没惜到我长大，也没惜到我的洋楼。母亲没惜到，我也一辈子没有惜头了。我惜什么呢？就算如今我住着再好的洋楼，可以买到再美味的蛋糕，可母亲永远不会住到、不会吃到了。人，最可悲的不是没有，而是没有惜头了。

自从母亲走后，我没有过过生日，婚后，老婆有时要给我张罗个蛋糕，我总会拒绝。在我心里，没有母亲煮的鸡蛋，一切美食都是无味的。我此生不能为母亲过一次生日，我自己的生日便是我的赎罪日。

后记——

  一直以来，其实都在回避一切关于母亲的话题，关于母亲的文字，更是从不敢轻易诉诸笔端。我知道，对于母亲，我苍白的文字无论如何努力都是敷衍与亵渎。

  许久以来，当着旁人时，我回避一切关于母亲的话题。听到有关母亲的歌，或者看到有关母亲的电影电视，我都会装作若无其事地离开。我知道我心底有个疤，永远没有结痂，不能触摸，一触摸就痛彻心扉，而我又不想让任何人看到一向坚强的我会如此脆弱，脆弱得像个孩子。除此外更重要的原因在于，我认为对母亲的情感是我一个人的事，不想和任何人分享，即便是老婆孩子。

  后来，我曾设想过，等孩子们长大了，我会带着他们跪在母亲坟头，向他们说起他们的奶奶以及他们奶奶的故事——可至今没有实现，因为我至今无法直面——只好把对母亲的思念深埋在心里，等着某天终于可以亮堂堂地开启。

  我盼着那一天，又怕那一天的到来。

  今天，我终于能写下一点关于母亲的文字了，尽管克制着胸内翻涌的情绪，但依然时常不能自抑，只好写到这里。容我慢慢地来，一点一点地——乃至终于可以从容地，如别人一样地书写自己的母亲。

父母的爱情

不知为什么，我梦见过很多人很多事，就是极少能把父母一起梦进我的梦里。或许是他们知道分开太久，再见不知说什么吧？或者，是梦有意替我把一些往事藏起来。

可是，明明在那儿放着呢，能藏得住吗？

母亲叫李玉莲，小名改菊。父亲叫韩兆辉，小名三珠。都是扔在蹚土①里寻不见的名字，可我从没听过他们称呼彼此的名字。打记事起，父亲叫母亲"斌昌"，这是我哥的名字，而母亲叫父亲，则是一个不知所以的"人"。

关于他们起初的事，我所知甚少，但画面还是可以想象得出来。一如那时老家绝大多数男女的结合：一个巧舌如簧的媒人，一包春尖或几斤黑糖，从韩家的沟渠到李家的河畔，中间隔着一个墚峁，来回奔波几次，就成了。

成是成了，可谁也没见过谁，印象全赖媒人的一张嘴。

乃至于新婚之夜，对于彼此，除了新鲜，也只剩下陌生。两个同样局促不安的人，不知道怎么开口，名字是叫不出来的，羞人。于是，他们一个怯怯地说，哎，人。另一个不知怎么回应，也只好跟着说一句，哎，人。这样"人"来"人"去，青涩而幸福的光阴就从他们的炕头到炕尾，再从瓦屋顶上透出的星空里偷偷游走了。直到某天哥哥的降生，才化开了锁在父亲心头的羞怯，他终于可以堂而皇之地，以自己儿子的名字称呼自己的妻；而母亲，自从那夜以后，便叫了父亲一辈子的"人"。大概，在母亲心里，面前这个面目黢黑的人，从此是自己的男人了，终于彻底忘了他的名字。

---

① 蹚土：路上被人和牲畜踩出来的细土。

在那个一担麦子就可以换一个媳妇儿的年代，嫁娶就像"工片工"①，娶个媳妇儿进门就多了一双碗筷，也多了一个挣工分的人，人们千算万算也绝不会把这笔账算到爱情头上。人们掐算的是吃喝这样的最实际的问题。有时，一交紧，连一担麦子都可以省了。于是，三爸的媳妇儿，也就是我的三妈，是用我的二姑换回来的。所以，你叫奶奶怎能不为我舅爷提出的过高的彩礼而冲心？然而，这由不得母亲。在舅爷舅奶心里，这个在李家养了十六年，白白胖胖的女孩儿，显然不能辜负了她的出身。曾经的舅爷家，可是方圆有名的富汉人。现在穷是穷了，势还爹着②。

　　人活着，说是为了吃喝，归根到底还不就为爹个势么？

　　随着母亲嫁到韩家，这势，却成了母亲的十字架，背负一生。她也从李家的女孩儿变成奶奶嘴里的"肥子"。

　　其实奶奶没错，对于那个年代的人来说，母亲确乎是肥了些，这从那时留下的照片里得到印证。

　　然而对于父亲，当然是实在的好处。倘若家里没有这样一个肥女人压阵，他如何能在几十里外的县城工作得安心？父亲推着他的"红旗"自行车走了，把肥子的目光留在身后。可身后有什么呢？

　　一角颓圮的围墙圈起来的四角的天空，终究不能称其为家。然而他没想到，当他在县城的刑警队忙着抓坏人时，这个大字不识一个的肥子却用自己的臂膀生生扛出一个家。

　　多年后想起来，父亲还是打心里佩服。

　　可佩服，父亲也不说。他看着母亲嘿嘿笑了，可也就是这么嘿嘿一下而已，他忙忙准备好更多的"嘿嘿"，"嘿嘿"给他自己的母亲。然而在奶奶那里，肥子还是肥子，这是不容纠正的事实。奶奶数落一声，父亲嘿嘿一声。数落得没有来由，嘿嘿得毫无章法。回家，面对妻子的满腹委屈和他母亲的一腔怨气，父亲只好用一声连一声

---

① 工片工：农人的一种自觉自愿的互帮互助。
② 爹势：一种精气神。

的嘿嘿左右开弓，抽打的，是他自己的心。

对于一切责难，母亲惯于以她孤注一掷的倔强作为回应。她是个天生不会赔笑脸的人，即便是表达最深的喜悦时，也像发泄。她不满意，要骂父亲，她开心时，数落父亲。这时，父亲便不再是她嘴里的"人"，父亲成了"黑将"①。

"看把你个韩家的黑将撒，今儿的时节还把你给能得不行！"

"嘿嘿。"

"我把你个黑将，你看你的个势！"

"嘿嘿。"

……

这是后来多年母亲骂父亲最多的词，父亲无以辩驳，就跟母亲是"肥子"一样，这是铁的事实。

在母亲眼里，"黑将"处处不如人。他的软弱让她在婆婆跟前不能硬气做人；面对阿伯子②的欺负，她忍气吞声。就连割麦子时，看着来帮忙的八斤③威风八面，一会儿工夫杀倒一大片，他的男人只跟在后头一把一把擦汗，她的语气仿佛是说：这个只会捉笔杆子的男人绝不如一个会捉镰把的人更像个男人。甚至，他连个脾气都不会发，只会嘿嘿嘿嘿地敷衍。她仿佛因此羞愧得不行。

母亲从不在旁人跟前夸父亲，可也绝不许旁人在后头嚼父亲的舌根，连父亲的母亲都不行。难怪奶奶常有把儿子错生给别人的错觉。

小时候，除了过年，最隆重的仪式莫过于收拾行装去舅爷舅奶家。在母亲看来，这是寻常里的头等大事。

她一边大声呵斥着一边从箱底翻出哥哥和我过年的新衣，把自己的头发抿了又抿，总不满意。然而最让她不满意的还是父亲。她总认为父亲心不诚，把最贵重的礼品藏起来了。她盯着父亲打开柜

---

① 黑将：老家对脸黑的人的叫法。
② 阿伯子：丈夫的兄弟。
③ 八斤：父亲的朋友，一个憨厚老实的农人。

子,看他从柜子里把茶叶、黑糖一类的"人情"①一样一样儿往外掏。然而,终究还是亲自去检视了一番才甘心。临出门,又发现我衣服上一颗纽子松了,急忙找来针线缝好才收住咒骂声。

可一迈进舅爷舅奶家的门槛,走在最前头的父亲瞬间改头换面,成了天下最攒劲的男人。

嘘寒问暖过后,当父亲从提包里往外掏那一样一样儿的"人情"时,母亲像是逢着意外的惊喜,眼前情景成了一部慢镜头的电影,竟不相信那包包里会装得下那么多再好不过的物件。她并不看舅爷舅奶,也不看满眼歆羡的小姨,可她的骄傲却和他们的目光撞了个满怀。在她自个儿家,母亲不允许半句不是夸自己男人的话入耳,即便是小姨故意的玩笑话也不行。这时,父亲是绝对的主角儿,他和舅爷一家谈笑风生时,一旁的母亲从大鹏展翅成了小鸟依人。这时,光阴是好的,娃是好的,男人更是好的。只要她觉得好便自然是好。长面吃三碗不行,油饼必得蘸了蜂蜜。

然而,吃喝也还不过是只可意会的好,好要落在实处,就得喝酒。二舅拿出好酒。一通拳从哥儿俩好开始划到一心敬结束。日影西斜,娘家人又劝了一顿饭,泪眼婆娑地说——

站下②吧,站下吧,站上一晚些再走。

母亲很舍不得自己的娘家,可更舍不下如今自己的小家。拉拉扯扯、拉拉扯扯,家终归要回。

出了巷子,揩干眼泪,母亲这才带领着一家浩浩荡荡从岔李家的街道上走过,接受娘家一众街坊邻居的注目礼。

然而父亲不必得意太久,一出村口,他就主动认怂了。他从前头迂回到母亲侧面,背搭着的双手谦恭地抱住自己的肚子,随时听遣。然而母亲并不领情。父亲开始站立不稳,一来是肚里的酒不安稳,二来是母亲排山倒海的呵骂。

---

① 人情:老家对礼品的说法。
② 站下:亲戚挽留住下,叫作站下。

母亲骂欢了,她忘了那酒是自己的娘家哥哥兄弟们硬给灌下去的,也忘了自己在瞅着他们划拳时的欣赏。

她当然不会认账。上一刻的美酒变成此刻的"马尿尿"。然而这并未出乎父亲的意外,一贯的优待使他早有准备。然而他的准备也不过还是老调重弹的嘿嘿,嘿嘿。

母亲把太阳从山顶骂到地球背面不敢出来,把五里路骂成五十里,也没骂跑父亲的嘿嘿。终于,父亲谄笑说,要去解手。母亲不说话,拉着我的手慢慢上坡。仿佛很快又仿佛很久,母亲突然一松手,这一松手,她想起她把我的父亲,他的人给丢了。她捉小鸡一样地捉住我往回跑,喊,不见。又折回来,咆哮,不见。

母亲似有不祥的预感,她沉默了一会儿,就捉住我往田埂上爬,又从刚爬上去的地方原路溜下来。从没见过母亲如此情形的我,像她指挥棒下的一个凌乱的音符,盲目跟着,附和着,不知怎么发出自己的音,恐惧而缄默。漆黑而广大的夜,像个折磨人的休止符,一时无声,一时又被母亲的凄厉撕开一个血口……

当父亲提着他的"六四式",嘴里喊着"斌昌斌昌斌昌",跌跌撞撞跑到跟前时,母亲矗立如千年的木乃伊。父亲朝天扣动扳机,逼退了夜幕的进攻。而后,母亲一声长啸,仿佛终得自由的囚徒。

那一刻,看到声泪俱下的母亲,面对她自己失而复得的男人,母亲成了一个跟我一样的孩子。这让我有难以接受的失落,又有懵懂而刻骨铭心的领悟:再强大的女人,没有背后的男人,一切强悍,也不过虚张声势。

那一夜过后,母亲病了。她还站着,只是终于把自己站成了一个背景。在我们看来,她不可或缺,而于她自己,则是可有可无。父亲说,都怪他!母亲说,唉,这是命!

以后的日子,凡是病加重时,母亲总自言自语地说:"唉,藏① 晓不得要把捏人害到啥时候恰……"父亲听见了,责怪一句:"藏

---

① 藏……:老家话里的语气助词,无实际意义。

再不要胡说了！"那语气分明是从未有过的。他俩对彼此的态度无声无息调了个儿。他俩彼此歉疚着，也迁就着。母亲把黑将迁就回"人"，父亲把母亲迁就成一口一声的更加柔和的"斌昌"。

日子就这样平平淡淡地过，偶有波澜，不过是母亲埋怨自己身体的不争气，进而牵连着埋怨赔笑的父亲。母亲对自己的埋怨显而易见，可对父亲的埋怨不明就里，就像父亲对他自己的埋怨一样。只不过，最后父亲是坚持埋怨自己，母亲把这归结于命运。

人对命运的喟叹终究一时，过去了就过去了，更多的时候，还是琐碎的家长里短。那时，母亲找到一个犄角旮旯就想着养一窝鸡，等鸡下了一簸箕蛋了，就卖掉，然后和自己掐麦辫①的钱攒在一起，攒厚了，又缠着父亲把自己攒的零钱换成整钱，还非要新钱不行。父亲就笑笑地说，钱迟早要花给别人的，要那么新干嘛。母亲来一句，管那么多干嘛！一年半载的，母亲拿出她的私房钱数数，再数数。够了，就去扯几尺布，要给父亲做衣服。父亲说自己长年穿制服，不用做。可母亲已经把布料拿来在父亲身上比画了。穿上新衣服的父亲很不自在，母亲却像个孩子一样左看右看地笑了。

印象里从来都是母亲对父亲吼，父亲从未向母亲发过脾气，更不会骂。仅有的例外似乎是在梁山的那年，不知父亲偷偷埋怨了一句什么，被隔壁的母亲听到了。母亲拖着病体穿戴整齐，执意要回老家去。父亲苦劝不住，最后央求母亲的干女儿从半路上把决绝的母亲拉回来。代价是父亲挨了好几天的骂，也赔了好几天的笑。从此父亲得了教训，不再犯如此错误。

可他也没机会再犯错了，母亲骂不动了。

骂不动了，就连我的梦里的母亲，也不再骂人。

当我写下这一堆文字时，又觉得后悔，题目是父母的爱情。可搜寻记忆，找来找去实在找不到他们之间有什么爱情存在的明证。那年头，就算给别人打比方的说，也没听见他们彼此以爱人相称。

---

① 麦辫：一种手工艺。

顶多就是斌昌他爸，斌昌他妈。而他们自己相处时，就成了没来由的"人"和"斌昌"。

对于他们彼此间的这种称呼，大概在母亲认为，从面前的男人成了他的人起，她就理所当然地把他叫作"人"。她一生说过的最动人的情话大概也是初嫁的那晚，对着羞怯的父亲说一声——哎，人！

临去世那晚，母亲说，"人，我想吃个苹果。"父亲没有阻止（糖尿病不能吃甜食），也没再叫斌昌。他说，"人，今儿，想吃就吃一个吧。"

多年后，每次回老家，父亲都会在夜深人静时偷偷打开一个小盒子，看一堆什么物件。他一直以为这是属于他一个人的秘密。其实，我早偷偷看过了。那盒子里装着的，是母亲那些年得病时脱落的一颗一颗的牙齿。我不知道那时他心里在想些什么，就像我至今也不知道他们之间，到底是否有过爱情。

母亲的房子

每次回老家，我都要躲在母亲的房子里，摸摸这个，碰碰那个，看着窗棂上被煤油灯盏熏出的黑影发发呆，对着墙上贴的古旧的年画出出神。我把自己关起来，房里黑咕隆咚，只从门缝透进微弱的光线，仿佛在昏暗的光线下，我的记忆才能从容舒展，整个身心也因此放松下来。借由两扇衰朽的门板，把俗世彻底隔离开来，我感到从未有过的宁静，由此，便可以好好地和母亲的房子单独相处了。我摸到墙角站着的梨木柜，表面依然光滑，只是，厚厚的积尘让它在昏暗的光线里添了十分的寂寞与沧桑。我拉开抽屉，里面放着一面圆的、由一个铁丝绾成腿支撑的镜子，那是母亲用过的梳妆镜。我盯着镜子背面，看那匹奔跑了二三十年依然不知疲惫的枣红马，却不敢看镜子的正面，我怕翻转过来，会看到自己的眼泪如何成串地滚落下来。我又试着推一下柜子的顶盖板，还能推开，榫卯依然完好。当我向盖板下探头时，似乎闻见一阵苹果的清香直冲肺腑，接着，是阵阵曾经熟识的气味，这气味排着队一缕一缕地向我铺排开来，最后又混合一处，缠绕不清，一如我陷入混沌的思绪。我又闻见白砂糖和黑糖的味道，闻见橘子罐头的味道，乃至于闻到千票子（过年新换的压岁钱）的味道。曾经，这个柜子，是我记忆里不可轻造的圣地，平常从不曾如此轻易地大白于天下，我也从不敢轻奢能对它内部的真容一览无余。每次能窥见一角静卧的饼干，或是能远远地闻一下甜甜的苹果的味道已是意外惊喜。如今，当它向我敞胸露怀，我却一点都开心不起来。我把头探进柜子里，仿佛要从里面打捞起所有过往岁月，却只看到一个悠长而落寞的空虚。空荡荡的柜子，瞬间被我的无尽的忧伤所占据。我假装着抬头看天，怕眼泪跌落脚下的尘埃。通向天空的目光被黢黑的屋顶拦住去路，落在房梁上。房梁上当年的红对联已褪至白色，却依然完好。上面的每个字，都曾在某个夜晚睡前，和父亲并排躺在炕上，盯住了，跟着父亲一个一个地念——

"青、龙、扶、玉、柱，白、虎、架、金、梁。"

如今，每个字都还是小时候的模样，只是字背后的纸看来异常脆弱，仿佛出一口长气就能吹落。

小时候粗壮的房梁如今看来却像一个饱经沧桑的脊背，背上驮着的橡和檩看来随时可能因为疲惫而垮下来。那一根根弯弯曲曲排列又瘦瘦弱弱呈现的白杨木的橡子是如何撑过这几十年，我真想问问它。

这难道就是母亲的房子呵——

这，就是母亲的房子呵！

我看着房内墙上贴着的旧报纸，以及报纸上画下的我歪歪扭扭的铅笔字；看着炕裙上母亲纳鞋底时顺手插在墙纸上的针留下的针眼，一切如梦似幻，我不敢确信又虔诚笃信——

这，便是母亲的房子了。

是的，我之所以把这房子叫作母亲的房子，在于这座曾在全村独领风骚的上房（老家对堂屋的叫法）是母亲一手看着盖起来的，也是母亲此生唯一的盖世成就。自从这房子堂堂正正地站在村子的北门，母亲便耗尽了一生所有的气力，再也没有干成一件类似的丰功伟业。

爷爷奶奶生了八个子女，堪比杨家将门。可再大的家业也有分开的时候，子女们大了，个个都想当自己的掌柜的。对于分家，倒也是母亲期盼中的事。因为当年母亲嫁到韩家时，姥姥姥爷跟爷爷奶奶多要了彩礼，奶奶一直怀有不满，既定的事实不好改变，于是，奶奶只好把怨气化作绵长的成见转移到母亲身上，无论如何看母亲不顺眼。母亲又是个脾气耿直而倔强独立的人，由此，奶奶和母亲一生都不对付。直到母亲去世，恩怨才就此终结。

分家就得安家，新划分的宅基地，大伯和二叔的没有异议，变数存在于三叔家和我家，因为这两块宅基地有大有小，东面的比西面的略大一些，我爸是老四，三叔认为他是兄长，要大点的院子自是应该，可为了公平起见，爷爷还是决定大家抓阄。偏偏老四抓了老三念想的那个，老三当众只好认了。大事已定，父亲去县城公安局上班。父亲的自行车没推出去多远，一场争斗已悄然酝酿。

原本母亲并非锱铢必较之人，她一向为人宏阔大方，可由于上辈人的误会连带着造成的她和奶奶的不睦，一直在她的隐忍和奶奶的霸道中看似风平浪静，实则暗流涌动着。由于这不睦，奶奶凡事便多偏袒三叔一家，显而易见的是，在对待两家的孩子上，态度迥异。母亲认为奶奶对她自己有成见尤可，而对孩子也不公就无法轻易原谅了。于是，寻常的积怨便为这次冲突打下基础。

父亲走了，母亲势单力孤，三叔有奶奶撑腰，来换本属我家的宅基地，母亲自然不从，争执终于升级，毫无防范的母亲没想到，伯子向她抡起了镢头……

从此，母亲骨头上留下了永远的隐痛，每到天阴下雨就发作，这伤痛像恶魔，一直到她去世才撒手。

这件事，小时候在母亲领着我去姥姥家的路上听到过。我那时大概四五岁的样子，可至今清晰记得当时场景。那是一个寒冷的冬天，母亲头上包着绿头巾，和一个同行的、她的朋友说起这事——其实她俩是悄悄说的，她俩边说边回头，是要刻意避开跟在身后的我。母亲说着说着就用绿头巾揩起了眼泪，旁边她的朋友唉声叹气地也偷偷拭着泪。小孩子的本能，对于大人的秘密有格外的好奇，越不让听的就越想听到，虽然来龙去脉只听了个轮廓，可很清楚的是，母亲被三叔打了。

我听着，攥住拳头，压抑住内心悲愤，装作什么都没听到，可偏偏路上出现了一块大石头，这给了我巨大的刺激，我过去拼命要抱起石头，可抓石头的手指磨得火辣，眼里挣出了泪花，石头却纹丝不动。我正闭眼咬牙做最后的拼命时，听见母亲喊我——

"狗狗（老家对孩子的爱称），你组撒（干什么）着哩！"

我不看母亲，因为我眼里有泪。

母亲呆立着，显然还没从对我惊世骇俗的举动的诧异中反应过来。

她朋友跑过来，摸着我的头说，"狗狗娃，你咋了？"

我感到眼泪即将不争气地从眼眶滑落，我咬住嘴皮，把鼻腔里的眼泪吸进肚里，像个大人一样坚定地说："我要把大石头扔在三叔家的房顶上！"

母亲的朋友听了这话，下意识地失笑出声，我感到巨大的屈辱，挣开她的手。朦胧中，我感到母亲脸上的诧异变成心疼，她眼里噙着的泪被北风吹跌了，掉在地上摔成八瓣儿。母亲的朋友大概被我的坚定震撼，她收起笑，摸着我的头说——

"狗狗娃，你到底还岁着哩（还小）么！"

我咬着牙，一言不发，万般不服。

朋友见母亲掉泪了，她向母亲骂道："看个死恰地撒，把娃不管咔，叫花（哭）撒哩！"

母亲过来拉起我，她的手攥着我的手，我们一路没说话，我脸上的泪水风干了，可心里的泪伴着巨大的恨洒了一路。我在心里问，母亲受了这么大的屈辱，父亲呢？他为什么不报仇？

听母亲说起，其实已是往事，就在两三年前，母亲已经在那块地上盖起了两间偏房，一家人暂时安身。虽然院子比原本的小了，但更加规整。两间偏房让刚分家的我们有了栖身之所，但绝非母亲的根本宏愿。母亲的想法是要盖一座高高大大的上房。

可终究一穷二白，父亲不在，我们哥俩年幼，母亲只有一双腿脚。就连这两间偏房也是盖得惊天动地。据母亲说，那时多亏了几个舅舅，他们提供了无偿的物料和人力上的支持，才让母亲给这个家垒个窝的愿望有了落实的可能。由于赶进度，基础不实，刚砌好的一堵墙曾一度要倒塌，千钧一发时刻，多亏三舅扛起一根房檩子跑过去支住，否则，母亲刚撑起的天就要塌了。后来，母亲对我说起这段经历时，脸上有劫后余生的凄楚和侥幸，说着说着她就掉泪，她说——

"天爷，看不滴活了么，要不是你三舅舅，可咋办恰……"

那时，母亲谁都不能祈求，只能祈求自己和老天爷。那时，她嘴里时常念叨着那个不知身在何处的老天爷，是因为他的男人靠不住。

后来大一些以后，我才终于敢问心里一直藏着的那个问题。我问母亲，"你被欺负的时候，我爸爸哩！他还是警察哩！他腰里还别着手枪哩！"

母亲叹息一声，摇摇头。她欲言又止，我不忍再提。

答案是后来被父亲自己揭晓的，依然是我偷听来的。有一次，他酒后跟朋友说，唉，那次母亲挨了三叔的打，他接到母亲的口信，请了假就回来了，可刚到村口，被一个老汉呵斥住了。这是个村里德高望重的老人。

老汉说，"你回来干啥咧！啊？"

父亲嗫嚅说，"我，我回来看看家里，看看家里好着么……"

"看啥咧！么看头，好着哩！赶紧回去！"

父亲望一眼家的方向，低头返回。

他这一低头就注定要低若干年。

若干年来，父亲带着愧疚。每次在天阴下雨，母亲因为身上的骨头疼而叫唤不止时，父亲就百般笑脸地顺从母亲，忍受母亲的责怪。其实并非母亲的耿耿于怀，她嘴上数落着父亲的窝囊，可心里是赞成父亲的决定的。她知道父亲的难处，当时面对自己的哥哥和妻子，话该怎么出口，该怎么表态？虽说道理在自己这边，可人世间的事，很多时候不是道理能说得清，等道理讲明白了，亲情也就散了。母亲的深明大义并非我的猜测，而是源于她后来的言谈与行为。母亲之所以一边责怪一边理解着父亲，在于她当时只是觉得一个女人的势单力孤。她多么希望那时身后站着个男人啊，哪怕那个男人不说一句话，她心里也踏实许多，就算挨上几镢头，那长在骨头里的疼也会散得快一些。可转念一想，可能吗？

既然不可能，只好所有的委屈自己来承受。她的责怪与埋怨，尤其到了后来，其实不过是另一种表达娇嗔的方式而已。对于这种含着特殊意味的娇嗔，父亲只好以一种格外的认真与虔诚，和母亲天衣无缝演好这一出。彼此默契避免旧事重提，把同一种心情装进另一个无关因缘由里，你来我往地笑骂几个回合，便把一切不遂心的往事克化于无形。乃至终于某天，再也无人提起，就像一部悠远的剧永久的落幕了。

当初盖两间偏房尚且惊心动魄，可没过两年，母亲又规划起一个更加让旁人胆战心惊的蓝图。

她要盖堂屋。父亲试探着笑问，要不再缓缓？母亲斩钉截铁，不！就在明年！

父亲知道母亲的脾气，一旦决定的事，便没有回转的余地，况且，盖堂屋也是现实的需要。原来的两间偏房，一间厨房，一间厦房，本就逼仄的厦房里挤着一家四口，不是长久之计。再说，盖堂屋的椽子都已经在去年，由母亲一棵一棵栽下了，到了今年，那些杨树苗已经胳膊粗了，再过一年，起码能有小腿粗。虽说杨树根本不是合格的盖房木料，可这种树生长速度快，再说当下手头没有余钱。就连大梁和檩子母亲也一并踅摸好了，花园里的几棵榆树啊，母亲这几年已经偷偷一拃一拃地拃过好几回了。

一料麦子又一料玉米，一茬胡麻又一茬洋芋，庄稼上赶子似的赶着人，转眼就是一年。

母亲请来堂叔虎生，虎生叔是村里最能的木匠。黄道吉日，房要上梁了，父亲从县城捎来一匹大红的缎子，可他自己却留下了，这梁，他留给自己的女人一个人上。

其实，在上梁之前，母亲早已起早贪黑地忙了一个月了。她肩挑背扛来的土和木料已经码放得整整齐齐，白杨树的椽子用砂纸打了又打，清漆刷了再刷，把院子里的太阳翻里翻面地翻了个五五二十五。今天终于要上梁了，母亲半夜就起来，给所有大缸小瓮里担满了水，甚至连泔水桶都是满的。和泥要用大量的水，可老家缺水啊！人都时常不够吃。

大红的缎子上了房梁了，鞭炮噼噼啪啪震天响，一个来帮忙的邻居笑着对来帮忙盖房的邻居说，"天爷呀，这个女人藏真个麻达（泼辣，厉害），一个人修房哩么，看不得了了么！"

其他人都訇啦一声笑了，笑里是满满当当的敬佩。

虎生叔是个不苟言笑的人，这时，也跟着热闹起来，说话句句带着幽默。满院子的男人仿佛受了一个女人的感染，似乎不把手底下的活干得风生水起便无以表达对这个女人的敬意。

到中午，干活的人闻到一阵油泼辣子的香，还没来得及问，一桌子西红柿鸡蛋面片已经端上来了。一贯幽默的五生说，"天爷，咋没听见切刀（老家话，菜刀）响哩，饭已经熟了！"

众人一人抢过一碗，呼啦啦一碗下肚，又来一碗，饭量最好的一连吃了五碗。没办法，母亲做饭的手艺可是名不虚传啊！做饭难不住母亲，只要上房能如期站起来，就是五十、一百人的饭她也做得来。

等父亲请假回来时，一座当时冠盖全村的大上房已经盖好了。面对母亲这轰轰烈烈的一场，父亲只能报以几个嘿嘿的笑。母亲狠狠瞪一眼父亲，狠狠的瞪里面却写着满满的幸福。

接下来，又一件一件置办了家具等一应物什，终于把原梨木的柜子，红漆的板箱，枣红的炕桌等一一摆置到被石杵子杵得光溜平整的地面上。

有了这么一座上房，母亲说她要好好地活人过光阴哩！

那年，母亲二十八岁。

自此，每天天还没亮，就听见母亲起来收拾房子了，她一件一件地擦,一处一处地扫,生怕遗留下半点灰尘。等我起来时,房子满是新家具伴着水洒在泥土地上特有的清香了。犹记得那个原梨木的柜子,没有上任何油漆,每天用棉线沾了煤油来擦——用煤油擦过几年的柜子,会使原木有一种经过岁月打磨包浆后的特殊质感,有种古朴厚重的美。后来,母亲把洒扫庭除的工作手把手教给了我。母亲是个极整洁利落的人,又加上对新房子的爱,她对整洁的要求近乎苛刻。我睡眼惺忪地被她从被窝里呵起来,她跟我讲每个洒扫动作的要领,比如擦桌子时抹布要叠得四四方方,擦脏一面,再翻过来用另一面,不能把抹布胡乱抓成一团地擦;洒水时要把脸盆端低,用指尖一点儿一点儿地撩水,不能泼泼淹淹的,一坨干一坨湿,否则扫地时干处容易起灰,湿处要沾脚底,容易把地面弄成坑坑洼洼;扫地时,要等水半干不干时,把糜子秆扎的笤帚压低,斜贴着地面一下挨一下地扫……诸如此类种种,每个动作都有严格的规范。我小心翼翼,有时难免还会出错,她过来就揪住我的耳朵,我感觉自己的耳朵快要被拧下来了,又不敢告饶,越告饶她拧得越厉害。经过一个时期的调教,我按照她的要求做到她满意了,可依然不敢稍有疏忽,有时正在扫地,看见她过来,手一哆嗦,弹起一点灰,我本能地捂住耳朵,却看她从我旁边经过,去拿桌子上的什么东西,这才放心,可腿早打战了。

想起来,那是母亲最活人(老家话,意含骄傲、荣耀)的几年。那时的母亲身体健壮,脸膛红亮,走路生风,干活麻利。虽然要小心翼翼面对她的暴脾气,可家里整体的气氛是阳光轻快的。

一天几遍的擦,那个梨木的柜子已经着了一层暗亮古旧的颜色。那是家里放最贵重的物件的柜子,钥匙由母亲挂在裤腰上,因为母亲是家里的"掌柜的",父亲每次要开柜子,得向母亲申请。

柜子里究竟有什么贵重物品,我不感兴趣。我只盯着里面的好吃的。每次开柜子时,父亲都要把我赶在门外,我死乞白赖地靠在门槛上不走,就看着父亲从柜子里拿出白糖或者黑糖,或者下次是一包饼干或者一瓶罐头。这样的时候往往是要去某位重要的亲戚家,比如舅爷家。眼看着父亲一个盖板一个盖板地打开柜子，取了东西，再依次盖好盖板，我就盯着星星点点洒在盖板上的白糖粒，等父亲锁上柜子把钥匙交还给母亲，我就冲过去把指头放舌头上舔湿了去沾白糖粒吃。

有一阵子，整个房里弥漫着苹果的清香，我知道那是柜子里放着几个苹果。心里火急火燎，可又吃不到，尤其到了晚上，夜深人静时，那香更诱惑了，涎水咽到后半夜不肯睡。那时，就盼着感冒发烧，因为感冒了就有可能吃到半个苹果。于是为了能感冒，半夜非要踢开尿盆，光不溜秋跑到茅房上厕所。当然，过年时散的干票子也是从柜子里一沓一沓地拿出来，虽然是换的零钞，可每张都看得人心惊肉跳。

所有所有的小幸福小快乐加在一起，就能组成一个重大的幸福，重大的快乐。母亲的扬眉吐气不是没有理由，她天生是直来直去、恩怨分明的人，却也因此受了额外的打压，如今好好由着自己过起自己想要的光景，谁又能说些什么呢？可树欲静而风不止，不时还有新的烦恼，仿似是老天爷怕人们的幸福太过圆满，便硬要塞进一个苦涩的注脚。好在母亲一贯担得起，扛得住，因为她是奶奶嘴里的"肥子"。肥子则意味着能吃能干。

也许是一生无遮无拦、大悲大喜的性格使然，也许因为盖房的劳累，母亲查出了糖尿病。父亲又调动了工作，为了照顾母亲方便，母亲不得不离开她一手建起来的房子。一家人只好跟着父亲住在他的单位上。母亲一手盖起的上房，她总共才住了三四年，就留给铁将军守着了。

那年，我们一家到了一个叫马关的地方，母亲时常念歌（念叨）着，唉！新上房还没住够哩，啥时候等身体好一些就回去，住自己的新上房。母亲总是念歌着，念歌着，可身体却每况愈下，乃至于后来时刻离不开各种中药西药，可每当身体稍恢复一些，她总忘不了她的新上房。对我们兄弟来说，马关比老家好得多，这里有比老家大得多的世面，再说，住在派出所的砖瓦房里感觉也挺好，至于老家的新上房，锁就锁着吧，再说几年之后，村里已经有人盖起了更好的上房，我家的上房，风头已过。自此以后，除了偶尔全家回老家小住几天，我家的新上房都是锁着的，直到后来母亲的身体再也不允许回去时，院子里，已经时常是满院蓬蒿的凄凉景象了。再后来，马关一别，一家人又去了更远的地方。母亲再也不念歌她的新上房了，也许，她知道没有回去的希望了。

那一年，在龙山镇，非节非假的，哥哥从上班的天水市回来，我们一家人莫名其妙地团聚在一个寻常的日子里。

晚上，绵延一个月的感冒刚刚好的母亲非要叫哥哥给她洗头，我们反对。因为那时她全身都已经出现了严重的并发症，疾病的持续摧残，母亲已经从一个饱满的豆荚变成一片枯朽的叶子，随时可能随风飘走。拗不过她的坚持，哥哥给她洗了头。那晚，洗了头的母亲干瘦的脸上突然现出久违的光彩，她竟然像个孩子一样恢复了难得的活力，尽管虚弱，却又说又笑，她居然又要吃一个苹果，我们当然知道苹果对一个深度糖尿病人意味着什么，因此又是一致反对，可是那晚的母亲竟像个撒泼打滚儿的孩子一样不依不饶，非要吃苹果不可，父亲也没主意了，望着哥哥，脸上现出深有预知又茫然无措的惶惑，哥哥低头不语。空气陡然凝重起来，可母亲脸上却空前地泛着如少女般的调皮又顽固的红晕，像是将有什么喜事降临。这悲喜交加于我而言，是若有似无的懵懂，我完全没有意识到该对眼下的一切报以一个怎样的恰当的心情，只是觉得空气里弥漫着难以言传的氛围。父亲和哥哥最终做出了妥协，我们三个看着母亲将哥哥细心削了皮的苹果吃完。母亲心满意足地睡了，新洗过的头发从枕边垂下来，乌黑明亮。回想起来，那晚的母亲，笑笑的样子，竟似让我隐约看到了她的少女时代。

我们弟兄俩睡在另一处，其实谁也没真正睡踏实。半夜，夜幕突然被父亲凄厉的呼喊撕碎，我俩赶去时，母亲已经永远地睡去了……

那是一年初秋，我们在母亲割过麦拔过胡麻的那片地里埋葬了她。接下来的好多天，我总觉得她其实并未死去，我担心万一她醒来后出不来怎么办？她虚弱的指甲如何拔得开覆盖着的厚厚的黄土？夜里，我总是屏气静听，怕万一错过她的呼喊。

那天，我又躺在母亲当年盖起的那间偏厦里，听着一切的动静。爷爷到我跟前，没说话，他粗糙厚实的大手抚摸我的头，我的泪水瞬间跌落，渗进脚下的土里，这才相信，母亲再也不会回来。

后来很多年，我总不放心，总要追问，总想知道母亲最后究竟说了什么话，总不至于连一句话都没留下吧，怎么让人甘心呢？可父亲每次的回答都是，没有，没有，她什么也没说，安安静静就走了。

直到某天，坐在沙发上睡着了的父亲，突然惊醒了，他说，记起来了，记起来了，你妈当时是说过一句话。我问，说了什么话？父亲说，那晚半夜里，母亲在昏迷中曾隐隐约约说过，"唉！我的新上房啊，我还没住够哩……"

我盯着父亲的眼睛，想要一探究竟，究竟是母亲曾真的说过这话，还是父亲在他自己的梦里听到母亲说了这话。看着父亲混沌的双眼，我明白，其实他也难以分清了，可是，这已不重要了。母亲又要住上她的新上房了，这次，她再也不离开了，再也不离开了，永远不离开了。

母亲走后，每当我回到老家，总要一个人走进母亲的上房，看看，摸摸，闻闻。看到的还是曾经的快乐时光，摸到的，是从指间流过的真实的岁月，闻到的还是锁进柜子里的苹果的香，还有白砂糖或者黑糖的甜……有时候，各种意象各种味道一齐奔涌而来，我被这景象深深地醉了，想就此永远地睡过去，不再醒来。睡着睡着，突然听到母亲厉声的呵斥，我一个激灵翻滚起来，捂住自己的耳朵，耳垂被母亲揪得火辣辣，似乎有血流下来了，用手去揩，却揩了满把的泪。

我每次都会从房子里拿走一样老物件，有时是我满月时戴过的帽子，有时是母亲梳妆过的一面镜子，有时是我曾看过的一本书，有时是从报纸糊的墙上拍下的几张照片。有一次，是从地上捏起来的一撮黄土……

　　每次离开时，回头再看一眼老房，仿佛那是最后的一眼了，总觉得在我回程的车上，它就轰然而塌了。可等下一回回去，它居然还站着，尽管已经足够虚弱老迈，早已与周边的一切格格不入。当年的风华正茂已然是如今的风烛残年，我不知道这房子至今站着的理由是什么。当年看起来粗壮的榆木大梁已然老态龙钟，白杨木的椽子像一些毫无血色的胳膊，仿佛这老房是赖以天空的吸引，而不是因它们的托举站在那里。于是，每次让我在早已坍塌的担忧里带来意外的惊喜。我会又一次地走进房里去，用衰朽的门板把里外隔出两个世界，只留一点缝隙，足以让阳光顺着缝隙挤进来，以沟通天际和这人间的世界，好让我呓语喃喃地对着一堵墙说话，对着一根木头说话，对着幽微的光线里飘舞的微尘说话，我确信这种喃喃呓语能以达天听。当我这么喃喃自语时，便像个襁褓里的婴儿，在这里终于感到了真正的安稳与宁静，一旦离了这里，仿佛就成了孤儿。终于知道，每次来，其实都是为了找到丢失的家，找到了家，我便再也不是满世界流浪的布娃娃。

　　　　　　　　天上的雪，

　　　　　　　　悄悄地下，

　　　　　　　　路边有一个布娃娃。

　　　　　　　　布娃娃，布娃娃，

　　　　　　　　你为什么不回家。

　　　　　　　　是不是你也没有家，

　　　　　　　　没有爸爸和妈妈，

　　　　　　　　哦，布娃娃，

　　　　　　　　不要伤心不要害怕。

　　　　　　　　让我借给你一半妈妈，

　　　　　　　　和你共同拥有一个家，

　　　　　　　　让我借给你一半妈妈，

　　　　　　　　和你共同拥有一个家。

后记——

　　如今写下这篇文字,非为记住什么或渲染什么,只为记录曾经一代人的生活与心路历程。特殊的年代,他们有各自的无奈。就像奶奶耿耿于怀一辈子的彩礼问题,其实,还是因为那时大家都穷。

　　很多问题若放到现在,不过云淡风轻。可生活从不容人选择,每代人都有他们必须承受的东西,一代一代,都是这么过来的。

　　当一切成为过去,再写下这些苍白的文字,只为向岁月致敬。

母亲的园子

母亲务过好几个园子。说是园子,其实也不过一畦小小的菜地或者几块石头垒起来的一角花坛而已。自从有了病,她的气力总也赶不上她的雄心了,这对一生好强的母亲无疑是个打击,可她生来不肯轻易低头,最不愿别人说她是个病人。然而她的身体已经不允许她和自己较量,像从前那样把一茬庄农务得让人热眼①。于是,得了机会,她就要务起花花草草。哪怕在一个毫不起眼的旮旯,或是一堆破败的瓦砾堆里。

那时,一家人离了老家,跟着父亲工作的调动流转,父亲在哪里工作,家就安在那里。那几年,父亲在马关派出所上班。派出所,是一个三面砖瓦房围起来的院子。没有房子的一面是和一家邻居共用的院墙,院墙下有块空地,一直闲着。

也许是个周末的午后吧,院里金晖匝地,我正坐在小板凳上低头拿个毛刷刷洗一盆洋芋,母亲在旁边掐麦秆②。我不时眼往上挑,瞥一眼母亲,怕她责怪我洗的洋芋没有哥哥洗得干净,随时准备着挨她一声呵斥。然而这次,母亲和气许多,她专注掐着麦秆,麦秆短了,就从身旁的浆水槽里拣起一根,弥上。随着指头翻飞,麦秆上星星点点的浆水飞起来钻进我脖子里,凉凉痒痒。她掐一阵儿,再把掐好的麦秆抻在眼前,捋捋、抽抽,歪头咬断多余的麦梗,相

---

① 热眼:羡慕。

② 掐麦秆:一种闲时的手工编艺,麦秆用浆水泡软了,编成"麦辫",出售,以进一步制成工艺品。这种简单的手工艺是那时的女人娃娃给自己扯衣裳、挣学费的好营生,有的男人也会,比如我。

端①相端，满意了。母亲鼻子里轻轻哼着"寒窑十八年的王宝钏"②，阳光柔柔的，填满她鼻翼上皱起的细细的纹。她居然对我的贼眉鼠眼视而不见！我手里的毛刷欻欻响着，思想里却开起了小差。

"咦——"

母亲突然这么一叹，吓我一个激灵，以为是哪里不对，我忙忙低头，等她接下来的发落。

"咋以前就不晓得哩——"

听母亲接着来了这么一句，我偷偷看她，她脸上漾着孩子般的笑。我顺着她的目光逡巡，被那堵墙截住，一时茫然。这时，母亲罕见的以商量的语气跟我说："靠墙那坨坨地方务个园子能成不……"

我一时反应不过，瞅她。母亲把手里的麦秆往地下一撂，已经起身向后院去了，她显然是已经有了主意。脚步带风，她出奖了，手里提着一把铁锹。我终于明白，她这是要开垦那片地。母亲向来是风风火火，想起就要干。我揩揩手上的水跟过去，她已经把铁锹的一半儿杵进地里了。我正努着嘴皮替她使劲呢，她大声呵喊起来："看啥咧！还不帮忙！"于是，我俩换着，把那块地一锹挨一锹地翻了一遍。母亲到底是病身，我也还没长成足够的力气，到底翻得不深，可对那块闲着没人理的地来说，已是幸运了。翻完地，我俩揩着汗互相看看，想来想去没啥种的。母亲就说："不如种葵花！"恰好家里有现成的生葵花籽，她掬了几把装进我口袋里，并告诉我栽葵花籽的方法。这是我第一次栽葵花，兴奋又新鲜，我小心地捉一颗胖的葵花籽，头朝下栽进土里，栽一颗，抬头看看母亲，栽一颗，抬头看看母亲。母亲笑笑，不说话。不置可否就是同意。可我又觉得这种栽法奇怪，心里想问，终究没敢。

栽完了，看母亲心情不错，我试探着问，我说："妈，我想去

① 相端：定睛看、端详。
② "……王宝钏"：秦腔戏。

找窦旭斌耍……"母亲瞥一眼那盆没洗完的洋芋呵喊:"快把洋芋洗了起!"

栽了葵花,就盼着早点出苗。每次一放学,来不及放下书包就去看,地里光秃秃的,啥都不见。连着好几天,渐渐觉得失望。

渐渐也就淡了,忘了。

一天早晨,天上飘着细雨,我执了伞要出门,突然想起葵花,到跟前,呀!这怂真鬼!偷偷钻出来了!细看,又是两三个,再看,简直一大坨!嫩嫩的芽儿极像婴儿的脖子,憨憨地向上伸。可脑袋上却顶个黑黑的瓜子皮,就觉得很丑,伸手想剥开,又怕它疼,回头几次,依依不舍去了学里。

以后,一场雨,瓜子苗就窜一截,直到撑开了脑袋上的瓜子皮,冒出两瓣肥肥的叶子,像做伸展运动的娃娃。有了这块瓜子园,母亲似乎比以前和蔼许多。大概没人愿意面对一群摇头晃脑的娃娃发脾气。终于,葵花跟我比起个子了。然而很快,它们就超过了我,这让我懊恼又欢喜。葵花秆和叶子上起了一层细细的绒毛,一看,活像我胳膊上的汗毛,我拍了一下叶子,就像拍一个朋友的肩,叶子刷啦刷啦,摇着,像铁扇公主的芭蕉扇。严肃规整的院子有了这片绿色,人一下有种莫名的期待。又是几场细雨,又是几轮艳阳。葵花像电视里士兵的队列一样,看着振奋又袭人①。

一天早上,隔壁家的小妹妹过来,跟母亲说要摘些葵花的叶子,母亲同意了。我心里干着急,可不敢跟母亲犟,知道隔壁家的阿姨和母亲是好朋友。阿姨慈眉善目,她女儿有个好听的名字,叫书勤,可我跟她没怎么说过话,大概是觉得她个子小的缘故吧。一瞭,就瞭见她跳起来够那些葵花的叶子,头上的辫子忽闪忽闪,像只贪婪的兔子。她手里已经攥着满满一把叶子,我心里就骂:"看个怂子子子,看把你娃给能的!"她似乎看出了我的不情愿,小小的人儿抱住一大捆叶子,也不看我,辫子一甩,满不在乎地出门而去,我

---

① 袭人:喜人,让人眼馋。

的气恼跟着她，拐个弯儿，一直到她家门响。

母亲说，摘些叶子，葵花才能结大大的盘。听母亲这么说，我又盼着隔壁门响，盼着兔子跳起来够葵花叶子了，可她终究没有再来。

开了花了，花盘果然够大，满满一院子的太阳。我心里又想，岁子子子肯定觉得袭人的吧？可袭人也没办法，这是我家的花园。

那几年，这小小的园里还开过许多的花。有时是胡萝卜，有时是芫荽。记忆里，在马关的那几年，是母亲度过的难得清静安稳的岁月。尽管家里有各种中药西药的味道，然而许是掺了花香的缘故，总不至让人特别惆怅。

快乐的日子总是很短。父亲又调动工作了，这次是上梁山。父亲感叹着梁山的高远，惆怅着母亲的身体，他惆怅母亲能否适应那个听来就觉艰苦的地方。而我，对于这骤然的变迁缺乏基本的认识，只觉得又要换一个新家了。赶着给好朋友留了言、赠送了笔记本，来不及向喜欢的女孩子说声再见，就稀里糊涂跟着父母上了梁山。当我蹲在乡政府一隅的茅厕里，觉得一阵一阵的西北风抽打着大腿根，又把落下去的尿线又吹回我的裤腿、落在我的手上时，才知道，这梁山是完全不同于马关的地方。一场一场的雪啊！一场一场的雪啊！挨到过年，听不到鞭炮声。出去寻，只有一家门上贴着红得扎眼的对联，门扇上一个大大的福字，像一张愁苦的脸，还是倒着，我心里第一次觉得人间的落寞。

梁山的街上只有这一家汉民，寡兮兮的，大门紧闭，远远望去，像座孤岛。没有玩伴，没有热闹的社火，我就沿街踢雪。

母亲的病到了冬天总要加重，家里又多了些装着各种药的坛坛罐罐，母亲吃药和吃饭一样多。我每天的生活就是上学放学，夹在中间的，是一片茫然。挨到开春，母亲好一些了，我跟新同学也终于相熟起来，然而回家，父亲总是愁眉不展。从他跟母亲的纤细密密的交谈里，暗暗得知，县里财政困难，已经欠了三四个月的工资，连个条子都没给。父亲每月的工资,大部分用来购买母亲的各种药,这我是清楚的。终究以前不似这般深刻,如今,就得省掉我的新衣裳。然而个子长得太快,刚做几天的裤子就短了。好在母亲认识一个做裁缝的朋友,是个总爱笑嘻嘻的妇女。母亲让她找来颜色近似的布头,弥在我的裤腿上。这样,我就穿着弥长的裤子去上学。一开始的几天,总怕看人,不敢抬头更不敢低头,怕被同学看见。一次,和母亲怄了气,不知怎么就昏了头,向母亲大喊:"都是因为你!都是因为你!我们才要过这样的日子!"母亲愣住了,显然没想到我会如此大胆,竟会说出这样的话,一瞬间,她眼里现出无边的悲哀和无力,然而,她终究一生强势。她扶住门框对我呵喊:"没有我,没有我就没有个你咧!"她愤怒又悲哀着把这话重复了好几遍,我觉得失言的懊悔,又怕她要打我,我躲开她的悲哀的目光,回身跳出门跑掉了,半路回头看有没有笤帚什么的飞过来。然而没有,这是母亲在愤怒时第一次没有追打我。

　　我磨到很晚才回家。好在父亲下乡去了,不然是不敢回去的。案板上有母亲留下的饭,我偷偷端来吃了,母亲躺着,家里静悄悄,她似乎不知道我回来了。夜里,我总睡不着,心里幻想着,如果可以,我们家,我们母子,能否突然失去了所有的记忆,或者失去了今生,一下来到来世,能够重来一遍。那样,我就可以避免许多错事,不会说出许多错话。我多想有个健康的母亲啊,哪怕她是个不识字的村妇,我也不会觉得不如人,不会因为弥了的裤子在同学面前抬不起头。

　　第二天是周末,我以为缓了一夜的母亲终究要打我。

　　我偷偷看她,她什么都不说,也不看我。我开始盼着能被她狠狠打一顿。然而没有。

　　我出门,在院子里瞎转,像是寻找什么东西,可又实在没丢什么。就看见院子里水井旁边的一块空地。没有任何来由的,就找来墙根下立着的一把生锈的铁锹,翻起了那块地,狠狠地翻,就像要狠狠剁开自己的心，想要看看这颗心到底有多硬。翻到浑身出汗，看看，那块地也有了地的样子，我颓然坐在地里，一抬头，却看见站在地边的母亲。

"这块地，我早想着种点啥哩，你就给翻了。"

母亲淡淡地说，就像之前什么都没发生。然而，这更让我惶恐不安。我不知道该怎么回应，又不敢看她的眼睛，忙着抬手去揩脸上的汗，才觉得手心疼，原来磨了几个水泡。我低头，拿一块胡基铲铁锹上粘着的土，母亲说："饭熟了，还不去吃饭。"

我吃完饭，在院子里溜达，看见母亲捧着一捆芹菜苗笑笑地来了。远远的，曾经健壮的母亲，脚步深深浅浅，像踩在棉花上，身体虚飘，然而又极力控制着，因而每一步都抬得过高，踩下去又太用力，可落在地上却是轻轻的，连一丝灰尘都弹不起来，就像她脸上轻轻的笑，因努力而现出微微的惨淡。

我要接过芹菜苗来栽，母亲坚决不让。她说你栽不活，栽不活就错过了一季。于是，看着母亲努力地弯腰、栽苗、培土。她努力做出异常轻松的样子，可努力的结果是显得她更加的虚弱。我就在她身边，却无计可施。

好在天遂人愿，原本干旱少雨的梁山，那阵却下了几场雨，间或是暖暖的晴天，园里保持了恰当的墒情。芹菜苗争气似的长，又赌气似的把身体向上伸展。每天早上，母亲要亲自去摘一把芹荬来，洗了，和青椒切拌在一起，脆生生的，有芹菜特殊的清香。余下的炒成一盘，又是晚上的下饭菜。每天都摘，然而芹菜不但不败，且更加的旺盛起来，挨挨挤挤的，像子孙繁盛的一家子，故意向人显摆。吃不败，母亲就每天摘下一捆送给父亲单位的女同事。单位有食堂，可得了芹菜的人们为此单起炉灶，把一盘芹菜炒得风生水起，一时，到了饭点，院子里满是芹菜的香。

后来，园子又得以开阔，间或种些洋芋之类的，竟解决了一家许久的副食需求。有时，母亲戴起一顶草帽，拿把小铲子去园里锄草,每当此时,她就又成了个快乐的农妇。有一次,她竟然用新挖出的洋芋,和其他食材和着做了一顿我从没吃过的饭食,母亲神秘地把这饭叫作"忆苦思甜"。深究起来,她是凭着记忆做出挨饿年代人们才吃的一种饭。其实,就是各种食材的大杂烩。那次,母亲吃得很欢畅,平时要控制饮食的她吃了超量的饭,似乎还不满足。她对苦日子的怀念让我感到不可思议。说实话,那饭吃起来除了扎嗓子,实在吃不出太多可感的美味。我勉强吃下一碗,母亲又热切盛给我一碗,我对母亲说,边活动边吃,可以吃得更多些。转到一个无人的角落,我把剩下的多半碗饭倒在墙根下,又踢一些土上去苫了,慢慢转回家。端着碗,鼓起肚子边摸边对母亲说,这下可真是吃胀了。母亲说好吃吗?我夸张地说:"好吃好吃!好吃灵干①了!"母亲看着我笑笑,仿佛瞬间把往事梳理一遍,才回头幽幽对我说:"可我咋就不信?"

我说:"真个是好吃哩!真个的!"

母亲轻轻地摇头,似乎是对我,又像对着一处遥远的虚空,淡淡地说:"好吃个啥!还是现在的饭好吃,那会儿吃那个饭,是为了活命……"

我就又对刚才还说这饭好吃的母亲不可理解起来,然而终究没再问。

当我真正懂得,那是后来的事。

梁山的几年,于我而言,留下了许多难忘的人和事,有欢欣也有苦涩,然而所谓青春的苦,过后来想,也实在是算不得苦,更多只是过往回忆的矫情渲染。然而那几年,母亲的身体却是每况愈下,乃至于父亲不得不三番五次地向上级打报告,要调离这里,到龙山镇去。父亲的想法是:一旦母亲挨不过,去了,在遥远的梁山,连个帮忙抬的人都没有。这是父亲在后来云淡风轻说的话,这话至今重压着我,可惜,我那时太不懂。

---

① 灵干:程度特别重大。

母亲跟着父亲去了龙山镇，剩我一个人又在梁山守了一年。那是毕业年，转学会有波折。我寄宿在父亲前同事的房子里。白天人家办公，晚上我回来睡觉。那年八月间下了一场大雪，压断了很多树枝。到了冬天，又是一场一场的大雪，然而井水却异常浑浊，一桶子下去，摇上来却是半桶泥浆。我用铝壶搅了雪坐在煤炉上，烧水，就着吃母亲从龙山捎来的炒面①。炒面吃多了，胃酸睡不着，就满院子胡转，看着园子里残存的枯枝败叶，突然想吃母亲凉拌的芹菜。

一年后，我到了龙山镇，住在镇政府，这里又成了我的家。

至今想来，我对地理上的家从来没有一个确切的概念，跟着父亲转学七八次，便有了好几个地理上的家，然而心里的家只有一个，就是父母所在的地方。如果非要追究一个确切的家，总觉得我的家，该是老家。

老家的门锁了许多年，把人的心都锁凉了。老屋荒凉着，可眼睁睁回不去。回不去，不能住上她亲手建起来的老屋，是母亲最大的遗憾，她总是念叨着，念叨着，可她的身体已经实在经受不起再一次的辗转流离。她跟父亲盘算着，要在几年前县上统一划分的一块宅基地上建起一个家。按母亲的说法，就是用石头垒，也要垒个自己的窝。可父亲的想法是，那些年为了在老家垒成自己的窝，母亲一下耗尽了她半生的精力，还留下一身牵累她的病。他怕这次大动干戈，即便垒成了，母亲究竟有没有福气住进去呢？难说。他怕垒下一个窝，又成个荒凉的窝。这话父亲只能在肚子里思谋。然而对于母亲，却是每个心思都已仿佛落到了实处。她甚至开始盘算着那院子周围可以开拓出一片园子，园子哪一坨种什么哪一坨栽什么，早都是眼望可及。对此，父亲热心勃勃地敷衍着，敷衍着，敷衍着，某一刻敷衍到连他自己都几乎相信，也似乎看到那里确乎有那么一个园子，母亲就圪蹴在那个园子里锄草、培土。草帽下面的，是一张健壮而倔强的农妇的脸，不时回身向他大声呵喊。又仿佛看到回

---

① 炒面：不是通常说的那种炒面，是类似油茶一样的干粉炒面。

到自家田里的母亲,那时的母亲,是所有人眼里一把务庄农的好手,至于务个园子,实在不在话下。

可恍惚几年,一切就像梦了个梦。

母亲的身体已经不允许她亲自去丈量、去规划那片园子,她只有在心里丈量着、规划着,并不时以对父亲的没有来由的埋怨甚至责骂把自己的规划一一归置,一一落实。

然而,就算是母亲心里的园子,也还终于没有十足的眉目,她就去了。

对于这既定的事实,我总不以为它是事实,总觉得是梦了个梦。夜里,一个人,我总想起马关那坨葵花园,园里的空中,会升起许多个太阳,母亲和我坐在许多个太阳下掐麦秆,麦秆上的浆水钻进我的脖子,凉凉痒痒的,我就摇头,就笑,母亲就骂——"笑个啥哩?!这娃怕是笑屁吃多咧!"

又想起梁山的园子,那一垄一垄总也吃不败的芹菜,想起我曾对母亲说过的话,想起母亲扶住门框说:"没有我,没有我就没有个你咧!……"

这么想时,就觉得那些园子分明还在——

然而不止葵花,也不止芹菜,这里一坨那里一坨的,是洋芋、是豆角、是西红柿、是大白菜,是母亲眼里心里的、各种各样的瓜果蔬菜,那么繁盛,总也吃不败。总也吃不败。

几十天后,大姑推门进来,半天,对我说:"这么下去也不成哇,娃,藏给你找了一个新妈……"

我什么也没说,出了门,走着走着,就走到了母亲心里盘算了那么多遍那么多遍的那块地。眼前,并没有一畦一畦的,袭人的洋芋、豆角、芹菜和葵花……

只有荒草萋萋,将要使我淹没。

像一座坟,荒凉得漫无边际。

写在我的生日

39年前的元宵节，母亲挺着大肚子回娘家去看"社火"，傍晚突然肚子疼，急忙回家，后半夜就生下了我。

其实，细究起来，我的生日应该是正月十六，因为我是正月十五后半夜生下的。母亲说是为了好记日子，就把我的生日定在了正月十五。于是，我的生日就成了一个普天同庆的好日子。

对于我的到来，不知道父母亲其时是如何感受或者有多大程度的期待与喜悦。关于此，只记得小时候，母亲曾好几次笑意里带着若有似无的惋惜对我说：是你把你姐姐给顶死了。

母亲是带着笑意说的，可莫名的负罪感却在我心里长久扎了根。

原来在我出世前一年，我原本有个姐姐的。

据母亲说，姐姐生下来就胖乎乎的，惹人喜爱，很遂父母心。已经养到能在炕上坐住了，却因为罹患"四六风"不幸夭折，这让父母承受了剜心之痛。一来是姐姐生得好，二来是之前已经有了哥哥，父母认为若再有个女孩儿的话，将是人生如意之事。只是，幸与不幸竟然不经意间接踵而至，让人难以接受。

于是，后来我的降临，便注定成了这幸与不幸间的灰色地带。

我曾想象，当看到有一个男孩儿呱呱坠地时，父母于期待中一定有过遗憾，也许还曾互相对视一下，轻轻一声失落的叹息。

而我，什么都听不到，只用一声声啼哭向这陌生世界发出自己到来的宣言。

跟姐姐一样，我生下来不久也被"四六风"纠缠，几近命悬一线。以母亲的话说，就是被屁熏黄的脸色，如灯盏上火苗一样的身子，摇摇摆摆，到了该坐的时候还坐不住。当比我大几个月的表姐瓷瓷实实坐着,被大人往嘴里抹馓饭的时候,我的尖屁股一挨着炕就倒。我屁股上肉少,底盘不稳。

到现在,我似乎还能想象到当初母亲面对姑姑时是如何的没面子。在"憨憨"(老家形容小孩儿富态)的表姐面前,我大概像个猴子。

我至今不知道父母口里的"四六风"是一种怎样摧折人的顽疾,只知道我因此差点步了姐姐后尘。好几次,连最有耐心的大夫都对褟褓中的我下了逐客令。渐渐地,十里八乡的大夫都不愿意接收我了。

母亲说,有一天深夜,她和父亲抱着最后的希望去砸赤脚医生的家门,人家听到就是不言语,父亲差点下跪。

天亮了,疲惫的父亲把我抱回来,搁在一堆麦草里说,搭救不到世上了,不如不要算了。母亲不舍,又从麦草里把我捡回来。

那时,对夭折的孩子,就是一捆麦草烧了,扔在沟里。我想,父亲一定已在心里盘算过怎么处理我的方式和要走的路线。

终于,不知从哪里请来了一个阴阳先生,一番做法整治以后,用烧红的针在我的后背刺了几个什么字,我竟奇迹般地活转过来了,且一直活到现在。

记得上小学时,母亲有时还会掀开我的衣服给家人指点着,说我的这段传奇经历。

母亲在我背上一番细心揣摩后说,她还能依稀看到我背后的字样。

一开始,父亲也隐约地应和着,后来,我更长大了一些,母亲再看我后背时,她说字迹更加模糊了,但依然还能大概看到一些,可父亲是一点都看不到。

其实,母亲是不识字的,母亲在多年后依然能分辨我背后的字,父亲却不能,对于这一点,我一直觉得奇怪。

每当母亲辨认我后背的字时,我就不由想起岳飞小时候的事情。但我心里确认,我背后的字一定不是"精忠报国"。到底是什么字,母亲说不清楚,父亲更是忘得一干二净。后来,随着母亲去世,这个疑问永远的成了悬念。我很后悔,当初为什么没有问母亲一句,那字是个什么形状。

遗憾不止这一件,对于姐姐的被我"顶"死,我一直耿耿于怀。其实,每当母亲带着几分不甘说起这事时,我心里在想,要是我姐姐能活下来该多好啊!我心里是多么地渴望着能有一个亲姐姐,尤其是看到别人有姐姐时。

可那时的政策,二胎已属超生,且父母是那么喜欢女孩儿,倘若姐姐当年活下来,一定不会有后来的我,当然,我也不会再有机会如此遐想。

后来,我常想,如果姐姐能活下来,即便没有我,我心里也是愿意的,我多想成全父母的心愿,可这,又不是我能掌控的事情。

这么想来,也许我注定不能有姐姐。这让我至今耿耿于怀。以后每次看到有姐姐的人说起姐姐的诸般好处——比如说姐姐又给了他一个怎样的关怀或者买了一个怎样好玩儿、好吃的东西时,我总是暗自伤神。

总之,我是勉强地活了下来。因为体弱,父母让我认了干爸。据说我干爸是武装部的,腰里别着枪,可以打锦鸡。

母亲曾说,干爸曾给我家拿来过好几只好看的锦鸡。记得小时候,我还在家里的墙上看到过几根非常漂亮的锦鸡羽毛。只可惜,我对我的干爸全无印象,也许是工作调动,后来我家和我干爸完全失去了联络。我至今对这个曾经"庇佑"了我的人充满好奇。

童年的我很瘦,我的第一个外号就叫"瘦子"。这是父母给我取的外号。老实说,我对这个父母嘴里的"爱称"非常厌恶,只是敢怒不敢言。因为相对的,哥哥从小生得壮实,力气大,干活有劲,我总是被比下去。因此,哥哥得了父母格外的宠爱,而我,只是他们眼里嘴里的、可有可无的"瘦子"。

终于,我瘦到连村里的赤脚医生都看不下去了,在村口,他像捉住一只小鸡仔一样把我拎过去,不由分说就撩起我的衣服,用他那笊篱一样的干手在我身上摩挲。我的骨头似乎扎疼了他,他一脸嫌恶地摇头说,这娃娃"瘦死连筋"的,怕是有什么病吧……于是,我被带到了公社里的卫生院里做检查。我只记得的是,我被拉到一架机器后面,撩起衣服,抱住那机器,医生让我深呼吸,我茫然看着机器前,自己的排骨忽隐忽现地在那里起起伏伏……

我是瘦子,这并不让我感觉有什么奇怪,只觉得有一种任人摆布的滑稽。后来不知得了什么结论,只记得回家了,日子还是一样的过,还是被父母呼来唤去口口声声喊瘦子,对此,早已麻木并心安理得。

1986年,由于工作调动,我们全家跟着父亲到了一个叫作"马关"的地方。在那里,我度过了我的整个童年和少年时期。

那时,我依然是瘦子,所不同的是,瘦子越来越表现出顽劣的天性。相对哥哥,我总是不听话,或者更准确地来说,我总是喜欢当面跟父母顶牛。而哥哥哪怕心里一样的不情愿,嘴却是甜的。

当然,哥哥虽然嘴甜,可一样免不了挨打。他挨打多是因为弄坏了家里的收音机、电风扇、电炉子等物什——

他喜欢把这些物什五马分尸,然后自己一件件组装——因此有可能让这些物什沦为一堆徒有其表的摆设;或者是偷偷用化肥和锯末等在铁锅里炒制火药。而我的挨打,多是嘴犟。用父母的话说,就是锅里的鸭子,肉烂了嘴不烂。

我哥挨打时,能挣脱就跑,跑不掉就求饶。而我,不跑也不求饶,总是试图讲道理,试图搬出从报纸上看来的未成年人保护法来抗争。老实说,我那时挨了许多冤枉的打,有些东西明明是哥哥弄坏的,他却赖到我头上。父母当然总是信他,原因大概是因为我嘴硬。嘴硬的人当然更可能犯错,也更能体现出噼里啪啦来一顿打的正确性与合理性。

你说,我心里能不怨恨我哥吗?但是怨恨也是白搭,抗拒的结果是,半夜里被我哥又提起来一顿打,还不能去申冤。当然,申冤也没有用,因为我是瘦子嘛,冤枉了谁,瘦子总不会被冤枉。

那些年，我背了很多哥哥的锅，也给家里洗了无数次锅——作为一种对我嘴硬的惩罚。

每次洗锅时，洗着洗着，我冤屈的眼泪就跌进锅里。

那时，作为一个被压迫者，我心里从未磨灭抗争的念头，我尝试每顿饭多吃一碗，期望尽快地长大长壮，可收效甚微。还被父母认为是奸懒馋滑，光吃得多，干得不多。

我喜欢看电影，尤其是武打的和战争的电影。我发现电影可以替我表达许多的情绪，完成我现实里无法实现的愿望。

那时，马关的窦家村，有一个叫窦甲录的人，他经常在一个围着一圈儿高墙的场院里放电影，门票五分钱。

他放电影，他老婆卖票收钱。

顺便说一句，我那时觉得他老婆长得很受看，笑起来让人有一种说不出的舒服。

电影场是露天的，四周围起来的，是高高的土墙。高音喇叭里放着《粉红色的回忆》。窦甲录的老婆笑盈盈地站在场院的门口收票，我巴巴儿望着她，她总是不看我，哪怕一眼。

我望着她，不光是因为她好看，更是希望她哪天突然看到我眼神里的渴望，又觉得我长得还比较心疼（可爱），她能突然发了慈悲把我放进去看一场电影——

因为我不是每次都有五分钱的电影票钱，偷母亲的鸡蛋总有失手的时候。

有时我似乎觉得她看我了，甚至还冲我笑了，可当我踅摸到跟前时，她又似乎视我不见，这让我很懊恼。于是，我只好去上树，可树杈离电影幕布太远，高音喇叭里敌我正打得火热，我只能把一棵洋槐树抱得越来越紧，心里越来越焦躁。

我们也曾试着绕到后面去翻墙，可据说窦甲录当过兵，而且还会耍拳（武术），据说一旦被他抓住，免不了被卸掉一条腿。还有人绘声绘色地说，他会气功，有人看见他用气功只一掌就把"八杜山上"(附近的一个村子)的王喜喜(另一个会耍拳的人)打了三丈远。

于是,叠罗汉翻墙到一半,我们就灰头土脸地放弃了。

就这样,还是陆陆续续看了一些电影。《地道战》《地雷战》《平原游击队》等,自不必说,都看了不下八回,可每看一回还是热血沸腾。更加过瘾的是《康熙大闹五台山》《游侠黑蝴蝶》《风尘女侠吕四娘》《夜走鬼城》《大刀王五》《黄河大侠》《八百罗汉》《长城大决战》等,看得人血脉偾张、跃跃欲试。看完就模仿里面的招式,就觉得自己成了大侠,非要找个人打一架试试不可。

又看了《大决战》三部曲、《神秘的大佛》等战争片和侦探片,立志成为一名警察或者军人。

有一次,我又偷偷跑出去看电影,看完已是半夜,父亲单位的大铁门已经被铁将军把守了。可我心里对这铁门报以十二分的藐视,它哪里是大侠的对手。于是,我施展飞檐走壁的功夫,以铁门上端的铁矛戳破裤裆的代价翻门而入。到了家门口,结果还是不敢敲门回去。在门口徘徊良久,父亲鼾声如雷,更让我肝胆俱裂,我只好钻进一堆立在墙根的纤维板后面睡了一夜——

那时父亲单位正在搞基建,纤维板后面的地上是一堆刨花,成了我的被褥。

大清早,还在武侠和打仗的梦里的我,被父亲提起来锁在内屋,后果是父亲用了多年的一条警用皮带被牺牲成了四五截,我身上,则是一条接一条的五彩军功章。

滑稽的是,我在忍受着痛楚时,心里幻想的却是电影里的场景——我是被捕的共产党人,在面临着反动派的严刑拷打——好在,最终没有屈服。

后来,我想我的英勇不屈的自我认知,恐怕有赖于那时的磨炼,我总认为我是个天生的、忠诚的人民战士。我以后一定要当兵,并且最后像董存瑞、王成、黄继光那样光荣战死沙场。

当然,我的英勇顽强在父母眼里只是死猪不怕开水烫的顽固和鸭子熟了嘴不烂的倔强。可我改不了,不是我不想改,我想我是天性如此。

晚上，我在被窝里边惆怅边偷偷想，如果你们跟我和颜悦色地讲道理——哪怕是给我一个善意谎言般的鼓励，我都会感动得掉泪且瞬间融化了一切顽固。可父母偏不是那样的人，他们总想以武力使我屈服。

那好，既然你们总是来硬的，那我只好以此应对。

那时，挨打于我，是家常便饭，大多过去就淡忘，次数太多，回忆也变得不那么确切。

可也有记忆深刻，至今历历在目的挨打。

除了父亲那次，还有一次是挨母亲的打。但不同的是，这次的挨打是我这一生最温暖的挨打——乃至于痛到睡着了，最后却幸福地哭着醒来。

那次，我又偷了家里的鸡蛋去买零食，被母亲抓住还死不承认。母亲这次没有揪耳朵，而是拿起一根给煤炉捅火的铁钩子，我干瘦的小腿骨当然没有铁钩子硬，那种钻心的疼让我破天荒第一次选择了可耻的逃跑。当我正以为成功得脱就要跑到大门口时，那铁钩子像一枚电影里的暗器一样精准地向我头顶飞来，我只觉得头顶某个位置一热，随即栽倒在地。然后，糊里糊涂我就在梦里了。我梦见自己在一个温暖又鸟语花香的地方，那幸福的感觉让我不由自主地哭起来。醒来时，才发现自己在母亲怀里。这突然的关怀又加上之前的犯错和挨打，让我难为情地闭上眼，可眼泪不听话，和铁钩子刚砸在头上时的血一样，汩汩而出。

那是我第一次听见母亲含着泪在自责，责备自己一失手把铁钩子扔了过去。时到如今，我觉得那一顿打让我很温暖，那是记忆里母亲极少的揽我入怀的场景。

母亲脾气急躁，但心地善良。只是，性格太好强，又不大会表达情感，排解不良情绪。

以前，挨了母亲的打，我心里怨恨。那次，我确信母亲一定是一时失手，甚至，我感谢她的一时失手，如果不失手，便不会有这次幸福的挨打。

母亲脾气不好,更多是因为病痛。那时,母亲得糖尿病已有好几年。一家人靠着父亲的工资生活。而在二十世纪八九十年代,父亲作为派出所所长的工资,只有一两百块钱。其中一大部分工资用来买了母亲注射的胰岛素,还有其他各种繁杂的中药、西药。在我记忆中,从小,家里总是被各种中、西药的味道包围。各种玻璃的、塑料的药瓶子就是我的玩具。我家有药瓶子做的煤油灯盏,也有药瓶子的调料盒等等。总之,凡是能物尽其用的地方,大多有药瓶子的影子。

一来是病痛折磨,二来是自责于自己给家庭带来的经济负担,让母亲脾气越来越差。

1992年,父亲工作调动,我们一家去了一个叫"梁山"的地方。名字叫作梁山,可那里没有水泊,甚至饮水极度短缺,人的日常饮水是井水——

一桶子甩下去,咣当一声,一辘轳吊上来,晃晃悠悠,一半儿泥浆,一半儿泥水。

还有,就是吹着口哨耍流氓的风。

梁山的风,无孔不入,让我对上厕所都有了心理阴影。

那时,是旱厕。冬天时,人蹲在一个长方形的坑上面,西北风带着呼哨从坑下倒灌上来,钻进裤管,直达心胸,尿出来的尿刚向下落一点,瞬间又拐个弯儿,重新钻进裤管儿里,打在嘴角……那风的恶心处还在于,掠过每一个障碍物时,都发出诡异的嚎叫,像是胁迫示威,又像挖苦嘲笑。

也是那一年,县财政极度困难,全县干部停发三个月工资,家里经济因此变得更加紧张。而此后,父亲这几个月工资居然不了了之。

那一年,母亲在父亲单位居室的门口开辟了一块菜地,种了芹菜和胡萝卜。芹菜出乎意料的旺,一茬一茬的总吃不败。

那年的胡萝卜挖出来堆在地窖里，成了一家人一冬天的蔬菜。

那一年，哥哥已经去天水上技校两年了，从此我变成了一个人睡，当然再也不用当他的出气筒——不用三更半夜的，因为他受了父母的责罚而让我遭受不白之冤，被偷偷当成练习拳击的靶子。

当然，每当正月十五时，再也不会有人跟我分享属于我的生日食物。

说起我的生日美食，从有记忆开始，就是煮鸡蛋。

小时候，母亲会在我生日那天煮四个鸡蛋，父亲母亲每人一个，我和哥哥各一个。母亲会把自己的一个给我，这样我就有两个鸡蛋，可这并不能弥补我心里的不满和委屈——这是我的生日，为什么要给哥哥一个鸡蛋？我对在自己的生日时跟他分享鸡蛋很不忿。

有一次，我终于憋不住表达了自己的想法，结果是换来了父母的责骂和哥哥的白眼。那次，我是含着眼泪吃掉了自己的鸡蛋，而哥哥把自己的鸡蛋愤怒地摔在了地上。

后来长大一些，我才明白，正月十五那天不仅是我的生日，也是元宵节啊，我以为原本只属于我自己的好日子，其实也是属于大家的好日子——可惜，我那时不明白这一点，只觉得既然是我的生日，就该一家人围着我转。

当然，真正长大以后，我开始无视所谓过生日了，说句实话，至今还从没有为自己的生日买过一次生日蛋糕。不知为什么，我不爱过生日，也不喜欢在生日那天专门吃蛋糕。

现在就算多贵的蛋糕也买得起，可我实在不感兴趣。老婆每次都说庆贺一下，我都拒绝了，每次都是叫她给孩子买喜欢的食物和生日蛋糕吃，让他们替我过生日。当然，我的生日也总是全家的节日——原本就是如此，元宵节嘛！

1995年，母亲的病加重了，但是梁山的环境非常不利于治疗，有了紧急情况连个沾亲带故、可以帮忙的人都没有。于是，父亲放弃了那年得以升职的机会，向上级要求调到龙山。

那一年，九月里下了一场大雪，大雪压断了很多洋槐树和白杨树。

那一年，父亲和母亲去了龙山，我寄居在父亲一位同事的房间里。白天，那老爷子在房间办公，晚上，我在里面做饭、学习。

那年冬天，井里连泥糊糊也时常没有，我把积雪掬在铝壶里、架在煤炉上烧成水做饭。

那年，我十六岁。

那年，我暗恋了一个女同学好久，写下了平生最深情最感人的情书。

那年，我结交了一群一生中最重要的朋友，体会了最纯真的同学情。

那年，我的学习成绩优异。

……

1996年的秋天，龙山。我终于又吃到家里的饭，可母亲已经连做饭的力气都没有了。

那一晚，恰好哥哥从天水回来，一家人团聚，母亲很开心，她突然变得精神起来。记得那天的母亲面色红润，让哥哥帮她洗了头——母亲终其一生都喜欢干净整洁，只要有一把力气，家里总是纹丝不乱，即便是病情很严重的时候，也没有丝毫拖沓。

母亲说想吃苹果——糖尿病人是不能吃苹果的，但那晚，被父亲破例允许了。哥哥削了苹果皮，母亲吃了苹果，一家人笑着闲谈了一会儿。

半夜，父亲大声呼唤哥哥的名字，等我俩下楼去，母亲已经走了，没有留下一句话。

如今想来，那是母亲最后时刻的回光返照，父亲允许母亲破天荒吃一个苹果，似也是早有某种预感，作为满足母亲的最后一点小小愿望，他这次没有回绝母亲，可他终究不曾想到母亲就真的这么去了。

那年，面对冰冷的一切，我万念俱灰。一切的倔强和理想，戛然而止。我知道，从此的我，再也不是我了。

我，也终究不是我了——

曾经的我，永远的死去了。

去老家办完母亲的丧事回到龙山，家里堆着一些要洗的床单被罩、衣服等，父亲的一位同事，一位刚刚分配到单位的姑娘默默打了水，洗了这堆衣物。我呆看着，像不会说话的傻子，心里感动，却最终没有说出一句感谢的话。多年过去了，想起她低头坐在小板凳上洗衣服的背影，我总是愧疚，我欠她一声谢谢。

我还欠着太多太多想要对母亲说的话——那时的我，其实心里有太多柔软的话想对母亲说，却总说不出来。我想，我真是天生的嘴硬。明明心里已经知错了，很愧疚了，可就是不会表达。许多次在心里设想着对父母说一些暖人、暖心的话，就像哥哥那样。想到想着，把自己感动落泪，可当面说出来的却是相反、是再一次地惹父母生气。

那时，我写了厚厚几本日记，里面是内心对父母的真实想法和想说的话，锁起来好几年，后来，通通烧掉了。没有说出来的话，永远没有机会再说了，就算写了千遍万遍又如何？

那年，母亲的去世，彻底改变了我的人生走向。我也从此开始了二十几年的在外漂泊。

初到兰州，吃了许多未曾设想过的苦，看了许多难看的脸色，经历了许多不堪往事……一路走来，转眼人已中年……

蓦然回首，恍然一梦。

如今，日子还算过得去，只是偶然来思，至今一无所成，没有活成当初期望的样子，也渐冷了当初心中理想。

又到元宵节、到我的生日了，我对所有的生日庆贺方式都没有期待，只想吃母亲的一个煮鸡蛋。

有一年，我跟老婆念叨，她煮了一锅鸡蛋，可我一口都吃不下去。

当兵为国慷慨赴死的理想终未实现，可我心里至今还有热血，内心深处总把男儿沙场点兵、马革裹尸作为最深刻的情怀。有时又很悲哀……即便是梦里或者幻想里实现了一切深深渴望的抱负，母亲都看不到了，又有什么意义？

　　这些年，每到生日，我都把这天作为一种祭奠，以献血的方式祭奠。除此之外，我不知道如何去表达我内心最深处的情感。身体发肤受之父母。母亲给了我生命，我身上的骨血，来自母亲，我想把我的血献给那些急需的人，也许，能够在危急时刻给一些生命以延续的机会，这何尝不是母亲的生命的一种延续，以及我对母亲最好的祭奠。

　　我希望我身上的热血有朝一日能够进入某位战士的身体，让他替我实现我未曾实现的梦想。

　　明天，又是元宵，又是我的生日，在这个母亲赐予我生命的日子里，我献出身上的鲜血。

　　今后，在每个这样的日子里，我都以这样的方式祭奠我的母亲，让每一次流出的热血成为我生命的一次轮回，也是一次灵魂的涅槃。

作于 2018 年元宵节

有了妈就有靠山

无论你年纪多大，走到哪里，只要还有个妈，就算全世界背叛了你，与你作对，总有个人向着你，那就是妈。

小时候受了委屈，第一个想到的就是妈妈的怀抱。犯了错、无助时，总是想到回家。有时惹妈妈生气，赌气离家出走，一个人四处游荡。到了傍晚，家家屋顶笼起炊烟时，听见母亲在村口急切地呼唤着乳名，嘴里心里还偏着，眼里还憋着委屈的泪，腿却不听使唤地迈向家的方向。因为家里有妈。

妈妈的怀抱与爱，总是你退无可退时最后的依靠。在你走投无路时，她总会毫不犹豫地接纳你。而当你春风得意时，她又是一个毫无存在感的旁观者。最温暖的幸福，就是你根本不知道幸福在哪里，是什么。

妈妈是一个改绞绞（解绳子上的疙瘩）的人。每当我犯了错，害怕父亲抡下来的巴掌时，母亲就把一个大绞绞改成小绞绞，再把小绞绞改得无影无踪。一个在父亲眼里千头万绪，不可原谅的局面与错误，在母亲那里，变成春风化雨般的一缕枕边风，吹理得熨熨帖帖，码放得整整齐齐，最终化干戈为玉帛。而母亲总会在无人时，眼含爱意地数落你几句，叮咛你能不能不要这么调皮，少挨点打。然后她自己把巴掌高高举起，又轻轻落下。

父亲的巴掌，粗暴武断，可从不会叫人屈服。眼里流着泪，心里含着恨。母亲的巴掌，像抚平你委屈与伤痛的熨斗。脸上带着笑，心里流着心疼与慈爱。

母亲离去以后的二十多年，以为自己已经变得足够坚强，心已经足够坚硬。以为可以坦然面对人生路上的不平与苦难。然而，夜夜深人静以后,某个孤独无助的时刻,身上所有的铠甲与厚重的防卫顷刻间土崩瓦解,又想起母亲。

有时候,一首歌,一个故事,一个背影都可以一击即中心底最柔软的部分,你才发现,原来那些可怜的自以为是的坚强只不过是伪装。

记得那年在大伯家,看着大妈吃力地坐在小板凳上给堂哥洗衣服,我觉得很不可思议。一个三十多岁的男人,还要六十多岁的母亲亲手洗衣服,这对于我这个从小自己洗衣服的人来说简直不可想象。后来终于明白,那是作为一个母亲最朴素的表达爱的方式。就像你回到家,你的母亲非要给你做一顿饭,尽管你不饿,尽管她的手脚已不再像过去灵巧麻利,她做的饭菜也不如小时候那么美味可口,但她就是拒绝你体谅她的好意,非要亲自动手给你做一顿饭。

其实,当母亲坚持要给你做饭时,就让她去做,她想擦地就让她去擦。她做了就感觉到被需要,她的一腔爱就有了空间安放,她才会自在安然,才会开心幸福。

有时候你的孝心是多余的。你怕她受累,不让她做饭做家务,她会认为你再也不需要她了,她的爱已经不重要了,那种失落若不是设身处地地为她着想,你是体会不到的。

人生的幸福,不就是能够被爱被需要和能爱能需要吗?

母亲在时,你的脚步总有个归宿,你的心就有方向。当你累了倦了,受伤了,困顿无助时,总会向着那个方向走去。去陪着母亲坐坐,吃一顿饭,有一句没一句的随便聊聊,你就释然了,放下了,想通了,不那么痛了。母亲在时,哪里都可以是家,因为心安。母亲不在,故乡也是异乡,你便成了孤儿。你的心总在漂泊流浪,无所归依。

人到中年,听过许多大道理,自己也说过许多听起来头头是道的话,用以劝解别人,安慰自己。可到头来你会发现,那些大道理在真情自然流露的时刻,在直面心底最柔软的部分时,通通都是苍白的骗人的把戏。再智慧的大道理都不如母亲的一双苍老的手掌，一双浑浊而深情凝望的眼睛。

母亲离去时，会把你生命里某一部分永远带去。从此，某一部分的你是个永远也长不大的孩子。

多少年来，你总是装作比任何人都坚强成熟，努力使自己看来和他们一模一样。其实，当你越是看来若无其事，心里的思念与酸楚就愈加泛滥。只是你从来习惯把微笑送给别人，把心酸留给自己。

二十几年前的那个秋天，母亲猝然离去。当我流干了眼泪，埋藏起伤痛，再回头看时，蓦然发现，偌大一个世界竟没有一个可立锥之地。

几十年的漂泊流浪，心上的伤一道又一道的，流血、结痂，结痂又流血，以为人世沧桑早已让自己硬如磐石一块，可到头来才发现，不过是自己给自己造了一个硬硬的躯壳而已。

这壳，自己走不出来，别人也无法涉足其里。就像一条搁浅在沙漠里的鱼，总是渴望水和氧气。就像一个围着蜜糖罐儿巴望的孩子，总渴望着罐子里有无尽的甜蜜。

母亲离开快三十年了，心里总觉得她未曾真正远去。有了烦恼，有了想不开时，总在心里和妈妈说一说。妈妈有时微笑，有时点点头，不说一句话，却能真切感受到她一双粗糙而温暖的手轻轻抚摸我的额头，拍拍我的脊背。这让我感觉自己又成了那个永远长不大的孩子。

这世上，看你的人很多，懂你的人很少，而最懂你的那个人永远是母亲。母亲尚在，你是幸福的，也是幸运的。有了母亲，就有靠山。当有一日，你也成了一座高山，母亲佝偻着依偎在你身旁的时候，你还是觉得，因为有了她你才有巍峨站立着的底气。

人生的路，没有人可以陪你到底。最终，你要自己陪自己走下去。只是心中有爱便不再孤单，可以走得从容。无论走向哪里，走得多远，心里有了妈妈这个靠山，就有人为你遮风挡雨。

又是一年清明时

"清明前后，种瓜点豆。"万物回春时节，我的思绪又飞到故乡，那个西北一隅的落寞小山村。

儿时的清明节，是个欢乐的日子。实在的好处在于，一群孩子可以漫山地撒欢儿，再不必担心被大人数落，还可以吃到平时难得吃到的美食。这幸福不单是满足口舌的贪欲，更在于偷吃带来的新鲜刺激。当然，一切赖以祭奠祖先为名。

清明节前的某个早晨，奶奶煮好的芽面把人从睡眼蒙胧里叫醒。这种小麦发芽后磨面做成的美食，在缺少糖和蜂蜜的年代实在满足了我对甜蜜的美好幻想。刚出锅热乎乎的芽面包子，咬一口，汁水四溢，瞬间整个口齿唇舌被包子里麦芽糖特有的清甜包围。吃到胀肚还眼巴巴望着放包子的筐篮。

更直接的享受是用洋瓷碗盛来一碗芽面，拿勺子一点儿一点儿挖来往嘴里送，先喂给嘴唇品咂，再依次送到舌头和口腔，生怕某一处的神经错过了，连牙齿都要让它贪婪享受一会儿才舍得从喉咙里滑下去。挖一勺，必往碗里瞅一眼，看看下去多少，眼看着越来越少，勺子怕芽面将要飞了似得挖得碗底叮当作响，直到舌头上阵，彻底清扫战场。一碗芽面，吃得人满头大汗惊心动魄。

吃了芽面，难免不记挂酒醅（我老家，把甜醅叫作酒醅）。捂在筐蓝里发酵的酒醅就像盖了盖头的新娘，最怕人揭开。我们总是心急，趁着奶奶一双小脚刚迈出门槛儿就跑过去偷偷揭开闻一闻、舔一舔。被偷看过的酒醅像半路被揭开盖头的新娘，因为羞涩而心里发酸，自然免不了被奶奶数落一番。而我们一脸无辜躲在门后，心里失笑，谁也不肯认账。

豆芽儿发好了，豆腐打来了，粉丝和大枣泡好了，清明前的准备工作已经就绪，就差清明当天清早摊鸡蛋饼了。

想偷鸡蛋饼是决然不能够了，奶奶的拐棍儿在厨房门口站岗呢！我们透过窗户纸巴巴儿望着奶奶把摊好的鸡蛋饼切成三角形状，一片片盖在粉丝或者其他祭祀食品上，口水咽得人嗓子眼疼。

出发上坟的时间到了，本家的叔伯弟兄和一群孩子端着各家的祭品纸火在村口集合。大人们唠唠楞楞说着闲话、散发纸烟抽，我们眼睛在各家的祭品盘里搜来寻去，随时伺机下手。平时最懒惰的孩子这时也是勤快的，争着要抢大人手里的托盘来端。大人们自然知道其中奥妙，拗不过一番死缠烂打，必定严肃警告，得了保证才放手。

一行人沿着山路逶迤而上。一开始孩子们还都乖巧地跟在大人屁股后头，等山路越来越陡，大人们喘粗气，又被纸烟呛了，吭吭咔咔地咳嗽时，孩子们已经跑到了前头。他们互相追逐着用手抓对方盘子里的鸡蛋皮或者大枣来吃，有抢红了脸的，盘子放在地上绾起袖子就要开打，被大一些的孩子头儿呵斥一声，又鼻涕眼泪的上路了。

到了坟地，托盘里原本白黄相间的、盖在祭品上面的鸡蛋皮已经所剩寥寥。在大人们责怪的眼神里，一帮孩子鼓着腮帮子往前踅摸。有人背着的手里还抓着半个油饼；有人噎住了，打着响嗝儿，端起茶壶里的酒醋往嘴里猛灌，汤汁流在胸口，湿了布鞋。

还不去别（插）坟纸！

大人一声断喝，孩子们四散奔逃，每人手里拿一沓坟纸往地里和坟头别。奔跑着绊倒了，跌在先人的坟头上，也顾不得先人的诅咒，连滚带爬又奔向别处。

大人们一脸虔诚地烧纸，不错过每一张纸钱的一个角，生怕祖先拿着残币花不出去而怪罪。我们跪在大人身后，边磕头边在心里默默数着大人磕头的次数，居然有时三下，有时五下。我总想问问标准答案到底是磕几下，终于不敢问。

　　正在心里琢磨，突然听到身后一阵窸窸窣窣地窃笑。回头看时，原来是堂哥每磕一下头便用嘴叼起面前托盘里一片鸡蛋皮，来不及嚼的一片还挂在唇间摇晃，活像狗舌头。这突发的动作引来大家的一致不满，堂哥的笑由窃喜变成带着讨好的谄媚。

　　等到最后几个坟地时，鸡蛋皮、大枣等已经被劫掠一空，只剩半碟豆芽寂寥地望向天空。大人们苦笑着不言语了，我们揉着肚皮终于后悔起来，怕夜里做梦挨了先人的骂。于是，再磕头时格外卖力，使劲磕几个响头出来将功赎罪。

　　那会儿，跟着大人磕头时一脸虔诚，仿佛是祭奠自己的先人，抢吃时，又不知道那里头是谁的先人，就算大人强迫着也无法努力出一个哀伤的表情或者寄托一种哀思。清明于孩子们而言，就是一场欢火的聚会，所关心的是谁谁今年偷吃的多，明年要对谁谁家的祭品还以颜色。

　　1999 年，爷爷和二叔相继去世，再回老家上坟时，我的脚步终于开始沉重。

　　看着一大一小相伴的两个坟包，仿佛他们的音容笑貌依然历历在目，回首却已阴阳两隔。我终于真切地感到，他们真的不在了。

　　回到家，奶奶念叨着，爷爷养了大小十几个孙子孙女儿，临去世时身边竟没有几个相伴。奶奶淡淡地说着，我沉默低头。那时，堂兄弟姊妹们都大了，各自奔着或明或暗的前程。

　　奶奶说，爷爷去世前，拿着小板凳坐在村口张望。对面山上每下来一辆车子，爷爷就催促人赶紧去看，是他的哪个孙子回来了。结果，一连好多天，哪个都不是。爷爷一直守着，终于等不住，自己先走了。

　　奶奶的念叨里头并没有多少的埋怨，她知道孙子们一个个离家在外也不容易，可到底还是心存念想，期望孙子们能在爷爷最后的日子里一个个风风光光从对面的山上下来。

离开故乡时，我又独自去爷爷坟上。想着奶奶的话，心里愧疚难当。想起小时候尿湿爷爷的脊背，想起爷爷揽我入怀，摩挲着我的头，他白花花的长胡子撩得人额头痒痒……

可是，我再也没有爷爷了。

现在，奶奶去世也已经十来年了，我时常想起她活着时的样子。

我结婚前一年春节，带着妻回老家。奶奶踮起一双小脚，笑嘻嘻地对着这个城里来的孙媳妇儿左看右看。奶奶是个性情中人，喜怒哀乐从不掩饰，我能感觉到她对妻的喜爱。让奶奶很快喜欢一个人是不容易的，但她俩似乎见面就亲热。奶奶和妻，也许有缘。

夜来，奶奶非要和妻一起睡。两人睡在一个炕上，奶奶神秘的笑让妻很有些莫名。原来奶奶是对妻的文胸发生了很大的兴趣，想看一看又不好意思，因此满脸孩子般的笑。后来她终于羞涩着说出了自己的想法，妻同意后，奶奶摸摸看看，两人在被窝里笑成一团。妻后来多次对我说奶奶当时的神情，尤其是欲言又止地说出想看一眼妻身上的那个"碗碗"时的样子，像个娇羞的姑娘。奶奶说，那个"碗碗"还挺绵软的。她说，她喜欢这个孙媳妇儿。

我婚后一年，奶奶去世了。回家奔丧时，看着奶奶住过的凌乱的老屋，我心里一阵悲哀。

奶奶被埋在了爷爷坟地对面的一块地里。我对"风水"的说法很不以为然，为什么要让爷爷奶奶因为这么个东西分隔两地呢？活着时，他俩是一对儿冤家活宝。奶奶嗓门儿大，脾气暴躁，时常数落憨厚老实的爷爷，爷爷总是吧嗒着烟锅不辩驳一句。过了他俩又你一句我一言、东家长西家短的闲聊。听他们聊天时，日子总过得很慢，日头很暖和，风也是轻轻的。可转瞬之间奶奶发起飙来则电闪雷鸣，爷爷便像个犯错的孩子。爷爷习惯了奶奶的不讲道理，奶奶习惯了爷爷的沉默以对。

老屋炕上奶奶的被褥被烧掉了，我再也看不到奶奶佝偻着背坐在炕上，双手揣在大襟底下的肚兜里，口里念念叨叨数着"一角元、二角元……"的样子了。老了的奶奶很爱钱,她一分一角地攒钱原来是为了给自己身后准备的寿材钱。她一生不愿求人,养育了八个子女,后事这点钱又算得了什么,可她到最后还是想着不给子女添麻烦。

回老家上坟,最怕的是去母亲的坟。

每次一回家就想要急切去看,可临到地方时腿脚变得异常沉重,多希望脚下的土路能够延伸到比我的思念还长,这样,便可以不必面对眼前的真实。我的意识里,总觉得母亲的去世是一场假象,总觉得似在梦里。走到那块再熟悉不过的自留地跟前时,便看到那地里是一片盛开着蓝花儿的胡麻,我小心翼翼拨开胡麻,去往地的深处去捉那只正唱得欢快的蚂蚱。当我捉住蚂蚱回身时,母亲坐在田埂上朝我微笑。又看到花儿落了,结成一片摇头晃脑的胡麻,我背起小水壶,戴上草帽,一把一把拔胡麻,胡麻秆在我手上磨出了一个水泡,我龇着牙去找母亲,母亲从头发间拔下一根针,挑破水泡,我又破涕为笑……

每次跪在母亲坟前时,前一晚想好要说的许多话却一句也说不出口。我默默跪下,默默烧纸,默默望一会儿蓝汪汪的天空,转身离去。

结婚前,我曾许多次预想,当我有一天有了一个孩子——最好是女儿,等她长到能够跪在她的奶奶坟前时,我要和她一起对母亲说上好多话。我要告诉母亲,您也有孙女儿了,我把她给您领来了,她就在您的面前,让她叫您一声奶奶,我想您一定能够听得到。

我急切盼着这一天。

后来,我真的有了女儿,如今已到了十二岁。可她对自己的奶奶全无印象,我多想在我偶尔的描述里能够看到女儿眼里对奶奶的念想,哪怕是某一刻她眸子里有我期望的光芒闪烁,却终而未得。这让我苦恼又沮丧,可又无法责怪孩子,我无法要求她对一个从未谋面的亲人无故生出如我设想的思念。想起当初曾有的、要在母亲坟前说的话，心里又生出无限悲哀。

现在，我寄望于女儿的真正长大，又期望着等她出嫁的那天，带她去看她的奶奶，说出几十年未出口的话。只是，我不知道，届时我还能不能把那些话说出来。

去年清明节，我回老家上坟。我一个人钻进残败的老屋，努力寻找着老屋里每一丝气息，企图找到每一位亲人的味道。老屋至顶落在每一件陈年家具上的尘土都让我倍感亲切——它们也曾跟我一样见证了一段过往的岁月，一起聆听过夕阳下亲人的声声呼唤，一起感受过家常便饭里散发的温暖香甜，一起走过一段或寒冬或炎夏的安静时光。我抚摸着老屋墙上儿时曾留下的每一丝痕迹，认真读当年糊在墙上的报纸里的每一段话，仿佛一切都重又鲜活起来。

老家的面貌越来越新，以至于要找到一些旧时的老物件变得困难起来。我走到破败的花园里，从墙角的废墟里凭感觉挖出爷爷当年留下的砖雕，拂去上面的灰土，触摸着上面纹路，似乎真切触摸到一段时光从指尖溜走。

我像一个失魂的人，努力寻找一些旧的东西来填充我日益空虚的躯壳。一个锈迹斑斑的旧铁碾，一架风尘里转动了近百年的老风车，一个挂在墙上衰朽的驴子的笼头，一个手扶拖拉机的废旧轮胎……

在去往坟地的路上，当年一般大小的堂兄弟们都已是面惹霜尘的中年人，膝下儿女欢忙。热闹的寒暄后，我和堂弟兄们相视而笑，瞬间有了一份久违的默契，大家一路追逐着，抢吃盘中的祭品。身边的孩子们看着自己的父亲和叔叔们的奇怪举动，莫名惊讶，他们眼里有千万个不解，一盘豆芽和鸡蛋皮在他们眼里如何也想象不出是怎样的一种美味，孩子们嚼在嘴里的各色糕点，看他们的表情，味同嚼蜡。看着一帮大人风卷残云，他们似乎是看一个遥远而意味全无的故事。

乘车而去时，看着远处的故乡，座座小楼林立，硬化了的宽阔的路面上是孩子们追逐嬉闹的身影。富裕起来的故乡，让我亲切又陌生。我为它的欣欣向荣而欢喜，为它的依然安静而庆幸。

车到对面山顶，望着先人一座座孤零零的坟茔，我心底又生出无限的悲凉。不知道还剩下多少这样的来来回回可以让我在思念的日夜一遍遍重温，也不知道那些老物件会在什么时候一件件消失。不知道下次回去时，还能不能从黄土里、废墟里搜寻出一些过往。它们迟早要消失的吧？一如我自己，也将迟早成为别人的一个记忆——连这记忆也终将永远不见。

今年的清明节又快到了，伫立在异乡风中的我，仿佛又闻到奶奶煮的清甜的芽面和酸甜的酒醅。

真想就此醉倒，永生不起。

总有一些胖，那是幸福的肉肉

因为三年前突然的一场病，此后父亲每年冬天都要在南方度过，那里的空气适合他的疗养。

今年春节，因为单位值班的缘故，我要初四才能赶去和他团圆。三十晚上，窗外灯火闪闪，仿佛窥觑我的寂寥。早早关了电视上床，想把这个年给蒙过去，却越睡越清醒。又不敢打电话，不知该怎么说。到后半夜，忍不住发信息问妻，你们的年怎么过的？妻说，父亲早早洗了一大盆肉，说是晚上要煮的，结果到了傍晚，却一个人出去散步了。洗了的肉又放回冰箱，他们随便吃了一些菜，看看电视，和孩子们闹了一会儿就睡了。我心里埋怨着妻的实诚，偏偏在该撒谎的时候说了实话。这一夜，浮皮潦草过去了。

初四下了班，赶往机场，登机前，我问，你们在干啥，妻说，父亲在煮肉。

辗转进家门，父亲的第一句话是，肉熟了，赶紧端上来。满满一盘大块的羊肉，很有仪式感地端到我眼前，才意识到我是连早饭都没吃过来的。妻的茶还没泡好时，父亲已经倒了两杯酒，我想要敬他时，他的酒杯已经举过来了，我要说句什么，他已经一仰脖一干而尽。正在自责为什么每次都要慢半拍时，父亲已经把一块肉递给我，这又让我的内疚显得多余，只好带着不安，接受父亲无声的主动。我想，天底下怎会有我这样的儿子。我心里的话终于没来得及说出来，父亲已经举起一块肉大吃起来，我赶紧配合着大口大口地吃，把要说的话咽下去了。父亲的胃口很好，我俩几乎同时放下一块骨头，又举起一块肉，连咀嚼的动作都配合成一个节奏，妻坐一旁笑看不语。她使眼色，知道她的意思，我要去端酒杯，父亲已经又把自己的酒杯举过来了，我的话刚到嘴边，父亲已经干了，我接着干了，他说，吃肉！我俩又同时拎起一块儿来，妻一笑，我才意识到自己在吧唧嘴，我平时吃东西不是这样的，自己也没意识到，怎么就配合着父亲吧唧起来。这次，妻终于抢着父亲端起我的酒杯，说，我俩敬您一杯，并说着一些祝福的话。趁着父亲笑的空档，我心里想着自己要说的话。听见妻已经把我要说的话说完了，她说出来，我只好憋红了脸，在心里说一句，我也是……我心里感激妻子替我说的话，又有些不满她过分的机敏，父亲放下酒杯，说，吃肉！

等我去院子里消化一肚子的羊肉时，跟在后面半天的妻说，知我要来，父亲一早就把肉从冰箱拿出来，一遍一遍查看有没有化开，等我终于进门时，肉刚好熟了，父亲和我，刚好胃口大开。我不知道，一盘半个小时被大快朵颐的羊肉，之前竟经历了这么一场预谋。

之后几天，每餐之前，父亲都要把一盘煮好的羊肉端上来，他不让别人动手。他还说，肉要在饭前吃才香，他说这话时，有一种全不容置疑的固执。我原本想说，这肉，不能顿顿吃，再说，也不宜养生。可看他说话的态度，又不好反驳。而日常，我是从不这么吃肉的。我一肚子的养生观念和自律的习惯，在父亲的倔强跟前，仿佛成了最让人心虚的道理。只好每次都跟他把一盘羊肉吃出一种平生第一次吃肉的激情来，我跟着他的嘴皮吧唧，仿佛顺理成章。妻说，父亲过来时特意让人带了一只羊，又带了很多老家的食材。听妻这么说，我只好苦笑着把要在这边好好享受海鲜的念头给断了。人在南国的父亲，到底生着西北的胃口，而对儿子的表达，也是尽力想以西北的方式去满足儿子的胃口。而来自西北的食材到了南国，似乎善解人意似的，要把父亲的表达贴身地体现出来。三天后去游泳，妻竟说我胖了许多。我说，再不能这么吃了，这还了得。可以后每餐，父亲还要摆满一桌子，而最早上桌的也必然还是一盘羊肉。父亲的语气里，还是那种不容置疑的倔强，仿佛认为自己的儿子欠着八辈子的肉，非要在这短暂的假期里，全部补回来。这终于让我妥协，同时，减轻了因放弃自律带来的负疚感。这叫"父叫子肉，子不得不肉"。没办法，每长一份肉，便是承载一份来自父亲爱意

乡关何处／

的表达，尽管多少有些委曲求全。但，我不能辜负。

夜里，看着自己几天里奇迹般隆起的肚皮，我想起小时候。

小时候过年，喜欢走亲戚，又怕走亲戚，喜欢因能得压岁钱，害怕在于要不停地吃饭。那时，每个地方的亲戚都不止一家，每去一家便要吃人家的饭。农民不会说牵心的话，唯一的表达就是留你吃饭，且不得不吃。你吃了他家的饭，他就遂心，如果不吃，他要惦记好几年，之后每年都要提起，每提起一次，就要让你内疚。于是，为了不辜负他人，也让自己心安，便要在每家都显出很饿的样子，你吃的越香越多，主家就越高兴。其实，那时家家日子过得都不很殷实，可人们就愿意把最好的东西拿来与人分享，仿佛不把亲戚们招呼好了，就不算过好年。有次跟着三爸去走亲戚，路上，他交代我，遇到好的，就多吃点，不好的就少吃一点，留着肚子。如果是长面，就只吃面不要喝汤。可我偏偏有些痴性，最经不起别人热情的感染，看人家的长面端上来了，主家又是一脸你不吃五碗就过意不去的表情，就于心不忍，非要挤着多吃一碗，以对得起人家的那份热情，又自小没有剩饭的习惯，必是每碗饭都要连饭带汤吃得干干净净才算。三爸看我吃得满头冒汗，就向我挤眉弄眼，我装作看不见，还嗔怪他多事似的又多吃了一碗。完了非要自己把碗筷端回厨房去，心里盼着走后人家说一句，看人家的娃娃多懂事！出门后却后悔了，真是不听老人言，吃亏在眼前，肚子胀鼓鼓的，走路都吭哧吭哧迈不开步。到了下一家，人家装了锅子，这可是招待贵客才有的美食，平常难得吃一回，三爸就盯我，意思是，我说让你把不好的少吃点，你看，这下咋办？怎么办，只好又做出很饿的样子吃起来，蹴不住，就蹲在炕上吃，主家见状也开心，来一句，看，这才是实诚娃娃！心里一美，仿佛肚子又有了不少空间，搛起菜来，动作格外生猛。有啥办法？那时，在农民看来，实诚是一种最可贵的品质，虽然他们不知道啥叫品质，但他们就是那么认为的。说一个人实诚，那几乎是一种全面的肯定，而实诚与否，最体现在一个人吃饭是否实诚,标准就是在亲戚家不装假,多吃几碗饭。

可回家到了夜里,吃饭得来的荣耀却成了痛苦,胀得人侧转难眠,心里发誓明年不再去走亲戚,可来年,还是屁颠屁颠又去了。

吃,对于老家人来说,不只是温饱问题,里面有他们待人接物的朴素哲学。自己一家能吃饱,那是一种生存能力,让上门的亲戚吃好喝好,是一种为人的信条。

曾经,人们问上门的亲戚,吃饱了么?仿佛亲戚没吃饱,便是自己犯下的一个罪,所以问起时,带着一脸虔诚的惶恐,直到把亲戚送出很远了,主妇还会揉搓着围裙念叨,"唉,藏咋办恰,捏人怕么吃饱。"到后来,温饱解决了,人们问的是,吃好了?简单一句话,问出一种小心翼翼,生怕客人没吃好,使自己担上一个很大的心理负担,必要向客人反复的确认,吃好了……吃好了……真格吃好了……自己心里的疑虑才有片刻的放松。

又想起小时候,通常只有过年才能吃上一顿肉。

记得那年在梁山,母亲把一块肉放在一间杂物间的柜子顶上,每次做饭,从上面片下来一块,做成臊子,吃几顿。过了好几天,那块肉似乎只小了一点点。之所以看得这么仔细,因为我时常偷偷溜进去,看那块肉,幻想着一顿把一整块肉煮了吃的情形,甚至恍惚间,差点把那块生肉咬下一块来。那块肉,最终在母亲的体恤下,安抚了一家人整整一个正月的口腹之欲。若是今天,那块肉一顿吃了,也不过打个牙祭。

想到这里,我对父亲的倔强释然了。

父亲何尝不知,现在的我,早已不再把肉食当成一种渴望,他又何尝不知,这些年我一直在自律地节食。许是曾经对肉食的渴望成了一种顽固的印记留存了下来,以至于他忽略了如今的状况,仍认为美美吃一顿肉,便是对某种情绪的最好安抚,仍认为吃好喝好才能把一份心情落到实处。父亲当然有比我更加丰富的养生知识,自然知道在南国,是要多吃海鲜的。可他看见儿子,这些他早已深切认知的常识,却失效了。也许在他心里,觉得儿子多吃蔬菜与海鲜固然有好处，却抵不过弥补曾经的一个亏欠来得更加实在，更能让他心安。我在想，也许当年我偷偷溜进去，和那块肉说话时，父亲一定是看见我了的，他看着我的样子，然后在他心里和他自己说话，否则怎么会在二十几年后，依然认为他最好的表达便是准备一盘又一盘的肉。

也许，他不是忘了现在根本不缺肉的事实，他是成心的。

接下来的几天，我开始坦然甚至欣然地对父亲的倔强全盘领受，任桌上的肉，一盘盘长成我身上的肉，并因此感到前所未有的幸福。对此，父亲和我什么都不说，但彼此又有默契。我知道，我当初几次未出口的话，其实是多余的，父亲要说的，都包含在一句"吃肉"里了。而我要说的，也在一口一口大快朵颐的吃肉里了，并以彼此热烈的吧唧嘴巴而让这话似是而非地彰显出来。再看自己逐渐隆起的肚皮时，觉得那是幸福的肉肉。

在南国的几天，每天吃着父亲亲手做的一盘一盘的肉，安享南国温煦的风物，我拥有了多年未见的好睡眠，每每一夜天明，连梦都不好意思来造访。仿佛消化功能也空前善解人意起来，一点不浪费的，把那些肉肉搬到我身上。

妻终于为我的发胖诧异起来，我却没有往常因放纵自己的负疚。她说，没事，回去再减下去，我嘴上答应着，心里随即后悔起来。当我想到要把这身肉给减回去时，临离开的那晚，竟彻夜失眠了。

我三妈

我三妈是个走在人群里半天，人不知道的人。非但人不知道她，她自己仿佛也觉得自己不该存在似的。她总在逃避什么，于是，终于把她自己藏成一个影子。

一群妇女在聊天，在感叹着人生的无常和岁月的流走。话把儿到了我三妈这儿，就变成几句简单的感叹——

"噢，藏你说么……"

"唉，藏就咋办恰……①"

"额耶②，看不得活了么……"

当她这么感叹时，别人听不到，仿佛她自己也不确定这声音是从她的嘴里出来的。淡淡的，轻轻的，她的话就从别人的话的夹缝里钻过去不见了。人散了，我三妈她好像还对自己，又像对着一个未知的虚空念叨着——

"唉，一辈辈子人，藏你就说哩么……"

三妈，一辈子活成自己嘴里的一声叹息。然而，现在是连这叹息也没有了。她走了。

小时候，常听奶奶笑着向她别的儿媳妇子们调侃三妈。奶奶嘴里的三妈时常是这样的——

前头吆着驴，后头跟我三妈。如果恰好此时路上遇见人，恰好那人又要向三妈说话，三妈要原地踏步的。她不能同时干两件事。如果说话，就不能走路，一走路，就不能说话。可不走路，驴就跑远了。一心急，三妈就原地踏步，一边应承着那人的说话，一边走

---

① 藏、恰：老家方言的语气助词。

② 额耶：方言，相当于天哪！

得很急的样子。走了半天，还在原地。那人走远了，三妈还没走出那人的尾音。三妈突然发现驴不见了，她才停下她的原地踏步，嘴里叹息似的喊着——

"驴，驴，驴呐？"

从表情上看，她确乎是在喊，可听起来，还是一声叹息。

小时候一放假，就回老家，经常住在三妈家。三妈做的饭难吃，可难吃也还是愿意天天吃，顿顿吃，至今我也不明白是为啥。

我一进门就喊，"三妈！"

三妈热情地迎出来，热情到满脸羊肠小道，热情到原地踏步，就是不知道该怎么接我的话。踏步半天，终于说了一句——"额耶，狗儿①，你回来了昂，娃藏怕饿灵干②了，藏就咋办恰……"

我说，"三妈，不饿。"一回头，她躲到厨房去了，这次动作确乎是很快。

我说不饿，不是真的不饿，是怕吃她做的饭。她的躲，也是知道自己的饭难吃。这一难吃，就把三妈难到厨房里不敢出来了。别人家的大人娃娃端起海碗吸溜吸溜地吃开了，三妈的厨房还没冒烟。三爸终于伸长脖子向厨房喝喊一声——

"咹！人！你给娃做下的饭呐！"

厨房里一阵柴草的响声，就听见三妈犯了错似的向门口叹息一声——"人，洋火③咋寻不着了，寻不着洋火，点不着柴……"

没办法，像做饭这样的事，在别人那是三捶两膀子的事，也就是案板咚咚咚，切刀锵锵锵，马勺唰唰唰的事情。可这，成了三妈一辈子绕不过去的难题。

非但是三妈的难题，也是别人的难题。

有一次，三妈竟然前所未有地自信起来，因为她终于亲手做出了一锅凉粉。三妈亲手把凉粉端来让大家吃，脸上盈盈笑着，笑到

---

① 狗儿：老家长辈对小孩表示亲热时的称谓，相当于宝贝。
② 灵干：程度重大。
③ 洋火：火柴。

她自己不好意思起来,不知道手该往哪里放。笑着笑着,她终于还是躲到厨房去了。在三妈的笑看来,这次终于是满意的。凉粉跟别人家的巧媳妇儿做的没啥两样。白的是凉粉,红的是辣椒,绿的是韭菜。喜得三爸把笑藏在皱纹里。三爸这次分明是自豪难以掩饰,可嘴上依然说着——

"狗儿,藏凑合着吃上些,你三妈做下的饭,唉。"

大家吸溜吸溜吃着,吸溜吸溜吃着。突然不吸溜了,顺着望过去。原来我哥吃了半碗凉粉,剩下的半碗里装满了他的泪蛋蛋。

了不得了,把娃给吃叫花①了!

把娃吃叫花这句话不是谁说出来的,是我从我三爸的表情里看到的。三爸的笑被皱纹绑住了,他看着我哥的泪蛋蛋成串的往碗里掉,三爸瞬间一个于心不忍,又瞬间转换成异常复杂的热情,他说——

"狗儿,不爱吃了就不吃了。"

我哥说,"不,我爱吃!"

三爸的表情说,娃这是没说实话。三爸有些尴尬,他说,"狗儿,爱吃就给你留下些,过一阵儿再吃么。"

我哥说,"不,三爸,我就是爱吃,就要现在吃。"说着使劲拿筷子往嘴里扒拉,可扒拉半天,扒拉进嘴里的还是他自己的泪蛋蛋。

我忍不住了,把一口凉粉吃进了鼻子里。我心里笑我哥,看,谁让你端那么一大碗哩,不像我,就拣最少的一碗。

这时,门口有人喊——吃了么?吃了就耍走!

我哥把碗蹾在炕上就跑了,我又把一口凉粉从鼻子里笑喷出来。

过会儿,有人偷偷问我哥,"一碗凉粉咋还吃的那么难心的?"我哥生无可恋地说,"咸啊,咸死了,一碗凉粉,半碗的盐。"我们都捂着嘴笑,我哥明白了,其实大家早晓得答案。他恨恨地瞪了我一眼。

---

① 叫花:方言,哭。

这以后，三妈就开始是躲着的时候多起来，一躲往往就躲进厨房，躲成一声叹息。可下回，她还是一样的热情，热情到原地踏步，热情到双手揉搓着系在腿上的围裙，把围裙揉成一个麻花。三妈瘦，瘦到没有腰，所以，她的围裙无论怎么系都感觉是系在腿上。

后来，几个堂哥去了城里。三妈和三爸搬到山上新盖的一院房子里，为的是离地近，一出门就能播种，就能割麦。三妈和三爸的身体已经不允许他们继续奔波于老家崎岖坎坷的羊肠小道上了。这院子，堂屋高大，可一直锁着。儿子们过年回来一趟，就像走亲戚，平时没人住。一锁，就锁凉了，人不爱进去。他俩就住在一件逼仄的偏厦里。偏厦旁边是一间昏暗的厨房，从门口看，低矮到人害怕走进去出不来。

大概是三妈觉得这样便于她的躲。

近些年，每年清明节都要回去上坟。有时进门，见三妈坐在偏厦的炕上。听见人叫，三妈忙忙偎着要起来，仿佛是自己刚刚犯了一个很大的错，因此不该心安理得坐在炕上，仿佛倒不是她自己的家，自己的炕了。她满怀歉疚似的欠起瘦小的身子，拼尽全力地把热情全部堆在她的笑纹里，说——

"额耶，狗儿，你咋来了么。"

神情仿佛是在迎接一个圣驾，仿佛是不该有人临幸她这样的寒舍。

突然，就让人心酸起来。

她又躲起来了。躲了一上午，终于躲出一锅饭来。饭端满了炕桌，摆满了炕，似乎是要把一年的口粮都端来，尽一顿吃掉似的。我说，"三妈，够了，够了，饭多了，吃不完呐。"

三妈就原地踏步地说，"狗儿，看娃从么远的的路上来了么，把娃饿灵干了么，多吃上些，一阵阵儿就饿了。"

这次，我们一帮堂弟兄们每人都吃了三碗，连汤都喝干净了。每个人脸上都写着好吃，没吃够。

我们吃饭时，三妈就在厨房悄悄吃孙子们碗里剩下的残汤剩饭。

看我进去，她原地踏步地笑，不好意思地一会儿抓一把抹布，一会儿拢一拢头发，像个初次进门的小媳妇儿，又仿佛自己有一个很大的亏欠。其实，明明大家都吃了三碗，她倒觉得是三碗施舍，吃了她的饭，却使她更加的亏欠起来。我心里难过起来。掏出几百元钱塞给她，她不原地踏步了，迅速地躲到一角，背起手不要，推让几次，三妈终于学着做出一副威严的样子说——

"狗儿，唉，我的娃，你藏赶紧装上，娃娃要吃要喝哩，要上学哩，用钱的地方还多着哩，你看你胡乱花钱着咋恰！"

她一辈子没学会威严，一威严起来，倒把自己弄得不停喘气，咳嗽。

三妈有家族遗传的气管炎，长年吃药。

我也威严起来，命令似地说，"三妈，拿上！"她实在没地方躲了，窘迫得像个孩子。我的威严一下吞没了她瘦小的身子，她亏欠似的笑起来，亏欠似的接过钱，亏欠似的两只手揉搓着她的围裙，想要说什么，终于没说出来。我转身的一刻，见她悄悄揩了一下眼角。

三妈似乎从来没有年轻过，从我小时候就感觉她是个小老太太。又似乎从来没有老过，几十年来脸上永远是一副天真又亏欠的笑。我能从她的笑里感到她巨大的热情，又由于她身体实在太过瘦小，她瘦小身体里的能量不足以承担这巨大的热情，反而更加的映出她的卑微。我每次嘴上叫着三妈，又仿佛叫出来的是自己意念里想象出来的三妈，仿佛眼前的真人倒有些虚幻，她的存在感弱到让我担心，若是走在夜路上，她恐怕连她自己都会弄丢。可有一次，也是仅有的一次，让我觉得她是我的三妈。

那是给母亲办完丧事，我要回去了，三妈出乎意料地不躲了，她坚持要送我。我说，"三妈，回去吧！"她不说话，像个犯错的孩子似的跟着我，我一回头，她就原地踏步，我要走，她又跟上来。我决定再不回头了，要走了。听见三妈仿佛是自己对自己说——

"唉，狗儿，我的娃，以后就是个没妈的娃了……"

我咬住嘴皮，没有回头，我说，"三妈，你回去吧！"

我大步流星地往前走，走了老远，还能听到她悄悄揩眼角的声音。

我走到对面山上，要看一眼渐渐远去的故乡。一回头，远远看见一个瘦小的身影，她躲在一堵颓圮的墙后面，像是在招手。招手的动作，又仿佛是风吹动了一片玉米叶子，摇着，摇着，那叶子和天上的白云模糊成头顶一个广大的天空。

那次，是我在几十年里，头一回认真地在心里叫了她无数声的三妈。之前若干年，三妈这个称呼仿佛仅仅只是一个称呼。这次，在心里把过去几十年欠下的都补上了。补上了，然而，终究，又成了一声轻轻的叹息。

在我看来，三妈瘦小柔弱的体内有一股难以言喻的生命力。从记事起，她跟我妈站在一起时，就是个病秧子。后来，我妈病了，壮实的身体变得虚飘，可相比之下，三妈倒更显得病恹恹的。直到我妈去了几十年，三妈还是当初病恹恹的样子。这让我有了很大的奇怪和感慨。我时常对老婆说，"这人啊，真是难说。你看，我妈那时候身体那么好，怎么说走就走了，像被一阵风吹走似的。你看我三妈，仿佛不躲起来的话，旁边有个人走过去也能吹走她。可她硬是站着，多少人被吹走了，她还在墙角躲着呢。"

前年回家见我三妈，她倒是更显年轻了，越来越长成一张娃娃脸了。这让我更加的确信，三妈是一辈子没有老过的。当然，也从来没有年轻过。

今年前半年，三妈上兰州来住。我们一大家人相约去吃饭，三妈脸红扑扑地坐在一角，对于大家的谈论，显出极大的兴趣，又实在不知道如何参与，只在每个人的话的余音里附和一句——

"真个哦……"

"唉，藏你就说么……"

"藏你说哩么……"

她似乎是对每个人认真地回应着，又仿佛是对自己叹息着，没人听见她在说什么，慢慢的，连她自己也不知道自己在说什么了。

　　大家酒足饭饱之后，看她还在吃力地啃一块骨头，就纷纷热情地把肉菜往她面前夹，她显然没准备好怎么面对这突然的热情，却又对此表现出毫不拒绝地领受，并以十分的不安和亏欠向每双过来的筷子笑着，笑着。她面前堆起了小山一样的一盘食物，笑容里仿佛是受了不该的礼遇。大家要走了，起身了，她忙忙地放下筷子，和筷子一起放下的，还是那块从头至尾都在啃的骨头。

　　前几天，接到电话。说，三妈走了。我不知说什么，嗯嗯啊啊应承几声，想要说些什么，才发现电话已经挂了，就像根本没接到这样一个电话。

　　这次，三妈终于是成功地躲掉了。躲掉的三妈，再也不必时时地，亏欠地缩在厨房的一角，再也不必害怕自己做的饭让孩子们吃出泪蛋蛋。她躲得悄无声息，恐怕连她自己都找不到自己了。她这次的躲开，轻到让我始终看到她还在那里原地踏步，我想叫她，又怕惊扰了她，甚至不敢为她叹息一声。

　　三妈这一生，原本就是一个轻轻的叹息。

七婆

有些人，仿佛从没有老过，也从没有年轻过，印象里一直是那样，一直到他们死去。

比如我七婆，就是这样。从我小时候她就是个老婆子，后来我大了，她还是个老婆子，现在，她早不在人世了，在我心里，她还是那个老婆子。

我爷爷他们本家家口大，堂弟兄们多。所以，我有七爷七婆八爷八婆的也就不奇怪。之所以单说我七婆，因为我七婆一直是我七婆。

这话就奇怪了，啥意思呢？

因为我每次回老家，总能在北门（村口的地名）看到我七婆。看见她，她就问我——

"噢，是斌昌（我哥名字）回来了，回来了好。"

"七婆，我是乾昌！"

"噢，乾昌哦，好，好，回来了好，乏了吧？赶紧缓缓。"

说话时，七婆手里拿一把扫帚，背一个烂背筐，在村路上扫麦草麦衣，扫了背回去烧饭、添炕。

她穿着一身大对襟的藏青色长褂——跟我奶奶一样的，大襟底下藏着肚兜的那种。

藏青色的裤子，打着绑腿，绑腿下是一双三寸金莲。不过，七婆的倒好像有四五寸，比我奶奶的脚大一些。

她总是一副悲苦又平静的模样。第一眼看见，她脸上是一层愁雾，你以为她要向你诉苦了，你想躲，可她追着你走近了，却向你一笑，似乎她脸上那些苦又应该是她受的。你明白她不是要向你诉苦，就又觉得她的笑，突然那么慈祥。可一转眼，她躬腰去扫麦草麦衣了，神情又悲哀起来。

隔上一年半载，我又回去了。她还是喊我"斌昌"，我一解释她立即恍然大悟。

可也就是那么一瞬间恢复了记忆，过一阵子，她又忘了我是乾昌。她停下手里的活计，拿扫帚倒着拄了当拐杖——

"你大（爸）你妈好着吧？"

"我大我妈都好着。"

"噢，好着就好得很，好得很！"

"乏了吧，赶紧喝口水，缓缓。"

她又躬腰扫去了。

从我几岁到十几岁，再到二十几岁，七婆一直是这个样子，我没觉出她的老来，似乎从我几岁起一直到二十几，二十年的时光，对她，不过是一夜之间。

每次看到七婆，我就问我的×爷×婆还在吗？

"你×婆还在，你×爷不在了。"

唉……

每次回去，我都要问，每次似乎都要少一个爷或者一个婆。我心里就莫名悲哀起来，又无可奈何。

小时候，因为堂爷和堂婆多，这让我很引以为自豪。跟其他伙伴玩儿时，就觉得自己的家族实力壮大。闹翻了，打起架来也觉得有底气。

然而，七婆总是不用问的，我回去第一眼就能看到她。所以，不必担心。

别的爷和婆不在了，总要心里很难过地"唉"一声。可对于七婆，总觉得她就像野洼上的冰草，啥时候都在那儿蹶着哩！

七婆养了五六个子女，他们是我的堂叔叔和堂姑姑们。可我从小没见过我七爷。因为习惯了，所以连问的好奇心都没有过。

七婆的家境不好，几个堂叔日子始终过得紧紧巴巴。她大儿子是个沉默寡言的老实人，一年四季戴一顶褪了色的蓝帽子。我这位堂叔似乎只在每年清明整个家族去上坟时才偶尔说一两句话，平时，他的表情都是一种苦到说不出的沉默。老二跟我爸差不多大年纪，见人就笑，笑起来很暖人的样子。因此我从小喜欢亲近这个堂叔，父亲也对他格外照顾，有了穿过的旧衣服啥的，总会首先想到送给他。

父亲曾说过，有一次这位堂叔得了一件父亲的旧衣服，欢喜得跟个孩子一样，几乎要跳蹦子。因此，每次看到他乐观的笑，我心里又欢喜又有说不出的难过，总觉得他那么好的人，为什么会那么穷。可那时终究对"穷"没有具体概念。我不明白都是农民，都在种地，偏他家为啥那么穷。老三是个老光棍儿，他除了干农活，就是袖着两只手在墙根儿下晒暖暖。他也很爱笑，据人说他是"瓜子"（有点傻的人），可我不觉得。每次见他，他就对我笑，我叫他"爸爸"（老家对堂叔的习惯称呼），他会很热情地答应。也许是本家别的孩子们因为他的"瓜"而不大愿意管他叫"爸爸"，所以，他对我这么叫他表现得特别开心。

他干完重体力活，回家吃了饭，袖着手往墙根儿下过来了。

"爸爸，你闲了哦？"

"嗯，我闲了。"

我俩都不知道接下来该说啥了，就看着对方傻呵呵地笑。笑完了，他去墙根儿下晒他的暖暖，我去找伙伴玩儿。

有一年回老家，他不知怎么就瘸了。我问堂弟，堂弟说，他从北门的沟里摔下去，绊瘸了。我心里悲哀起来，他原本就因为瓜而打了光棍儿，这下可怎么办？他是要一辈子寻不下女人了吧？

那时总觉得他胡子那么长一个男人，寻不下女人是多么悲哀啊，况且他还那么穷，又瘸了……

可他每次见了我，笑起来的样子又很没有负担，好像得了一种什么惊喜一样。晒在暖暖下的他，眼里又有一丝不确定的悲哀，不确定在于人们说他是瓜的，瓜人就该注定没有老婆，那他悲哀什么呢？可我总觉得人们说的不对，他笑起来分明不瓜，悲哀起来更不瓜。

又过了几年，我回老家，七婆还是扫麦草麦衣，可好久不见瓜堂叔。我问，人家说他不在了。

"怎么不在了？"

"你自己去看吧！"

我去看了，在他时常晒暖暖的那堵墙根儿那里，墙边有一条村里人倒垃圾的沟。

这次，他跌下去，再也没能走出来。土墙上还保留着他指甲抠出来的几道白印子，印子歪歪扭扭滑向沟的方向，不见了踪影。我站在那里一遍一遍复原当时的情景——

夜里，他一个人睡不着，就出来蹲墙根儿。年轻时，腿脚灵便，眼神好，从没什么闪失。可年纪大了，偶尔就有失足时，他跌瘸了，可他的寂寞与悲哀又无人可说，只好半夜里蹲墙根儿。

最后那一晚，不知道他在墙根儿下，一个人，心里想了什么，又自言自语了什么。他再也没能从沟里爬出来。

我盯着那指甲抠出来的道道白，总觉得那道道白看见了什么，记下了什么。

我想，七婆一定会很悲伤。

我从背后偷偷看背着烂背笼扫麦草麦衣的七婆。

她一如既往。

似乎，所有的贫困与悲苦对她而言，都是上天的安排，她只在平静接受。

我想不明白的是，为什么七婆一家子人到这世上，倒像是一个个受苦来的，为什么，为什么偏偏是她家？

奶奶去世那年，我回老家。七婆还是二十年前的样子，只是这次她问我，我匆忙回应一声就赶回去看奶奶了，没给她听我纠正她的机会。

送走奶奶，晚上看着星星，我才发现这些年间来问去把自己的奶奶也问没了，这下，不知道我还有几个爷几个婆了，心里又悲哀起来。

可这悲哀里头没有七婆。七婆永远站在那里，她不会走的。再说，她走了，路上的麦草麦衣谁来扫？我回去谁第一个问我？

送完我奶奶要回去时，我回头看看七婆，她还在躬身扫她的麦草麦衣，还是跟我小时候一样老。她的脚比我奶奶大一点，她的个子很高，身板儿就像个天生干活的。

她回身看我，仿佛要说些什么，张张嘴，又终于没有说。

在我的感觉看来，仿佛这次她要说的内容与之前完全不同。仿佛是要说出一个什么总结性的发言似的，又好像是要向我认真地做一次道别。

然而，她终于没有说。

我心里的想法也不过是一闪而过——

七婆？怎么会！

她会一直站在那儿扫她的麦草和麦衣的。

谁走了，她不会走！

后来结婚生子，我连着好几年没回过老家。一次，从灵通老家消息的亲戚们那里知道，七婆的二儿子，就是那个和父亲要好的爱笑的堂叔上吊死了。我很震惊，总觉得不可能。他那么爱笑的一个人，那时那么穷都过来了，这些年起码能吃饱了，起码顿顿吃白馍也没问题了，他怎么就上吊了！

原因问到了，原来是为了七婆的抚养问题。

几个儿媳妇儿都不愿意赡养这个活了太久的老婆婆，于是几个儿子就商量着轮流来赡养。每家几个月，谁也不吃亏。可最终不知怎么，二儿媳还是不愿意，这就让堂二叔很难，一难就想不开，就把自己难死了。

就像认为七婆不会走一样，我心里觉得堂二叔也是永远不会走的。

然而这次，七婆还在，他真的走了。

我突然很想回去看看七婆，她该是再也扫不动麦草和麦衣了吧？可一些琐事打扰，终于回不去。

我问老家人，七婆过得怎样，他们说，还是老样子，扫她的麦草麦衣。我原以为的悲哀，突然失了凭借，没了寄托。

七婆还在扫她的麦草麦衣，我仿佛看到她跟我小时候看到的一样，躬着身扫来扫去的样子，看我问我的样子，一切都没有变。于是，一些原以为化不开的悲哀在她面前居然轻描淡写起来，仿佛七婆身上本就不该存着悲哀，一切苦难对她而言，不过是她扫帚底下的麦草和麦衣而已，扫巴扫巴，背回去，烧了，冒烟了，变成灰了，如此而已。

于是，我又认为七婆不会老。

仿佛七婆在，我那些先后死去的堂爷和堂婆就还在，起码是以七婆为代表的一种形式上的存在。

前年清明节，我回老家，到了北门，却没看见七婆。没了七婆，我突然觉得老家的人我一个都不认识了。那些个半大的小子和新媳妇儿，都茫然看我，把我当成一个答案探寻，我突然觉得窘迫。

这才几年时间啊！

以前七婆问我，虽然每次都问错，可她一问，我就觉得我是回来了，回到老家了，老家还是我儿时的老家，熟悉的老家，让我理直气壮又理所应当的老家。可这次七婆不在，我突然觉得自己成了陌生人，周围曾熟悉的一切都让我惶恐起来，胆怯起来，我不敢大声说话，也不敢轻易问候任何一个人。

七婆哪里去了？

他们告诉我，七婆死了。

他们说得很平淡，仿佛七婆早该死了，又或者这根本不值一说。

我跟着本家亲房上了坟，给先人烧了香磕了头，却总觉得不踏实。

以前，觉得家乡就是一片故土，就是几座老屋，就是儿时的天空，就是思念时的幻梦。

那片故土，它永远在那里，永远等我回去。

可七婆的问候不在了，家乡一下子从我心里消失了，这片故土给我的不再是踏实，而是惶恐了。

我才知道自己之前是多么不在意七婆的问候，有时还会心里埋怨她的坏记性，怪她总记不住我的名字。有时急着跟儿时伙伴打招呼，就觉得七婆的问话多余而缠人。

可现在，我多想七婆继续地问错我——

"噢，是斌昌（我哥名字）回来了，回来了好。"

"七婆，我是乾昌！"

"噢，乾昌哦，好，好，回来了好，乏了吧？赶紧缓缓。"

……

七婆不在已经好几年了。

去年我回去，似乎人们已经忘了世上曾有过七婆了。

钱

一

钱，谁不爱呢？

毕竟，打小时候起，钱就带给人许多快乐的回忆。自从拿钢镚儿在作业本上拓出对钱最初的崇拜以后，自从一颗水果糖慰藉了贫乏的味蕾，关于钱的种种，便作为印记，拓在心里了。

小时候，一毛钱五个的水果糖，对我来说是奢侈品。通常是趁父母不注意，战战兢兢从他们口袋里掏出二分钱买一颗，约上堂弟，偷偷躲在爷爷家的驴圈里，你一口我一口地嘬，嘬一口就朝对方笑笑，倘若轮到自己，又嘬得时间长了些，笑里就带了歉疚。轮流嘬一会儿，剩半个了，又不舍得一下把甜蜜嘬尽，就拿糖纸包起来，装在口袋里，摸了又摸，揣了又揣，踏实了，才跑去玩。到了晚上，又想起糖来，一掏，化成水黏在糖纸和口袋上了，懊恼得剥开糖纸，翻出口袋，舔。又怕被人瞧见，真是幸福的烦恼。

对钱的崇拜与渴望，就这样从味蕾开始播种、发芽，蔓延起来。显然，物质的匮乏终究限制了想象力，以至于对钱的好处往往落实不到什么高级的去处。能想到的无非一包好吃的饼干，一把可口的水果糖，一瓶酸甜的沙棘汁。那时，对于钱的渴望，是一种热烈而单纯的世俗之爱。

从记事起，就觉得家里缺钱。一来是总馋，二来是大人的耳濡目染。

至今记得三爸说过的一句话，他说：娃娃，农民能把长城挖倒，可想要从土里刨钱，难！

越缺就越觉出钱是好东西，又是可怕的东西。否则，每次跟大人要钱，大人脸上总是一副作难的样子。甚至于像交学费这样理直气壮的事情，也要说得像蚊子哼哼，到了大人耳朵里，倒像是自己有了一个很大的亏欠。终于拿了钱，还要听大人咬牙切齿地来一句，娃娃，藏可要好好学哩，可不要跑到学里去佴① 馍馍！造成的后果是，总是盼着开学，又怕开学。

还好，钱到了爷爷那里，倒生出几分浪漫主义色彩。那时，跟着爷爷去地里，头顶一片云彩飘过去了，爷爷就一脸虔诚地说，"天爷！啥地方的一股儿银子飞了？"表情有如对神灵的敬仰。我总好奇，银子为什么会飞呢？看看爷爷的表情，又不敢问，也便因此深信不疑。以至于后来很长一段时间，我以为银子是会飞的。

相对于爷爷的浪漫，奶奶总是务实。而奶奶的务实又终归是务虚的。

奶奶总喜欢把五角钱叫作五角元，对我来说，五角已是一笔巨款，当五角和元搭在一起，又给人一种陌生的震撼，生出巨大的崇拜。我不知道奶奶为什么把五角叫作五角元，但经过她老人家的务虚，便觉得有一种魔力，仿佛这么一说，她手里那张毛票便实实在在地沉甸起来。奶奶有时也说五十万元，可总是只闻其声，未见其实。说起五十万元的奶奶，表情里充满一种对遥远未来的绮思遐想。五十万元，非但于我不可想象，即便奶奶自己，也像是在做梦。因为她的神色分明在说：如果我手里有五十万元该多好啊……

奶奶嘴里的五十万元，其实不过是五十元。这是我后来才知道的，也琢磨出她这魔幻而务虚的说法可能来自对国民党法币的残存记忆。

奶奶没上过学，不会写一二三四五，可她会数钱，她最大的爱好就是数钱。但她总是偷偷地数。爱数钱的奶奶数来数去，数了好久，还是她那张五角元。她以为每次背着我们撩起大襟，伸进肚兜的手里攥着一个巨大的秘密，可我们只是觉得失笑，连一开始的一

---

① 佴：扔、丢。

点好奇都渐渐丧失殆尽了。

奶奶偷偷数钱的习惯保持了终生。

后来,年老的奶奶终于有了一把一把的五十"万"元供她数,也再不会有人对她的钱数产生好奇,可她还是要偷偷背过人去数,年纪越大越对此乐此不疲。那时,回到老家,时常见她背着身子盘腿坐在炕上,小心撩起大襟的一角,手埋在肚兜里,嘴里念念有词,一角元,二角元……一直数出好多个五十"万"元。五十"万"元在奶奶心里是钱的极数,即便一百的面额早已司空见惯,她仍然要把一百元数成两个五十"万"元。一般情况下,大家都会配合着她,不让她产生在众目睽睽之下的窘迫感。有时,恰好被撞见,奶奶便孩子般的捂紧她的肚兜,并慌忙拿衣襟苫了,仿佛要被抢了去。看看眼前的人并不陌生,便露出孩子般的羞涩。于是,每个人兜里有了零钱,就摸出给奶奶,奶奶嘴上说着坚决不要,脸上却是笑纳的样子,让人笑笑的,忍不住总想给她钱。奶奶数钱数上了瘾,趁人不注意就要数钱,她对数钱的偏好到了让人觉得失笑又无奈的地步。其实,那时的奶奶没地方花她的钱,儿女们也不需要她的接济。她存钱干什么呢?

二

存钱干什么?

当这话出口时,瞬间感到如刚刚吃饱肚子就忘了饿一样的浅薄,又觉出奶奶至今对钱的虔诚里,其实存着敬畏。

由对钱的爱生出对钱的敬畏,中间颇有些曲折。

那是二十世纪九十年代初。

那时,母亲有病,父亲每月工资的一大半儿用来买药,我家的经济时常陷入困窘。尤其是父亲工作调到了梁山那几年,县财政困难,有时几个月不发工资。一天下午,我们正在吃饭,院子里突然传来驴铃铛的响声，出门一看，爷爷居然吆着两头驴来了。爷爷这相隔几十里陡峭山路的突然来访，仿佛天外来客。父亲一时愣愕，居然不是首先把爷爷请进屋，而是喊出一句："大大，你咋来了！"仿佛是他的大大不该来。爷爷笑笑，淡淡地说，"我来看看，看看你们。"说着，就从两头驴背上取下驮来的白面玉米面，土豆骏菜片粉。爷爷这是给我们送口粮来了。其实，虽说家里经济上有困难，可温饱是没问题的。可爷爷还是来了啊，这一路上，七十几岁的爷爷，他是怎么走来的……

可他捋着胡子淡淡地笑着，什么也不说。吃过饭，爷爷死活不住，非要走。也确实住不了，因为驴子无处扎站。临走，父亲硬塞给爷爷几十元钱。爷爷吆着驴走了，坚决不让我们送，爷爷走很远了，父亲还在叹息，仿佛要用一声一声的叹息把几十里山路铺成一个近在咫尺的坦途。

此后，父亲总是心神不乱，说是老年人在生命的某个时期会有某种预感，仿佛爷爷这次暮年的来访便是这种预感的前兆。终于盼到假期，我们回老家去，住了几天。临走了，爷爷从窖里刨出二豆，从房梁上捣下片粉，从口袋里挖出玉米面，似乎父亲的自行车是个能装下整个粮仓的火车皮。父亲一样一样儿的，把装在蛇皮袋里的粮食土豆和片粉往车子后座上绑。父亲绑，我打下手，爷爷抽烟锅看，三个人像演一出默契的哑剧，谁也不愿第一个说话。只有父亲在抻绳子时嘴里因使劲而变粗的呼吸，断续打破这宁静。父亲绑好了，爷爷说不行，路远不结实，半路上绳子松了害人。于是父亲解开又绑，爷爷还不满意。前后绑了三遍。爷爷把烟锅在鞋底上一磕，说，"还是我来！"仿佛此刻正值壮年的儿子倒成了不堪眼前重任的小孩子，而他自己有一种杨令公亲自上阵的慨然。面对七十几岁老父亲的不信任和执拗，父亲想说什么，又终难以拒绝，像个听话的孩子，静立在一旁。看着自己白发苍苍的老父亲，使出浑身的力量，把每根绳子都抻出一个拼尽全力，每个动作里仿佛都透着一种沧桑的虔诚，仿佛手里拽着的不是绳子，每次手势的起落，若祈祷，若朝拜，父亲脸上有一种要抑制又抑制不住的复杂，终于化成一个略带惨淡的笑。爷爷绑好以后，相端相端，再拽拽，直到他自己觉得满意了，喘一阵，捋捋胡子，到呼吸匀停了，才又云淡风轻地把烟锅含在嘴里。

我对此难以理解，看着父亲以及父亲的父亲，在这样一幕未加编排又熟门熟路的剧里，各自尽职尽责，使出浑身解数，却给观众留下一个写着巨大空洞的问号。

父亲和我要推上车子走了，爷爷攥住一个什么非要塞给父亲，父亲坚决不要。这样推来让去，仿佛爷爷手里攥住的是一个只有他们两人意会的巨大的秘密。爷爷终于瞪起眼，狠狠剜了父亲一眼，显出作为一个父亲的无可抗拒的威严。父亲只好伸手接了，就在交接的一瞬，我看到那是几张钱。

这是我第一次看到一个苍老的父亲给壮年的儿子钱。

我装作什么都没看见。

半路上，我和父亲沉默着，在自行车辐条发出的匝匝匝的声响里，连我们的呼吸也变得安静了。我对爷爷和父亲，他们父子间严肃又略显滑稽的游戏总想不明白，又不好意思问。走了许久，父亲仿佛是对我，又像是对他自己说，你爷爷把我每次给他的钱又都给了我……

父亲说了半截没有再说下去。可剩下的话我还是听到了，他说："这是一个七十岁的老父亲给四十岁的儿子钱……"

我终于懂了，这对同样倔强的父子，以绳子为道具演出的一幕剧，表面看来只演了一遍，可在他们各自心里早已彩排了千遍万遍，中间还有大量而丰富的心理描写与对白。爷爷对父亲绑绳子的不信任，不单是一个老父亲对儿子的情感上的表达，还在于要延长相处的时间，也是对接下来的给钱留出心理上充分的缓冲余地。爷爷的想法在于如何达到目的又不至于伤到四十岁儿子的情面，做儿子的要在倔强的沉默里做出艰难的拒绝，又不能伤了自己老父亲的情面。还要配合着把这出戏演到彼此心知肚明又不留一丝痕迹。

只是两人相似的倔强最终出卖了彼此。

爷爷和父亲，像两个沉默的武功高手，各自的无形的动作早已先于他们有形的动作在意念里展开了交锋。而这交锋在他们彼此心里究竟起了怎样的波澜，我想，只有他们自己才知道。

于我而言，眼前的一对父子，于这剧里，于钱的背后，我看到了卑微，又看到了掩映在卑微之下的尊严。

后来，父亲回忆起那段日子，常说的一句话是："那时啊，不要说花的钱，就连翻着看的钱都没有啊！"

三

此后不久，我到了兰州。

在兰州上学时，别人一个月有几百元的生活费，我只有一百二，还要精打细算才能挨到月底。那时，最大的盼望就是到了周末，可以去大伯大妈家好好改善几顿，恨不能一顿吃下三顿的饭，好省下一些钱，留存口袋里一点捉襟见肘的尊严。这尊严并不是我一开始就意识到的。一开始，我天真地以为大家都一样，甚至还要幼稚地去劝花钱大手大脚的同学，对人家讲自以为崇高的大道理，结果，换来的是敷衍。终于知道人生境况的参差不齐。这不怪我，这是我第一回冷不丁一头扎进写满真相的人世间。

那时去学校食堂打饭，最大的鬼心思就是希望打饭的人乞下开恩，能多打一些，或者是，在挖起一勺菜往饭盒里倒时，手腕颠得轻一些，不至于一勺菜倒进饭盒成了半勺。总要在排长队时，就开始在心里对大师傅酝酿着天下最真诚最谦卑的笑，期望能远远儿地就被看到。可打饭的人总是低着头，做出一副等待群众山呼万岁式的高贵的冷漠，从不往这边看。等到了窗口跟前，我知道自己脸上的笑容长在肉里了,打完饭回头走了很久,那僵硬的笑还挂在脸上。突然的,为自己的奴颜婢膝感到悲哀的可耻。心里骂一声×他姥姥!骂完,便有了一种阿Q式的精神胜利,随之,身体也跟着昂扬起来。一出食堂门口,走着昂扬的正步,仿佛要在正步里把失掉的尊严一点点捡回来。也终于找到了更佳的折衷办法:有时中午打来一份饭,吃一半,留下一半,晚上继续吃。面对别人的问,就说自己饭量小,一顿吃不下。次数多了,别人自然知道其中玄机,也不问了,目光自带答案直接从头顶呼啸掠过,就感觉自己的尊严又被吹到七零八落。好在那时年轻,尊严再沉重,只要弯腰拾起来,就还能戴在头上。有时,还能去菜市场花一块钱"断堆儿"来五斤黄瓜,就着馒头吃出大快朵颐,甚而吃出自豪感来。

夜里也会回首往事,追问几个为什么。

上兰州前,父亲是派出所所长。二十世纪九十年代初,曾经一度,居民户口很吃香,所有人都挤破头,巴不得一个农转非户口的机会,仿佛一个居民户口,能扒了祖宗八代的农民的皮,就能一夜之间因这身份光宗耀祖起来。那时,父亲把握着这近似生杀予夺的关口。

于是,许多人便要钻空子。其中就有眼头亮、心思活泛的人动起了脑筋。记忆里,好几次,有人用手绢包了厚厚一沓钱来求父亲,并把理由描述到催人泪下,可父亲始终不为所动。严词拒绝无用,就把来人从门里搡出去,人家还不甘心,又把钱从窗户里扔进来,父亲又扔出去。这样拉锯几个来回,窗户也关死了,那人终于无望,只好嘴里絮絮叨叨地出去。据父亲后来的回忆,那手绢里至少有一万元。在当时,那可是巨款。

我在想,父亲那时心动过吗?

有时,我多想父亲能动心啊!他那时一个月工资才几百元。一万元,能干多少事情啊!起码,起码不至于让我在异乡如此的窘迫。曾在梦里梦到那钱就实实在在地捧在我的手里,突然,那钱又变成一条蛇,向我扑来。惊醒,一阵庆幸。

我的庆幸不是没有道理，后来得了验证。

若干年后，国家重启了对买卖农转非户口的调查，有人心惊，父亲坦然，那一刻，仿佛一切曾有过的困窘都成了蓝天上飘浮的云朵。

四

在困难的年月里，亲戚间的走动也少了，怕人家误会，更怕自己误会。

一旦情况根本扭转，就想去弥补亏欠的人情。

那时，已有多年没去过我舅爷家了。可我几乎是在舅爷家度过的童年。去看年迈的舅爷，心里想着一万个要对他的好，可见面，要具体地好起来，又不知道怎么样地好，总觉得直接给钱显得不近人情，可想来想去，也就只有钱，才最近人情。他自己手头有了钱，至少能带给他可以掌控的自由，可以凭自己的想法买自己想吃的东西而不必仰人鼻息——

虽说舅舅们都在尽孝抚养，但在舅爷心理上，起码不必亏欠。

记忆里，舅爷一直有一种气定神闲而凛然不可侵犯的尊贵。舅爷家祖上是富豪出身，即便后来家道中落，也不曾如一般农民那样形容窘促而含着天生的悲哀神色。他骨子里的从容，让我可亲又敬畏。他对我当然是极疼爱的，可我对于他，除了爱，内心总莫名的有一种怕。我想，这大概源于他的家世赋予他骨子里的涵养。

可是，当我拿出一沓钱给他时，过去几十年来的舅爷骨子里的神采却瞬间坍塌了。

我至今难忘近九十岁的舅爷看到那一沓钱时的眼神。一生尊贵的舅爷，在那沓钱面前，眼里突然闪出一生不曾有过的乞怜似的感激，我感到心痛，我不要他的乞怜，不要他的感激，那乞怜和感激让我害怕起来，我的目光在触到我舅爷的目光那一瞬，掉在地上碎成粉齑。是什么，让我的舅爷成了眼前的样子，我多想、我只想要一个总是气定神闲的、尊贵的舅爷。可他，再也回不去了。

这让我又想起了我的奶奶。

其实，我奶奶有两个爱好。除了数钱，还有编草盖。草盖，就是用麦草编的大锅盖，这在有些农村地方还有市场。

编一个草锅盖很费工夫，对于年迈的奶奶尤其如此，况且她的关节又不好。为此奶奶没少受父亲的批评。若是当年尚可理解，现在家里日子这么好，不愁吃穿，手里也有了余钱，干吗还要劳心费神编那个呢？再说也卖不了几个钱。可她当时认了错，过一阵儿依然我行我素。渐渐地，对父亲的批评也充耳不闻起来，父亲见反对无效，也只好由她。

奶奶编好草锅盖，就让大姑带到集市上去卖，以此换来微薄的收入。其实，那时奶奶所有的子女都已经过上了殷实的日子。大家去看她时，总还要多多少少地塞钱给她。奶奶住在我家，父亲时常有意无意地把身上的零钱掏给奶奶。接过钱的奶奶就像过年得了压岁钱的孩子，嘴上虽是一副无功不受禄的坚决，说着："不要不要，我一个老婆子，要钱干啥哩！"说着说着，还是接了钱，还要背过身去，指头蘸了唾沫认真地数一数，然后小心地从大襟下面的肚兜里拿出用绳子缠起来的布包，认认真真一张一张把钱捋展了，并齐了，再用布一层一层包严实了，角对角压得规规整整，拿绳子绑了，掀开大襟装在肚兜里，使劲按按，又掏出来相端一番，再装了，用力按按才踏实。

曾经一度，我对人老年以后的种种表现有着不佳的看法。尤其是许多人的贪财，到了年老时，可以达到不可思议的登峰造极。同样，对我奶奶以编草盖而忽略儿孙们的感受觉得不可理喻。她生养了八个子女，就算一人从牙缝里掏出一点点来也足以让她晚年安康无虞。

直到奶奶去世之后，我才深切地理解了她。

奶奶最后去世时，零零碎碎居然攒下了好几千元钱，弥留之际，她告诉父亲,就拿这个钱做她的丧葬费。父亲说,娘,你养了八个子女,难道害怕去世了没人抬埋?奶奶不做进一步的解释。

后来,我理解了,奶奶这么做,是为了她的尊严。她年轻时,为了抚养八个子女,受尽苦累无怨无悔,老了,也不想成为一个别人眼里心里吃闲饭的人,活着一天,就要活得尊严。

而她活着时不说,是为了儿女们的尊严。

从我舅爷和我奶奶那里,我看到,很多老年人的爱财,其实不在财本身,可能只是为了一份可以自由自配的尊严。

有时候,我们说不爱钱,是为了尊严。

有时候,爱钱,也是为了尊严。

五

中国人不喜欢堂而皇之地谈钱,尤其亲戚朋友间谈钱,总觉得伤感情。总喜欢说,钱算个什么!可一转身,人人心里都打起小算盘。人的心理就是这么微妙。有的事是能说不能做,有的事是能做不能说。面对钱,人多少会有些口是心非。

也不难理解。

毕竟,大家都不是神仙。

毕竟,连神仙也喜欢多要几个香火钱。

可能正是因为从小缺钱,又知道缺钱的不易,所以对钱除了爱,还心存敬畏。因为有时候,钱这东西它真的事关尊严。虽说钱和尊严不能划直接的等号,但很多情况下相关。可奇怪的是,后来我不那么缺钱了,面对钱财,反而豁达,反而没有锱铢必较的算计。

吃过钱的苦,受过钱的心酸,因为钱失去过很多的尊严,可现在,却不想以占有更多的钱而试图把失掉的尊严找回来。

曾经那么缺钱,可我对钱时常没有概念。经常是出去买东西,人家找零时从来不数,接过来就装上了,对于别人善意的提醒也是置若罔闻。很多时候，自己身上揣了多少钱，只有大概，从没准确数字。结婚以后都是老婆掌管家里的财政，一来是觉得那点微不足道的存款，不足以劳我的大驾，二来是嫌麻烦。以至于现在家里到底有多少钱，我是不清楚的。

今天，对钱的热爱一如既往，偶尔也会做个天上掉馅饼的发财梦。不过，好在没有走火入魔，想着想着，往往把发财梦做出喜剧的意味，知道梦的不可能而更让梦成了天马行空，终于连自己也逗笑了。

虽说现在不过小康而已，却常有兼济的雄心。虽说兼济天下那是笑话，可偶尔兼济数人亦觉甚慰。曾参与了数次小小的志愿行动，享受了助人而不求回报的乐趣，真正体会到，施与的意义在于施与的过程，而不在施与的本身。

于我而言，任何时候，都不想面对钱而变得面目狰狞起来，只想跟它友好地相处。远看是它，近看是它，多也是它，少也是它。面对一堆钞票，就像面对糟糠之妻，可以和颜悦色又一本正经地说一声——

孔方兄！你可想死我啦！

电褥子，八斤，堂婶，故乡……

电褥子

不知怎么，突然就想起了电褥子。这仿佛已经是个很遥远的物件了。

第一次听到"电褥子"这个词，还是三十多年前，那时在老家。

听到电褥子，是因为我的一位在乡上当电工的堂哥，他的母亲，也就是我的堂婶，快"下场"了（老家把老人去世叫下场）。可能一来是觉得堂哥的孝顺，二来是电褥子对于那个年代，还是个新鲜物件。总之，我听到了人们在纷纷议论。议论里，有老人们的羡慕，有年轻人的赞许。

我跑去堂哥家凑热闹，更多是想去看看人们嘴里的"电褥子"，可惜没看到。只看到已经去世的堂婶安详地睡在墙根里一摊麦草上，那是我第一次看见去世的人。在堂哥堂姐们揪心的哭声里，我没有害怕，却第一次有了对于死亡的思考。原来，人是会老去，会死的。

于是，人们又说起了电褥子，说起了堂哥的孝顺。人们说，堂婶的病，虽然想尽了一切办法还是没有能够挽救，可临终总算是享了一回福啊！她是睡着暖暖的电褥子下场的。

这块我没有见到的电褥子，就铺在了我心里，一铺就是三十几年。虽然并未刻意去记住，某些特别的时刻，总会不经意地跑出来。

前年，堂哥的大儿子，也就是我的堂侄子建军结婚，恰好我回了老家，就自告奋勇去当"支客"（负责招待迎送客人，一般是本家或者关系要好的人担当）。

离开老家太久，许多婚丧嫁娶的习俗我已陌生且不适应。心里很着急，想忙着做些什么，又总有无处下手的感觉，更多时候感觉到自己的木讷和无用。看着其他堂兄弟们忙前忙后，我直觉得自己快长到四十岁，居然还这么不懂得人情世故。更可笑的是，在他们眼里，我该是个见过世面的人。而我，对自己的笨拙直觉得羞愧，除了一遍遍重复倒茶、让烟等简单动作，完了手都不知该往哪里放。好在淳朴的亲戚乡邻们并不介意。他们热闹地说笑，吃喝，我站在旁边傻乎乎地跟着笑，笑得没有来由，却又很真实。

就这样，恭恭谨谨地当了大半天"支客"，看着淳朴的乡邻一波一波地在鞭炮的噼噼啪啪里来去，闻着熟悉的烩菜味道，在西北的寒风里冻了好久，却感觉不到饥渴。

直到另一个本家兄弟突然发现了垂手而立、傻笑的我。他对我说："哥啊，支客都是偷着空儿自己逢着啥就吃两口的，这时候，谁也顾不得谁，你要自己操心自己哩！"我傻笑着答应着，看他把一大片肥肉嚼得嘴角冒油。突然，我觉得自己好像有点饿了。又觉得很不好意思，在我的概念里，客人们还没招待完，自己偷偷去吃，总觉得不合适。但，我的胃自己会走路，胃把我拉进了厨房。一进厨房，我的脸就烧了起来，不知道该说啥，只站着傻笑。这时，突然有一只堆满了肥肉片的碟子推到了我面前——

"给，赶紧吃吧，饿坏了吧？"

我抬头，原来是一位堂婶，她那时经常帮着母亲干农活，我也常去她家玩儿。那时她还年轻，蓦然再看，头发已经花白了。

我又开始为自己的矜持感到不好意思，接过盘子就大口吃起来，也顾不得那肉的肥了。要在平时，我是绝不会吃这么肥的肉片的，吃一两口就腻。可那天，那满满一盘肉，被我三两口就扫荡干净了，觉得这是几十年来吃得最香的一次。

吃完一抬头，堂婶又递过来一个盘子，我连忙说，"新娘（老家对婶子的称呼），我吃饱了，再不要了。"她说，"要饿了就来吃来。"她说着又麻利地和别的婶子们忙活起来，动作干净利落。

出厨房门时，我觉得自己腿上的劲又来了，用手背揩了嘴角的油。院子里，人们依然说笑着、吃喝着，仿佛世上没有半点忧愁。对于农民的这种天生的乐观与豁达，我至今也想不明白。他们脸上的皱纹里，似乎装下了世间所有的辛劳和不易，可一旦一堆人在一起吃喝、下棋、闲谈时，他们就立刻又成了世上最快乐的人。

然而，有一点我是清楚的。这次娶儿媳妇的堂哥，正是当年为自己母亲买来电褥子、让母亲在临终前享了福的那位堂哥。他如今已不做电工了，他头上也有了白发了。

对于我的突然到来，其他乡民不知道原因，他们以为我就是给本家堂哥帮忙，其实，还有一个原因，就是当年的电褥子。

侄子们和院子里的新一代，大概不再以电褥子为新鲜，恐怕也早已不用。可这电褥子，一直铺在我心里，一直默默暖着我，就像堂婶递来一盘子肥肉时的笑一样，暖得自然而妥帖。

今天是冬至，家里的暖气热烘烘的，晚上，要吃一顿热乎乎的饺子。不知道为什么，我又想起了三十几年前，堂哥给他母亲买的电褥子。

八斤

八斤是个地道的农民，八斤已经去世二十几年了，若论辈分，我该叫八斤太爷的。我现在直呼其名其实是有罪的，但小时候就这么叫，叫他八斤觉得亲切，于是，如今我带着罪恶感，继续叫他八斤。

八斤的胃口有多好，说出来你都不会相信。母亲做的西红柿鸡蛋面，他一次能吃五海碗。吃完了还舔碗、傻笑。母亲就说，再来一碗！他就不好意思地挠起头。

八斤是来帮我家割麦的。

那时，父亲在十里外的马关派出所上班，母亲身体不好，可为了减轻常年吃药带来的经济负担，她坚持要种两亩地。种了就得收，可父亲一来工作忙，二来久不务农事，连镰把都捉不稳了。三是，他请假回老家时，必然叫要八斤来帮忙。

八斤割麦很快，有多快？

只看见镰刀舞着旋儿，一肘子甩出去，麦就被杀倒一大片，接着，麦又听话地都跑到他胳膊弯里，又三两下齐腰绾一个麦秆结、捆成一剪，抱起来蹾在地上，就像瞬间给一个睡着的孩子穿好衣服扎好皮带，顺势往地上一放。一套动作看起来，让人有说不出的舒服。

这时，母亲就笑着嗔怪父亲，"同样是割麦，你看看人家八斤！"

父亲就弓着身子，一手扶腰喘气，一手反复擦着迷了眉眼的汗，笑而不言。

八斤便看着脚下的麦一片一片地杀倒，说，"你咋不说人家拿起笔杆，那么唰唰唰地画哩，我就能捉个镰刀把，可拿不起人家的笔杆杆啊！"说着，动作并没有停，双手一蹾，又一剪麦子扎着结实的"腰带"，气宇轩昂地站着了。

大家又都笑了。

八斤家穷，八斤家有两个儿子，这是福，也是负担，以后要寻两个儿媳妇哩！

可八斤总是那么乐观，总是笑嘻嘻，总是愿意给人帮忙。

八斤没有腰，割完麦的八斤从不叫唤腰疼。回来自己拿了脸盆，倒了水，拿起洋碱（肥皂）洗了手，就乐呵呵地说笑。八斤不认识字典，可即便他认识，他的字典里也绝不会有辛苦和埋怨。辛苦到了他手里，都被绾成花儿、绾成一句句说笑，手舞足蹈地从指缝里溜了。

八斤能把一碗西红柿鸡蛋面，三两口倒进肠子里，都不经过胃，五碗下去，他的胃还是平的。听他把面刨得呼噜噜，似乎没牙齿什么事，只听见两片嘴唇吧唧吧唧绊得欢。

八斤说，这是他吃过的世上最好吃的面。

（那时纯白面还是稀罕物，一般人家都是吃白面和黑面混合起来的"混装面"。）

八斤说，"他害怕我们家的锅太小。"

可第六碗上桌,他死活不吃了。

八斤走了,因为阑尾炎。

其实是个小病,可耽误了。

农民人,哪个不是有了病,能扛就扛着,扛不住了就一头栽倒在地里……像被风吹倒的一剪麦子。

以后每次回老家,我总想起八斤。

八斤不在了,可他的笑,还挂在农民们的脸上。

一百元钱

再见到我另一位堂婶时,她已经不能说话了。据说,是因为一场病落下的后遗症。

堂婶一见我就咿咿呀呀地配合着手势说些什么,可一句都说不出来。可她不说我也能知道她要说什么。她的热情因为不能说话而更加诚恳炽烈了。她说话时,憨厚老实的堂叔就圪蹴在门槛上,半张着只剩一颗门牙的、焦枯的嘴巴憨笑着,我心里一下难过起来。我不知该说什么,我从兜里掏出一百元钱,迅速塞到堂叔手里,然后指了指堂婶,意思是给堂婶买个什么吧。堂叔瞬间像犯了错的孩子一样,一脸虔诚和不安,拿起钱非要塞还给我,堂婶的脸也憋得通红,手上的舞蹈更加剧烈了。我心里更加一阵难过,心里装着许多话,可我却选择了迅速逃离。

逃了一段儿,回头,堂叔和堂婶还像犯了错误一样看我,我向他们挥挥手,这时,堂叔和堂婶脸上露出了孩子一般羞涩的红晕,向我笑。就像小时候我见过的那种笑。

堂婶以前是母亲的好朋友,母亲身体不好,她就常来帮忙。从地里的农活到家务,她都来帮忙。你叫她,她来,你不叫,她也来。其实,她自己家里的活已经干不过来了。农民人手里没个活,还能叫个农民人?

堂婶话不多，就算说起话来，舌头跟牙齿一起丸蛋蛋，语速快了也不知道她在说啥。可她干起活来手就像鸡啄米，一刻不停。你还在回味她刚刚说过的话，寻摸着是个什么意思呢，她手上的一件活已经干完了。

休息时，她就和母亲坐在小板凳上有一句没一句地闲聊。这时，她又像个刚过门的小媳妇儿，透着羞涩和腼腆。等到饭点了，要留着她吃完饭再走，她一阵风似的已经到了大门口，第二句还没喊出口，她不见了。

后来，堂婶真不见了。我们一家去了外地。再后来，母亲去世了，我也很久没见堂婶。

等再见时，她就说不出话了。她能说话时，话很少，从没见她说过谁的是非。现在不能说话了，表达的欲望却如此强烈。时常手舞足蹈地把脸憋得通红，却一个完整的字都说不出来。她说不出来，我就比她还着急，一着急，我再也不忍心看她了。

回来的路上，我后悔只掏出了一百块钱。现在的一百块钱能买几袋盐、几袋醋？我又恨自己。可一想，给多了她一定不要，一定更加像个犯错的孩子，而且，这错得让她不安好一阵子，这样，我又怎么能安心？

不如就让她犯一百块钱的错，还能让她早点忘了自己的错。

其实，中间还有个插曲。

大概十几年前，堂叔堂婶的女儿，也就是我的堂妹，因为和家里怄气，跑了，跑到了兰州，迷路了。堂叔捎话让我去把堂妹送回去。找到地方，倒是堂妹先把我给认出来了，她笑了。我说，"我见你时你还是个小娃娃，你怎么还能认出我来？"堂妹说，"我老远，一眼就见你眼睛眨巴眨巴地乱挤，就知道是你。"倒把我说得脸烧。我跟她一起吃了一碗牛肉面，送她到车上，她一路上很开朗，倒是我更像一个离家出走的孩子，羞涩又拘谨。车门将要关上的一刻，我看见她的眼里噙了泪，她说，"哥哥，回去吧！"

我转身，心里一阵酸。

过了一阵子，堂叔写了一封信托人带给我，表示感谢，同时带来了堂婶煮的鸡蛋，说是堂婶半夜起来特意煮的老家的土鸡蛋。

这封信原本我一直留着，后来，不知怎么就找不见了。

我很内疚。

当我写下这段话时，更加内疚了。

堂婶不会说话了，她要说的话都在信里。

可我，给弄丢了。

且听岁月像旋律永恒,
一直陪伴不断聚散的旅程。
我心中开着一扇门,
一直等待永远青春的归人。

——《岁月》

第三部分 天地人心
TIANDI RENXIN

偷果子

现在，各种水果都很丰富了，可总忘不了小时候偷果子吃。哎呀！一想到"偷"这个字，我还是忍不住心跳，忍不住脸红，忍不住回忆。

那时，平常没有水果可吃，除非是过年过节，一人分一个苹果。有时，人手一个苹果都没有，只好切开，一人一牙牙，喜得人双手掬起来，偷偷在门背后用舌头舔，用门牙刮。要想美美吃一顿，只好去人家的果园子里偷。

那时，上庄里和下庄里各有一个果园，果园里各有一个老汉，一条狗，把着。老头总也不死，狗总也喜欢汪汪叫，愁人着！

夏天啊，日头红，人爱乏。有人还在地里，有人回家歇晌。我们几个不知怎么就游游荡荡地凑到了一起，就贼溜溜地笑笑，就你瞅瞅我，我瞅瞅你的，谁也没说话，可谁也知道谁在上心什么。

对哇！不如去偷苹果！

上庄园子里老汉腿瘸，狗蔫，果园埂塄边茅刺扎得不高，这是大家一致的看法。那阵子，正好电视里在放《乌龙山剿匪记》，于是我们就安排好了，谁是四丫头，谁是独眼儿龙，谁是二爷，谁是榜爷。定好以后，头上的狗尾巴草扎的草帽自然是必不可少的。有人觉得还不够入戏，又摘来洋槐树叶别在草帽上，垂下来苫住脸。大家打着手势，发着暗号向果园子包抄过去。上庄里老汉的狗果然蔫，果然在日头底下梦周公。瘸老汉哪去了？兴许也在梦周公？这么一想，大家都兴奋起来，心也在腔子里拍皮球。兄弟们，上呀！每个人心里就喊一声，就都跟土匪一样的钻过茅刺里去了。苹果还是青的，有些上面还挂着未谢尽的花絮。朝阳处的，也不过罩了一点红。哎呀！兴奋得人要夹不住尿。跳起来，扽下来一个，从领口灌进去——这是我们的发明，叫作"满腰转"。就是把背心用裤带齐腰扎了，形成一个一面贴肉的口袋。前胸灌满了，往后腰挪挪，再跳起来抇下一颗，灌下去。抇一颗，灌一颗，回头，蔫狗还在睡，再抇一颗，蔫狗还在睡。大家跳欢了，就越跳越高，有人跳出了笑，有人跳出了屁。大家正笑屁呢，还有人说还要点兵点将，看看到底是谁的屁呢，就听见唰啦唰啦一阵风。妈呀！蔫狗它醒啦！大家丢下屁就跑，就钻，就跳。刚跳到埂堎底下，瘸老汉拿根棍从坡下的沟渠里钻出来了，这是被反包抄啦！老汉的骂比老汉的腿快——

"把你几个丧门神哇！把你几个得了猛症的贼娃子哇！"

我们就分头跑，老汉就一阵左一阵右地撵。

其实，哪有什么左右，就是胡跑。好在狗在埂堎上干咬，下不来，不然要被前后夹攻哇！非给一锅端了不可。四丫头他们跑远了，我跟榜爷落在后面，瘸老汉的骂撵着脚后跟。我想，不能人赃俱获哇，就边跑边把"满腰转"里的苹果往外掏，就偷偷往沟里扔。终于跑出坡地了，老远的，还听见瘸老汉在绊脚，蔫狗在咬。我俩蹴在一个树窝里喘气，脸像屁熏过的一样黄。榜爷倒是一脸淡定，其实他小名是叫玉虎的。他从"满腰转"里掏出个苹果啃上了，我觉得嗓子眼疼，一掏，腰里啥也没有，就谄笑着看他。玉虎一副不屑的样子，我才后悔起自己的自作聪明，才讪讪地从他手里接过一个苹果。从此得了教训，咬人的狗不叫，会偷果子的娃不慌。我吃完了，瞅他还吃得美，把我给馋的呀！

我们就说，再不敢了，再不偷果子了。

过几天，怎么就又凑到一起了，又贼溜溜的了。大家一致觉得下庄里老汉看起来不凶，下庄里的狗看起来厉害，实际不咬人。于是，又是一番安排打扮，又是一次完美的包抄。

可怪啦！狗听见响声，倒是咬，可尽咬天爷，不咬我们，一看，被拴着。老汉呢？是不是回家吃饭去啦？我们就兴奋，就心跳，狗咬天爷，我们就隔着空气还咬那狗几嘴。狗见人多，咬不过我们，我们就跳,就拗,就往"满腰转"里灌。正灌美了,听见背后有人说,"狗狗,才摘欢了哇!"我们回头看,天爷!是老汉!

老汉手里拄个铁锹,扶住腰笑笑地瞅住我们。跑是不可能了。我们就笑,老汉也笑。老汉说,"狗狗,来,过来,给你们一人一个洋糖吃。来,我的狗狗娃,来!"

四丫头听话,他过去了,他伸手了,一伸手就被老汉一把拗住了。我们就跳下埂塄跑,就听见四丫头挣命地哭,听见他不住叫唤——

"妈!妈!我再也不敢了……"

他吓糊涂了,他把老汉叫妈,我们边跑边怕边失笑。跑远了又担心他。又担心自己。

后来,我们就问四丫头,为啥叫妈。他说,每次他妈打他,他就妈呀妈呀的叫唤,他妈就不打他了。他一着急,以为打他的是他妈。

我们就恨老汉。

我们就咬得牙花子咯吱吱。

我们就说君子报仇,十年不晚!

后来,终于找到机会,我们又去了下庄里老汉的果园子。这次不是偷果子,这次是把每个能够着的果子都咬一口,再放开,还让果子挂着,让咬了一口的果子天天向老汉招手。

夜里就笑醒了。就想着,老汉那个气哇!哈哈!

天爷!谁晓得,老汉竟成了我家的亲戚。

他的儿媳妇儿是我的小姨。我去他家坐席,老汉老远就向我招手,他说,"来,狗狗娃,来,看娃心疼的,来,爷给你个洋糖。"我脸上笑着,心里就怕,就往后退,就想起四丫头。

其实,四丫头后来承认了,老汉并没有打他,只是作势吓唬他。当然,洋糖也是没有的,老汉手心攥着个胡基疙瘩。

可此刻,我还是怕。觉得他笑着,比骂还害怕。终于拗不过,就过去了,他真的就掏出一把洋糖给我,我吃着糖,心里还是怕,不小心咬了舌头,疼了,疼得看着他笑。老汉抱住我,摩挲我的头,嘴里叫着狗狗、狗狗。我就觉得偷他的果园子是犯了一个很大的罪。

可偷果子就像有瘾，不偷就心慌。

俗话说："莜麦上场，核桃满瓢。"

这次是去偷核桃。这次是跟我堂哥。他把我搠到树上了，他倒不上来，他说在下面给我望风。他说他爬树没我爬得好，没我爬得高。我一开始害怕，听他这么一说，就觉得不爬快一点，不爬高一点都不行。就使劲往上爬，就使劲抡起棍子打核桃，核桃就跌在地上跳高高，堂哥就抿住嘴在下面偷偷笑。他说："够啦够啦，一会儿人来啦！"我心里一慌，身子往下一溜，裤裆挂在树杈上，扯开个大口子，就觉得屁股凉。我俩装了核桃，走在路上。我用手抻住裤裆的两边，逢人就说，呵呵，是我走路扯的，呵呵，是我走路扯的。倒顾不上做贼的羞了，只觉得是光着屁股满世界被人瞅。

偷的次数多了，就被人骂开了。不光是人骂，还有村口树杈上架着的大喇叭。

大喇叭说，这是害人哇！这是亏先人哩哇！

说害人我们就偷着笑，说亏先人，我们笑不出来了。一看见家里大人，就觉得把他们亏了，就觉得吃饭都不好意思。好在马上就开学了，我就去马关上学，离开了老家。路上，我想，亏先人也不关我的事啦，亏他个大喇叭！

就盼着下次放暑假，把亏先人一回事倒忘啦！

转眼又是暑假，又回老家。

几个人凑到一起。可这次，每个人都笑笑的，不说话，就挠挠头，又摇摇头。

谁都知道对方心里想的啥，可谁也不好意思再说那个话。

谁心里都在想，哎呀！长大啦！

等再回老家时，果园子不见了，蔫狗不见了，老汉也早不见了，一地的秃茬茬。

后来，又回去。树坑里长出了荒草，长出坟，长出了满眼惆怅。

摘一把狗尾巴草，编个帽子戴上，想起榜爷，想起独眼儿龙，想起四丫头，他们哪去了？他们统统都走散了。

就想起最后一次偷果子，居然是偷到了四丫头自己家。

我们说，"咋办？老汉们不死，狗总朝天爷咬。"

四丫头说，"不如，不如去偷我家！"

他爸妈去地里了，他看家。我们就觉得他说得对哇，我们就去偷他家。

偷他家，就是偷他家的后院墙上的毛桃子。我们拎下一颗毛桃就往衣襟上揩毛毛，揩了毛毛就吃哇，就喜得龇牙咧嘴地笑。

晚上，四丫头就浑身咬得睡不着，就喊娘。他娘问，"娃，你咋了？"四丫头说，身上咬，他娘逼着问为啥，四丫头被逼急了，他认了，他说他带人偷了自己的家。

他大就气得骂——

"我把你个混怂啊！我的娃！"

……

现在，各自天涯，偶尔联系起，我们都把过去的家，叫作老家。

现在，看着满桌各种水果，就想起那时，就觉得没那时的果子香，没那时的果子甜。于是，就又想起偷果子的日子。

想着想着，就笑了。

想起四中

　　想起四中，便是触碰到我心底隐秘的柔软，便是烫在胸口的一块疤，便是心尖上的一个疼。

　　想起四中，便想起永远挂着一把锁的大铁门，想起一排排白墙青瓦的教室，想起身形高大的泡桐树，想起烫着一头卷发的龙爪柳，想起永不干涸的水井，想起锅炉房顶高高的烟囱，想起不苟言笑的老校长，想起讲着窦式英语的窦晓晖老师，想起眯缝眼的马志国老师在语文课上讲"温酒斩华雄"……

　　然而，我的四中，她却永远只能在我的梦里了。

　　梦里的四中，永远那么年轻。

　　清晨，她从钟声里醒来，投下一个明媚的眸子，温柔注视——

　　偌大的操场仿若摇篮，一群穿着白球鞋或千层底的少年从篮球架下跑过，矮土墙边传来少女嘤嘤的读书声。

　　这是处子般的四中。

　　这是青春而娴静的四中。

　　直到老校长板着脸踱起方步，一切都瞬间归于整齐划一。

　　跑操结束，随着一声号令，一列列队伍沐浴着金色的朝阳走向各自的教室。

　　老师夹书进来，目扫寰宇。

　　起立，坐下！

　　课桌和板凳在一片乒乒乓乓后回归平静。

　　这时的四中是宁静的，只有偶尔飞过校园上空的鸽子留下一串哨音，在云层间晕开来，仿佛是给教室里隐约传来的讲课声一个悠扬的注脚。

老师们讲的是纯正的张家川方言。倘若仔细听,又有细微差别。

同一个方程式,马关本土的老师是把一个"项"从"只达儿"(这里)移到了"屋达儿"(那里),而靠近清水县的老师是从"兹达达"(这里)移到了"屋达达"(那里)。

学生们耳里眼里,不管"只达儿"还是"兹达达",没什么本质区别,里面倾注的是同样的认真与专注。

马关话有一种淳朴的热情,它所表达的情感是活泼的、跳跃的,对有些只可意会不可言传的意味表达,绝非刻板的普通话可比。

历史老师嘴里的"司母戊鼎"和"四羊方尊"像是在马关的哪个野洼上挖出来的一窖洋芋,散发着泥土的新鲜;数学老师嘴里的方程式像是晨起的洒扫庭除,在一声声"只达儿""屋达儿"里把一切归置停当;英语老师的喉咙像鸡嗉子一样上下翻滚,把英国的"bad"变成中国的"板凳";眯缝眼的语文老师把"激扬报"办成"羯羊报"。

然而,朴素的老师们嘴里同样朴素的马关话,一点都没耽误四中一代代的学子走向全国,甚至走出国门,把马关精神发扬光大。

四中是马关人的精神原乡,是如延安之于中国的圣地。一代代马关人从这里走出,又以落叶之于根的情意回归。马关人聚在一起,说的最多的话题,必是四中。

然而,四中最后还是被裁撤了。

彼时听到这个消息,四中已然面目全非。恍惚觉得一个既定的事实里,透着梦一样的不真实。

我的四中,她竟会离我而去,而我,还未来得及给她一个道别。

以后回老家,我站在老四中门口徘徊良久,一次也没进去。我心里的四中全不是眼前模样。

透过崭新的铁门,映入眼中那高耸的教学楼,混凝土硬化的路面和操场,让我悲哀又陌生。

那时的四中,是让我又怕又爱的母亲,如今的我面对她,却是一个找不到家的孩子。

因为记忆里的四中,我一直固执地以为只有由几排青瓦白墙的教室和一棵棵大泡桐树及许多松树组成的学校才是真正的学校……

而眼前一切,恍若隔世。

于是,我开始想念心里的四中。

想起四中,就能闻到那飘荡在操场一隅、宿舍上空的煤油炉味儿。

一到晚饭时间,住校的同学从木板床下面端出一个宝塔一样的物件,军绿色的身体,大套小,小坐大,拾阶而上共三层,炉子顶层是一圈儿棉线捻子,底座里盛了煤油。一根棉线的灯芯从底座的煤油里延伸到塔的最顶层。

划一根"静宁"火柴,一股蓝汪汪的火焰扑腾一下烧起来,于是,在偌大的宿舍里,昏暗的"安口"灯泡下面,一字排开十几二十个绿色的宝塔,伴着切菜声翻炒声此起彼伏,场面蔚为壮观。

煤油炉上坐着铁锅,铁锅里的土豆、包包菜兹兹啦啦冒热气。

在学子们混杂着《黄土高坡》和《信天游》的调子里,一锅子揪面片瞬间滚烫烫倒进大粗瓷碗里。

饭先熟了的人,对碗吹一口气,眯了眼蹴成一排,把一碗面吃得"吸溜"有声。还没做熟的,红脸粗脖,望着煤油炉子里蓝汪汪的火焰"×他娘"。

让我陶醉的是那贴在墙皮上、埋伏在白杨树叶间的、煤油燃烧后的味道,那味道有种好闻的、淡淡的清香。

那时的我很羡慕可以住校的同学,一袋子土豆、一瓶清油就可以支撑起一片属于他们自己的自由天空,没有家长天天管束,自己动手做饭,是何等快活!

粗茶淡饭的日子,他们总是乐观的,不知愁滋味。

周末回家,背来几个玉米面粑子,是一个星期的口粮,冬天玉米面粑子冻了,狠咬一口下去,一个白茬茬。

能炒到锅里下饭的，除了土豆还是土豆，偶尔一次的改善，是冒着被老校长老婆大骂的风险从校园菜地里偷摘的包包菜。

有人为此半夜里偷偷潜伏在包包菜地里，专待月黑风高之际下手——

过后，外表几近完好的包包菜丰满挺立着，可中间的瓤儿早已穿过小肠、大肠跑到了操场边上厕所下面的大土坑里了。

等被发现时，早毁尸灭迹、死无对证。

有时东窗事发，会为此开一个全校批判整顿大会。校长的话难听，可敌不过包包菜的美味。

骂完了，该偷还是偷，该吃还得吃。

校长是为了安抚自己老婆，学生是安抚自己的肚子。两厢睁一只眼闭一只眼，便是彼此释放的最大善意。

这是生活教会人的默契。

那时大家都穷，校长家也没多少余粮。

炒土豆、煮土豆、烧土豆，上顿下顿不离土豆，人人面有土豆色。

黑面馍、白面馍、玉米面馍，五颜六色的馍，只要能填饱肚子，大家脸上都是幸福的，那时不知道什么叫清贫。

那时的四中，一排排土坯青瓦的高大教室，墙上有斑驳的石灰和从房檐上的鸽子窝里跌落的鸽子屎，灰灰白白、斑斑驳驳掩隐在一片白杨林里。

教室里，门口墙上贴着某一期的班级报纸《激扬报》，上面的作品是眯缝眼的马老师遴选出来的班级优秀作文。开头大概写着："时光荏苒，岁月如梭……"时间、地点、人物、事件、经过等记叙文的几大要素一板一眼出现。

教室后墙上有定期出版的"学习园地"，每个人的作品图文并茂地贴在墙上，办得好的可以贴得靠下一点，更显眼。

这些好作品里常常有从塑料皮笔记本插页上临摹的鲜艳的牡丹，或者从历史课本上拓下来的历史人物头像。

那时，有一个姓窦的同学，作品末尾的署名是一首藏头诗，其中一句曰"地穴里做买卖"，引得同样姓窦的英语老师抓耳挠腮半天，忽然兴奋得喉结翻滚、手舞足蹈，原来这地穴里做买卖乃姓窦的窦字，于是大赞其妙，接着又面露凝重，为这地穴里的买卖起了担忧。

想起四中，当然会想起那个爱穿紫衣服的同桌。她笑起来明媚灿烂，一双黑亮的大眼睛透着聪颖，浓黑的长辫子甩打在屁股上，俏皮可爱。

她身上有一种类似五四时期女学生特有的侠气和书卷气。可惜我太羞涩，总不敢正眼看她，不敢和她说话，她倒是大大方方的，反而让我想来惭愧。

想起四中，便想起她爱穿的紫色衣服，听到她的声音，看见她的倔强顽皮，还有她笑起来甜甜的样子……

真正在四中读书的日子只不过短短半个学期，可儿时的我，因为家住在四中对面的缘故，在四中一天天长大。

四中于我，是生命的一部分。

四中的样子，闭上眼便历历在目。

哪个地方有水井，哪个地方是食堂，哪个地方有沙坑，哪个地方有铁链子拴着的单杠，哪位老师屋檐下有最多的麻雀窝……

四中的杨树，包包菜，清香的煤油炉味儿，还有教室里噼噼啪啪烧得旺的煤炉，烘烤在煤炉上方的臭袜子，一切恍然如昨。

想起四中，没有浓墨重彩的修饰形容。

想起她，便觉得她的淳朴，一如那个羞涩年代里学子们脸上的笑，干净，透明。

想起来，念起来，有惆怅，有怀念，有遗憾，有幸福。

这淡淡的思绪只属于那个平静的年代。

没有浮躁，没有攀比，没有歧视，甚至没有清贫，有的只是最纯真的笑和最豪迈的誓言。

写起四中，不用华丽的句子，只像默念着懵懂年华里、情窦初开时暗恋过的女同学一样,没有情书,没有表白,只是默默地看她认真写下作业里每一个字,下课后匆匆合上书本,放学后整理着小碎花儿的书包,然后目送她远去在乡间的小路上,彼此不说一句话。

想起四中,便是淡淡的宁静,淡淡的笑颜,还有一缕似有还无的淡淡忧伤……

有些话,有些情绪,以为早已忘记,却不经意潜伏在记忆深处,经年后想起,眼里是一泓清泉,嘴角是两道浅浅的月牙,笑着笑着,就掉下了泪……

一趟九十年代的班车

——这是一段真实的记忆,我不知道能不能算作历史

定西是个让我熟悉又陌生的地方,仿佛是久未联络的远房亲戚,平时绝想不起来,偶尔想起来又有几分无法落实的亲切。

亲切什么呢?那里没有我的亲朋好友,甚至连个熟识的人都一时想不起。

20年前,从老家的镇子上坐班车去兰州,定西是中途必经之地。上午,车站点票的胖婆娘颤着食指向每人头上来个"点兵点将",座位上的乘客个个抻长脖子,半张了嘴瞅着点票员,等待被"钦点",等那指头虚点到自己头上方的空气时,配合着那婆娘胖胖的指头点下头,仿佛是那指头真切地点在脑袋上了,才坐踏实,把半张的嘴皮收回来,心满意足地掏一把麻籽嗑得嘎嘣有声。暂时还没被点到的人喉结翻滚,像待宰的鸡嗦子等着落刀。胖婆娘看起来是点人,目光里却半点无人,像是赶一群羊归圈,羊点一下头,她手里的圆珠笔在车票上打个钩,等所有羊都落到实处,她喊一声:"发车!"便甩着屁股下去了。

这时才发现司机原来一直坐在驾驶位上,司机很优雅地咳嗽了一声,再慢条斯理地把一双黑黢黢的棉线手套左右手换着戴了,动作像戏台上起范儿的戏子。戴好了手套,他使劲摁几下喇叭,喇叭哔哔声起,却像是钻进我的膀胱里,我一下来了尿意。坏了!明明刚刚上了茅房了,尿怎么这么快就下来了,心里骂自己,看你孺牛不孺牛!心里一急,尿更憋了,想对司机喊时,发现屁股下的老"驼铃"客车已经吭哧吭哧开动。于是两条腿交叠起来,涣散目光望向

窗外，想要忘了膀胱的抗议。那时坐班车，最怕路上的尿尿。车一上路要走整整一天，中途只有在定西停一次车，车到定西时已到半夜，"放水"，吃饭，然后继续上路。

司机嘴里的"放水"就是尿尿，这句放水就像一道圣旨，又像是法外开恩。之所以这么说，因为没到规定的放水之地时，他是不会轻易停车的，似乎一停时，那车便像咽了气的人，再也醒不来。再说，不是他的熟人亲戚，也不好搭话。

满车人之所以听他话，因为既往教训惨痛，有人因为不服他而尿了裤子也是有的。于是，每次坐班车时，大人都会说，提前把屎尿腾干净了！又不能吃喝太多，宁可饿肚子。在班车上，饿不死人，可屎尿能憋死人。

车到秦安时，街上卖麻籽的老汉媳妇子端着麻籽管篮包抄过来，他们知道张家川人爱嗑麻籽。司机气得用牙齿把手套咬下来，摇摇头唉声叹气算是无奈默认，几个老汉谄笑着从车窗把毛票递出去，然后双手掬了麻籽倒进口袋。

过了秦安，有人被摇瞌睡了，歪着脑袋打起呼噜，鼻涕曳成丝线，有人带节奏地嗑麻籽，"嘎嘣——噗儿！"有人悄悄放个闷屁，醒着的捂了鼻子斜眼四下打量，看见四围每个人都是一脸无辜，连睡着的人的鼾声也格外匀称了，于是，每张脸皮下的每个人都或正义凛然，或神情可疑。

前方就是定西了，砂石铺成的302国道在夕阳下变得虚弱苍白，和路上的老"驼铃"并肩，可谁也跑不过谁，互相咬合着，胶着着，拉锯着，咬合与拉锯之间，闷屁跑光了，所有人都再次心安理得的无辜起来。渐渐地，都睡了。

我闭眼冥思，混混沌沌却睡意全无，努力踮起脚尖有韵律地抖动小腿，膀胱麻了，一脑门汗，暂时忘记膀胱的酸痛。

小时候听大人说水火无情，终究体会不深。在班车上全落实到了具体。水火何止是无情！

有时半路上车抛锚耽误了路程，还没到定西呢，人人脸憋得焦黄，司机不用回头就感觉到了紧张的气氛，他靠边停车，说一声："下车放水！"话音刚落，车上一片沸腾，有人躬着腰边跺脚边向挡在前面的人叫爷爷，恨不能一步跨到车下，死也值了。

　　停车的地方地处荒野，无遮无拦。等后面的人挤下去时，有利地形已经被抢占完了，于是，女人们便象征性地蹲在一棵小树苗背后倏啦啦吹哨子，男人们把四只轮胎冲洗到发黑发亮。

　　多少年了，这种惊心动魄的场面始终存在我脑里不忘。

　　到了定西就能"放水"，就能填饱肚子，简直无异于得解放，可得解放的喜悦于我来说只是稍纵即逝后的幻灭。

　　话说，"华家岭不住店，定西不吃饭"。华家岭是定西海拔最高处，春天风大冬天冷，不宜投宿。

　　而定西的饭，虽称其为饭，然而我至今不知道那饭是什么样。

　　夜里，每次停车都在固定的一家牛肉面馆门前，仿佛也就只有这一家饭馆在营业。

　　店房中间吊着一盏十五瓦的白炽灯，灯泡上覆盖厚厚一层烟油，灯泡艰难散漫出来的光被挤进来的人群晃得七拐八歪。面面相觑、面目模糊。漫长的等待后，一碗接一碗面从墙上的洞里传递出来，人们端了面闷头吸溜，却不喝汤，怕把苍蝇喝下去……

　　有人喊了一声，定西就要到了！所有人瞬间抻长脖子往外看，却绝少有人欠身试图站立，手都忙着捂肚子呢。

　　哎哟一声，车停了，大家在等司机的一声吃饭放水，大伙儿愣了三秒，这次司机大概是忘了，他没喊，自个儿却摇摇摆摆下车了。一车人憋着一肚子尿，这时又填了怨气，纷纷咬牙低声咒骂着往车下跑。

　　当解决了水火和温饱问题，人们脸上再次铺开了笑容，再次有人把一掬一掬麻籽吃得嘎嘣嘣的生动。而彼时的我，却如逃脱的俘虏，活动活动僵硬的四肢——

解手，解手，这哪里是解手，这是解命！

当我再次回到座位时，发现车上空了几个座位。那是从定西站下车的人留出来的亏空。我苦着脸坐下，闭眼回味刚才经历的九死一生，有如恍若隔世。

忽然，空气里飘来一种全然不同的气息，瞬间，车厢里浑浊的空气被逼退。我睁开眼，循香而去，目光在半道上被截住，睁大眼观瞧，原来座上换成了一个女女！

我半道上被截住的目光迂回成一个若无其事，淡淡投向窗外夜色之中。可余光并不老实，余光里坐着一个娉婷的女孩儿，那么安静！

我下意识望她的反方向挪挪身子，绷直身体坐得端端正正，仿佛瞅着前方的邱少云。

车开始吭哧了，窗外有人向里面说话，旁边的女孩儿挥手道别，她说的是兰州味儿的普通话，俗称"京兰腔"，怪不得余光里的她有些特别，原来这女女是个城里娃！怪不得她那么安静那么香！

我的身体绷得更直了，下意识往外挪，仿佛是逃离一团火，干吗要逃呢？其实，心里不是想靠近的吗？哎呀！真是奇怪！

绷累了，我突然想唱歌，唱最动情的歌，唱最感伤的歌。那时，他们叫我情歌王子，他们说我是张信哲和邰正宵合体。

我动情地，低声地唱了，低到保证她和我刚好能听见，又不至于让人觉得是刻意唱给谁听。

不知道总共唱了几首，只知道我很感动，不知道是被歌词感动还是被别的什么感动。我从余光里寻找答案，余光里，她一副淡淡恬静的表情，仿佛根本没听到旁边传来的天籁之音。

我有些沮丧。怕是我歌声里的口音吧？哎呀！这该死的口音，万一被她听出来我是个乡里娃，她会怎么看我？想到这里，我尽量把每句歌词都咬真，咬得我牙花子发酸额头冒汗。

好在那年我十九岁，有的是力气恢复元气。

又怕说话。

万一有人找我说话怎么办？不就被她听出我的家乡口音了吗？我在心里恨自己，恨父母，干吗把我生在农村，因此让我变成一个可怜又自卑的乡里娃。想到这里，我的歌声更加哀婉凄怨，我把自己想象成一个失恋的人，一个丢了爱人的人，可说老实话，我那时压根还没谈过对象，当然根本没失过恋。可我的歌声表达的分明是悲哀到地老天荒的失恋，而治愈这伤痛的唯一妙方是，旁边的她能够看我一眼。

这很难吗？

不难。

只要一个装作无意的回头。

对啊，无意的，无意的就行。

可她还是淡淡的，目视虚空，虚空下，她的脸在月光里格外柔美，有巧克力划过喉咙的感觉。

司机的助手要检票了，他一检票我就得说话，我一说话就得露馅儿……

我想，他不会检我的票吧。我一贯一身正气、大义凛然，一看就是好人，有这必要吗？

可他就冲我来了，冲我伸手了，我心里泛起一阵无名的恨。我心想，完了，一切都完了！要被她发现了！

我掏出自己的票，飙出几句老家话，其实一句就可以，我也不知道自己为什么要重复好几句，而且语调高得不合情理，其实原本不用那样的。

可我还是那样了。去他的！反正我是乡里娃，那又如何，你谁啊！我又不认识你！到了兰州一下车，各走各的路，谁认识谁啊！你是城里人又咋了！

想到这里，我骄傲地看了她一眼，这次不是余光，是偏过头去看她，目光里带着几分不屑甚至貌视。我看到月光像牛奶一样，把她脸上的轻轻的茸毛浸得润润的，她的睫毛向上翘翘，俏皮得像天上的星星,可她的嘴角却跟她的人一样恬淡安静,一种让人不忍打扰的安静。

我心里说,这个可怜的城里娃,以为我在乎她呢!其实她是谁啊!

我突然觉得自己绷直的身体动作有些多余,可当我放松下来,脊背整个落在椅背上时却并没有意想中的舒服,反而感觉有被掏空的虚弱。我嘴里哼哼着歌,可这次是哼给自己。至于她,哼哼!值得吗!

可哼着哼着,也不知啥时候,我的身体再次绷直了,仿佛是矗立在她身旁的一座堡垒,在坚定地守卫着她,仿佛让她继续安静下去、恬淡下去是我的天职。我的歌声也再次柔和起来,感动起来,深深感动了我自己,我想,她一定一样有相同的感动,没有人能在如此动情的歌声里无动于衷。

我用余光去印证,之所以没有侧身去看,是不想让这份美好太过突兀,最好是慢慢地浸润,就像月光。

可她一如从前,没有一丝波澜。

真是个可怜的城里娃!自命不凡又自命清高的城里娃!可我偏偏不在乎你!哈哈!

到了到了!下车了下车了!快快!

原来已经到了兰州了,这次怎么这么快!还没坐够呢。

我要在这个可怜的城里女孩儿面前潇洒地、毅然决然地转身离去,转身时还可以顺便甩甩自己的四六分,哈哈!

我抢在她前面收拾好行李,站起来时根本就不看她,我知道她一定在盯着我,期望我最后回头看她一眼,怎么可能!做梦!

我哼着歌悠悠来到车下,而这次哼的是张学友的《花花公子》。我大步流星往前走,要尽快摆脱这个可怜的城里娃的纠缠。

我想,我已经成功摆脱她了。是时候回头对她表示一下藐视了。

我一回头,看见一个人向我跑来。是她!

我不知所措,怎么办?她要找我说话了,要问我的联系方式了,我该怎么回答，得赶紧为一系列的问题找到最佳答案！

她到跟前了！"不好意思，麻烦你看看，你是不是拿错了我的包包？"

我的目光被她眼里的粼粼波光淹没了。

她又说话了——"噢！没错，你拿了我的包包,给！这是你的！"

说着时，她漾出了春水般的笑，同时伸手过来，她的胳膊比月光还白。我刚抬手，手里提着的她的包掉了，她顺势也把我的包放在地上。

她握住了我的手。

她说——"谢谢你！你唱歌真好听！"

她的笑一直包围着我呢，她却不见了。

……

后来，老家到兰州之间修通了二级公路，到兰州不再经过定西了，慢慢地，定西渐渐淡出了我的视线。我庆幸可以不再吃那么难吃的牛肉面，可以不必憋着尿坐十几个小时的车了。

再后来，有了高速公路，定西变成了一块路旁的指路牌。我再也没有到过那里。

去年，我开车回老家，到了定西，看到远处几个大大的红字——"定西服务区"，突然想去上个厕所。停车，进去，是宽敞整洁的卫生间，美观的大理石云台，便捷的干手机，一切一切，恍如一梦。我长舒一口气，站在定西辽远澄澈的天空下，思绪却回到了二十年前。

我竟然开始怀念。

开始怀念那碗吃了多次却从未谋面的牛肉面，怀念那辆吭哧吭哧爬的老"驼铃"客车……

我心里骂自己——"怎么这么贱！"

饺子

一

老家把饺子叫煮角儿。叫饺子，那是后来跟城里人学的，学着叫了很久才叫顺口，可心里还是隔着一层。就像对亲近的人，总愿意叫小名儿。

小时候，只有过年才吃饺子，这让我形成一个顽固的观念：以为平时是不能吃饺子的。那年我刚到兰州不久，周末去大妈家，午饭是饺子。看大妈一家人吃得热闹，我心里却起了疑惑，为什么是今天吃饺子呢？分明是一个寻常的日子嘛。可终于没有问，怕在城里的亲属面前丢了可怜的自尊。后来终于知道缘故，为自己感到失笑，又为这后知后觉而惭愧。惭愧什么呢？并不是惭愧才知道不过年也能吃饺子，而是时至今日才意识到那时的穷。可那时身在穷中却不知，这又奇怪了。

那时分明是再富不过的日子嘛！怎能说是穷？还有什么能比一家人巴巴儿盼到过年，头碰头围在一起吃一顿煮角儿更富有的呢？

转眼就到了三十儿，村里已经有零星的鞭炮响起来了，鞭炮一响人就心慌，慌到不知道是该先穿新衣裳还是先跟父亲去贴对联儿。这时，厨房里案板咚咚咚响起来，知道是母亲剁馅儿呢，又是一阵心慌。就装着找什么东西，蹑摸进去，这次母亲却没有骂，她也不回头，就说，"不乱跑，等一阵儿搭帮包煮角儿。"我嘴上答应着，眼睛被她手上的动作吸引住，就要伸手去摸一摸案板上的肉，我心里这么想时，母亲早知道了。

"看个脏爪子！"

母亲说着把手里的刀悬住，我刚伸出的手和母亲手里的刀有了瞬间的对峙，我妈呀一声就从门槛上跳过去了，背后又是一阵咚咚响，那当当声似乎还伴着母亲的笑。

二

平常做饭，母亲自然是主角儿，我不过是有时帮着她烧锅或拉风匣，其他程序未经允许，是决不能轻易染指的。只有到包煮角儿时，才能当一回主角儿。馅儿料是母亲早就切拌好了的，面皮也已经切成了一个个四方块儿。这时，母亲就拿簸箕端了馅儿料和面皮，笑盈盈地从厨房出来，把簸箕放在炕桌上，说一声，来！就招呼大家包煮角儿。说是一起包煮角儿，其实主要是父亲母亲和哥哥在包，我有我的心思，我要给我的煮角儿打上记号，并在面皮里包上多多的肉。

瞄见他们正包得认真，我就拿调羹挖来多一倍的馅儿，再偷偷把面皮抟大一些，再大一些，还不够大，又一抟——

破了！

就又拿来一张面皮弥上，三弥两弥煮角儿成了包子，馅儿里的水湿了一手，怎么都捏不住。心里正懊恼呢，母亲的筷子就往我头上点过来了。母亲笑着剜我一眼，我就索性把手里的一疙瘩一股脑丢进簸箕里，不包了。一会儿，看他们低头包得认真，又忍不住凑过去。这次，是赌气似的只包一点点馅儿料，往簸箕里一放，别的煮角儿是站着的，我的给躺下了。

母亲说，谁包的谁吃。我说好！那我包的你们谁都不许吃！

等煮角儿捞到碗里，却发现我碗里的煮角儿一个个圆鼓鼓的，再看，我包的那些只能躺着的煮角儿都跑到母亲碗里去了。可我还是不放心，往父亲和哥哥碗里瞄了又瞄，确认我碗里的煮角儿是最多的，才吸哈吸哈地刨起来。刨到一半儿又后悔了，因为每个人只有一碗煮角儿，我怕自己吃得太快，吃完就得干瞅着，就又慢慢嚼，这下，才吃出煮角儿的香来。瞄一眼哥哥碗里，还是比我多，我嚼得更慢了，几次咬到自己的舌头。这时，母亲却说她吃不完了，要把自己碗里的煮角儿拨给哥哥，哥哥抱起碗跑了。我心里笑话，还有这么笨的人！母亲就说，那拨给你吧，我忙忙点头。看母亲把自己碗里的煮角儿拨给我，我觉得是替哥哥立下了一个很大的功劳。我吃完放下碗，见母亲把半碗面皮连汤喝干净了。

过年，就在一顿煮角儿里欢欢喜喜地拉开了序幕。

三

过年吃煮角儿，这是我的基本认识。在一个又一个的年里反复印证与强化，终于成了符号。过年不吃煮角儿，那还能叫过年？

直到后来进城，才知道城里人是想啥时候过年就啥时候过年，因为他们可以随时随地吃煮角儿，哦不对，是随时随地吃饺子。

当我终于把煮角儿自然而然地说成饺子时，它终于成了一种普普通通的食物。

以至于再次回老家过年吃煮角儿时，就对这个土气的称谓满是不屑。非要一遍一遍向家里人更正，哪里是煮角儿，分明就是饺子！可纠正归纠正，却再也没从饺子里吃出煮角儿的味儿。

人是奇怪的生物，人的记忆总比嘴巴诚实。每到过节，就想到要吃一顿饺子，也不是想念饺子的味道，仿佛是成了在外漂泊之际对自己的一种仪式感。说是仪式感，其实也是后来的附会，当时并没仪式感的概念，就觉得吃了饺子才算过节，哪怕不一定是春节。随着年龄增长，这种感觉越强烈。有时也会想，到底为什么对这种如今司空见惯的食物念念不忘呢？后来终于明白，吃的哪是饺子，吃的是家的味道。也只有在家里才能吃出饺子的好。

饺子的好，就在包饺子的过程里。其他食物，多由一个人独自做成。只有饺子需要一家人的共同参与。在包饺子的每一个动作里，在一句句轻轻浅浅的闲谈里，就把亲情，把要对彼此说的话包在里头了，最后煮成一锅，吃进肚里，成了你中有我、我中有你，连饺子带汤的，组成一个完整的家。终于明白在外一个人吃饺子时的落寞，并不是没有来由。就在想，大概不会有人独自一个傻傻地包饺子给自己吃的吧？独自包下的饺子，能包进去什么呢？估计能吃出眼泪的咸咸涩涩的味道。

由此，我想起有一次，一个人吃饺子的经历。

四

那时，已是快二十年前的一个腊月，在省城混到工作和前途两厢迷惘，家，也已不是心里的家。心里的家分明还在那里，可现实的家，却迷失在天外。于是便浑浑噩噩搭上一趟班车，一路流浪到天水市。车到站了，所有人都朝着某个方向扬长而去，我竟无处可归。就在天水市区的街上晃荡。不知不觉摇到了城乡接合部，这时，一种熟悉的味道牵住了我，觅香而望，原来眼前是一家饺子馆，黢黑的招牌孤零零挂着，招牌底下的塑料门帘缝隙里冒出丝丝白气，这白气突然给了我莫名的温暖，竟有了闯进去的冲动。我拨开门帘进去，屋内一阵暖，瞬间把浑身寒意的世界隔在外头。我还在适应屋里幽暗的光线，就听见一个声音说——"小伙子，来！来，快坐下！"

一路上，我是像个暮年的老者一样摇过来的，这声音又把我变成了小伙子。我看时，声音已到了眼前，是个年纪半百左右的大妈。她一脸热情的笑让你局促起来，我已经不习惯这种热情了。我抠着裤腿，想着合适的回应，大妈从桌下拉出椅子，又把椅子面用袖口揩了揩，不容迟疑就把我按进椅子里坐下。她又回头喊了一句——"老汉，赶紧给这娃娃下饺子！"

内间一个声音说——"唉！就下，就下。"

我这才知道原来屋里还有一个人。我正顺着热气飘来的方向瞅呢，大妈已经端了一杯茶放在我面前了。她说，"娃，藏你先喝着，在外头冻坏了，赶紧喝上一口热水暖和给咔！"

那声音仿佛是招呼一个远道而来的亲戚，使我更加迷惘起来，不知道是来吃饭还是串亲戚。我心里想说什么，还没开口，就看见大妈走进热气里去了。这倒又奇怪，我都没说要吃什么，吃多少，她也不问问。

我抿一口水，瞅瞅这屋里。

屋里摆着四五张桌子，每张桌子下又配了颜色式样不一的椅子，都是过去的那种实木家具。桌椅古旧，却也干净，一个个像穿着那种有四个兜的衣裳的老干部。倒跟这大妈很配。

这时候已是饭点，可屋里只有我一个食客，我想我突然明白大妈热情的原因了。大概这店平常生意也不怎么好。这时，就觉得大妈的热情大概也是应该，便比开始坦然一些，就端起茶杯，跷起二郎腿大大方方喝了起来。我正摇着腿胡思乱想，大妈端着一盘饺子从热气里钻出来了。她说，"藏不起来了，不起来了，赶紧坐下吃！"

我原本是没打算站起来的，她这么一说倒让我不由得弯了弯腿。大妈一手把盘子放在桌上，一手又把我按回去。我不好意思地笑笑，我的笑触到大妈的脸，成了大妈脸上的一团喜气的笑。我突然胃口大开。我夹起一个饺子就往嘴里塞，大妈却失笑了，她说——"唉，这娃娃！"

我不明白地瞅她，见她拿起一个小碟子往里面倒醋，又挖了几勺辣子，一转身放在我面前。我看她的表情里竟有一种疼惜般的埋怨，这才知道她说"这娃娃"这句话的含意。我龇着嘴一笑，看到她脸上又恢复了喜气。我想说句话，却被她的笑给劝回去了，她的笑在说——"藏赶紧吃，我的娃，藏一哈赶紧吃！"

五

我闷头一口气吃完了一盘饺子，一抬头，发现大妈旁边站着个人，这人就是大妈嘴里的老汉了。

老汉穿着跟桌子一样的衣服,有一种板正里的朴素。然而他的笑居然也从他的一身板正的衣服里漾起来了,是跟大妈相似的一种笑。我竟看得有些入迷。

大妈说,"娃吃得好着哩,将将(刚刚)是半斤,吃得好着哩,再下半斤!"我在听她说话呢,她突然回头对老汉说——

"看个洋板(呆子)撒,赶紧不下饺子去!"

老汉听了,转身又钻进热气里了。

我向大妈笑笑,大妈拉出我对面的椅子坐下。她说,"味道好着么?"我说,"呃,呃……"

其实我根本没尝出饺子什么味道,都给囫囵咽下去了。

我说,"呃——好着哩,香很!"

大妈说,"香了就多吃些。"语气还是对亲戚说话的语气,是吃完不给钱就可以抹了嘴走人的语气。想到这儿,我才意识到自己口袋里那可怜的几十元钱,我在盘算这钱够不够饺子钱,正想着,大妈说——

"娃娃,我跟老汉原来都是厂里的工人,前几年下岗了,蹴着家里也么干事,就在这搭开个饭馆儿混个心,老了,别的啥,也不会干,就会包个饺子。"

我没问她就说上了,这一说,倒像是她早就认识我。我要回应她,她扭身又向热气里喊——"你个洋板,下好了么?"

老汉适时的从热气里躬身而出,说着——"来了,来了!"

说着就把一盘饺子放在我面前。他俩同时笑着说——"藏赶紧吃,赶紧吃。"

我拿起筷子时,大妈已经起身,和老汉钻进热汽里去了。这盘饺子我才吃出了味道,真香!熟悉的香!

一阵儿,这盘饺子又吃完了。吃完一斤饺子,我觉得这一斤饺子怎么这么少?我心里数了数,又觉得的确不少啊。正想着,老汉和大妈又端了一盘饺子出来了。我对自己不好意思起来。可都摆到面前了,可手里的筷子已经又举起来了,可老汉和大妈脸上喜气的笑又向着我了。

我吃着饺子,不敢抬头。老汉拽着大妈钻到热气里去了。

我确实没有抬头。老汉拽大妈的动作,我是从自己心里看到的。

我吃一个饺子,在心里盘算一下我兜里的钱,竟是饺子和钱一起,越数越少,最后给数没了。我的羞涩里又多了对自己的恨,又有对自己的诧异。这是我有生以来吃得最多的一次饺子,一斤半。如果在平时说出来,连自己都不敢信。就是这会儿,我也不信。

大妈和老汉又从热气里笑着出来时,我的一只手正插在裤兜里,把几张钞票攥出了汗。看他俩出来,我猛一下站起来,不好意思地笑笑。大妈和老汉的喜气里又多了一种熟悉的温柔,可这温柔却让我不敢面对。我不敢面对,他俩竟然也不敢面对了。大妈揉揉老汉,老汉揉揉大妈,就像两个揉着玩儿的孩子。揉来揉去,大妈突然对老汉来一句——"看洋板——"

大妈对老汉说完,对我说,"娃,藏这顿饭你就不给钱了,当我和老汉请……"

我打断大妈的话——"不!那怎么成!"

说出口的瞬间,我听见自己的语气倒像是在赌气。我把裤兜里的钱紧紧攥出来,连拳头伸过去。大妈突然生气了——

"娃,你咋就这么不听话哩!啊!?"

看我有些尴尬,大妈也觉出自己的失态,她接着说——

"娃,你吃好了就好得很么,比啥都好么,就当我请你吃,成不成?成不成!"

我不知如何回答。

我吃了他们的饺子,怎么倒像他们欠了我?

大妈说完,和老汉同时低了头,把我伸过去的拳头晾在一边。

老汉拽一下大妈的袖口,大妈想起什么似的,抬头对我说,"也成,也成!那就收你十块,成不成?成不成!"

我还想分辨，老汉脸上的神情堵住了我的话，仿佛是喜庆里突然现出一丝哀愁。

老汉说，"娃，其实我们也有个跟你差不多大的娃娃，他在南方，本来说放假回来的，后头，又说不得回来了……"

我看到自己站住的身体和伸出去的胳膊，像个雕塑。

大妈轻轻把我的胳膊扳回我的身体，同时白了一眼老汉——

那眼神分明是又说了一句——"洋板……"

说着，大妈就扭头钻进那团雾茫茫的热气里去了，仿佛是不见了。

老汉和我推让着走出店门，我的十块钱还攥在手里。我的手，紧紧攥在老汉手里。

老汉回去了，我还站在原地。

我想回头再看一眼老汉和大妈，却怎么也回不了头。

我不知道自己是怎么走出那条小巷的。当我再次感觉到自己走在街上时，才记起，我是从一团雾茫茫的热汽里走出来的，又仿佛是从一股温暖的液体里流出来的。

那年的腊月里，我吃了一顿一辈子难忘的饺子。

两件小事

一

2000年夏天，欧洲杯打到了半决赛，我遭遇了人生第一场失恋。

那时，我们是一句歌词——一往情深也许最后带来是伤害。

爱上她，是因为十九年来，除了母亲，再没有哪个女性哪怕装作在乎过我。

给别人写情书，一写就是两年，可别人对我稍微好点儿，我就怂了。

她那天毫无征兆给我买来一条裤子，两百多，巨款啊！当时我心里就想起我妈，可我妈永远不会给我买两百多的裤子，再说想买，也没机会了。

她和我好上了，在送她回家的楼道里。

她一吻，我麻了，中毒了。都怪我，从前不知道女人的嘴唇可以那么绵软。

2000年是世纪之交啊！一下子就走过了一千年。我的幸福从未如此漫长。

然而，终于那天，她留下一屋子属于她的气味，走了。我东闻西闻，像一条丢了主人的狗。

前晚还边聊C罩杯边说着欧文，现在，睁开眼，满世界只剩我一个。

还有半杯喝残的牛奶，上边有她的唇印。

我揣着所剩不多的一点钱，去车站买了一个劣质双肩包，包里装了两大瓶健力宝，戴了她送我的墨镜，像被自己的魂驮着一样飘了四百公里，到一个之前从没去过的地方，去找她。

卧铺车到站了，人们打着满足的哈欠朝各自的方向散开，而我，把自己站成了地平线。

试着张张嘴，口腔里是一天一夜没说话的、心脏腐烂后的气息。瞬间暴晒在河西走廊酷热的阳光下，我觉得自己是一块烤在火上的臭豆腐。

凭她曾经的叙述，找到她家所在的小区，用身上剩下的几乎所有钱买了两条烟，她爸爸收下了烟，吐一口烟圈儿，把我的祈求打回原路。

转身，是公园里的人工湖，就像等我似的。

——是她的味道救了我。

当我再次闻着背包里，残留她味道的丝巾时，我想，如果跳下去，我将再也闻不到这味道，我不甘心。

接下来的几天，我流浪在这座小城的每个角落，心里放着各种情节曲折离奇的、结局都是与她不期而遇的电影，有时笑有时悲哀。路上，各色行人向我行最虔诚的注目礼。然而，一切不过是一个巨大而空幻的背景。

舞台上的角儿，只有她和我。

不知过了几个夜几个白天，我心里却总还是那个欧文飞奔的夜，似乎那个夜被拉长了，覆盖了后来所有的夜，也覆盖了所有白天。

这城里，淌着一条河，叫作黑河。

它已流过数千年，却流不过我的忧伤。

几天过去，兜里不剩一分钱。

只有一张十六岁时办下的身份证。看着那张稚气的脸，我觉得自己似乎老到忘了自己曾年轻过。

打问到一个派出所，去求助警察，只用了五分钟，那个憨厚老实的民警颠覆了我二十年建立起的关于这个职业的形象。

在河西走廊暴烈的阳光下，我继续独自以千军万马上演着无数英雄救美或者才子佳人的故事。故事里的结局都是悲喜交加，而现实的结局像一口遗弃许久的枯井，一滴泪落下去，没有回声。

不知怎么就到了车站，我跟司机解释，容我回去，必定第一时间拿车票钱给他。司机摇头，我就解释，越解释越觉得自己是个骗子，我向他抵押身份证，他像那民警一样拒绝。司机显然对我的述说不感兴趣，他盯着我手腕的表。

他说，这表押了吧！我褪下表，手腕上留下一道白印子，那么晃眼。

突然身后传来一个稚嫩的女声——

"叔叔，我们刚才听到了你的遭遇……"

看清了，是两个学生模样的小女孩，她俩每人拿着一沓报纸。说话的女孩儿个子稍微高一点，她手里捧起一个塑料袋，里面装着两袋方便面和一根火腿肠。

我想对这声不知所以的"叔叔"报以一个微笑，可我蛇蜕样的脸皮却僵着。

两个孩子笑得天真灿烂，我觉得善意已经离我太远太久，以至于不知怎么重新适应。

我点点头又摆摆手，表示明白她们的善意，又不能无耻地接纳。

高个子的女孩儿说，"叔叔，这些其实也花不了多少钱的。"

见我红了脸，她进一步解释——

这是我们自己的钱，我俩趁着暑假卖点报纸，攒学费呢，刚才听你说遇到了困难，这是我俩的一点心意，就请收下吧！说着把手里的塑料袋塞到我手里。

我不知道说什么，愣在那里半天。

她俩就要转身离开时，我才想起自己该做些什么。我赶上去拦住她俩，我问她俩的名字叫啥。她俩坚决摇头不说，只是笑笑地看我。

我说不行，"你们不说叔叔就不接受你们的帮助！"

相持几分钟，两个孩子没法，只得答应。

那个始终没说话的孩子开口了，她答应着从口袋里掏出一支圆珠笔和一个小本子,又从小本子上撕下一页纸——那本子看来是她记账用的,上面写着每天卖报纸的份数。

她蹲下来,把报纸铺在膝盖上做桌子,写完一个名字,写另一个名字的最后一个字时,她写了几划,又迅速涂掉了,这孩子犹豫起来,她想了想,把自己的膝盖转向那个个子稍高一点的女孩儿,示意她自己写。高个儿女孩儿也蹲下来,认真写好以后给我,她俩的脸红了,仿佛是做错一件什么事一样。

我拿起纸条,根据名字细细对照两个孩子的脸,尽可能记下她们每个人脸上的细节。高个子女孩儿的名字里有一个"颖"字,正是这个字难住了那个以膝盖做桌子的女孩儿。

见我细看她俩,两个孩子红着脸跑开了。

她们跑远不见,我才想起始终忘了说一声谢谢。

我把纸条叠好,端端正正放进空空如也的皮夹子里,在裤兜外摸了又摸才放心。上了车,一路的自责暂时挤占了失恋的痛苦,我心里一遍遍回放着两个孩子的笑,默念着她俩的名字。黑暗里,我抱着塑料袋里的方便面和火腿肠,舍不得吃,却不知何时睡着了,几天几夜没有睡意的我,怎么突然睡死过去。

车到站,我跟司机一再说好,给朋友打电话送钱过来。他答应原地等,可等我从公话亭过来,车不见了。下意识摸摸裤兜,皮夹子不知何时也不见了!身份证倒无所谓,可那张纸也不见了……

我围着车站找了几圈儿,不见那班车的影子。又因为恍惚间没记下车号,仿佛每辆车都像,又都不像。找了半天,车子没找见,自己的魂丢了。

十八年来,我时常从梦里惊醒,四处找那张纸,从梦里找到梦醒,总找不见。不见了那张纸,眼前总写着一个大大的"颖"字。那个叫"颖"的女孩子,显然她自己当时也还没从课本上学过那个字,只是因为名字的缘故才学会写,因此写出来的笔画分得很开,字格外大。

她写字时一笔一画认真的样子，时常在我脑里浮现。

以后每当看到"颖"字，我就想起她笑笑的、羞红的脸。

她俩生在怎样的家庭呢，以至于小小年纪要顶着烈日走街串巷的卖报纸，以微薄的收入换取学费。这样的年纪，该是父母最疼爱的时候，她们的父母又如何忍心？

……

或许是某种过不去的原因吧，以至于让她们的父母不得不让孩子过早尝到生活的滋味。

一份几毛钱的报纸，收入注定微薄。而买方便面和火腿肠的钱恐怕得付出她俩一天的辛劳成果。

我向司机述说自己的困境时，根本没留意到身后有她俩的存在，偶有围观的人也不过是投来一瞥百无聊赖的好奇，为我的窘迫徒添一把羞而已。她俩是如何听到又驻足的，又是如何急匆匆奔跑到一个小卖部，买来那些每想起足以让我落泪的食物的？

我总是不忍去想，又不住地一遍遍去想。

每一个心里还原出的细节都让我感动莫名又羞愧难当。

后来，每遇到名字里带有"颖"字的人，我总格外留心。明知不可能，却又生怕错过。

多少次想要去那座小城找她俩，又因为琐事羁绊，终未戌行，因此受了十几年的折磨。

我总在夜深人静时想起，想起那两个红了脸叫叔叔的孩子。一想起可能欠她俩一辈子，就觉得自己犯下不可饶恕的罪过。

十八年过去了，两个孩子该有三十岁左右了吧？她们如今在哪里呢？她们也该有了自己的孩子了吧？她们还记得十八年前的那个下午吗？她们还记得那个叔叔吗？叔叔可是欠了她们一声谢谢的呀……

如今，我自己的女儿也十二岁了，一如那两个孩子当初的年纪，看着女儿，就想起她俩。想起她俩，我心里充满愧疚和自责。为什么当初没有尽早兑现诺言，当面表达我的感谢，以至于如今对她俩的面容和名字渐渐模糊起来，而我，却始终连一声谢谢都不曾说出。

回头来想，当时心里是要感动落泪的，只是忍住了，忍住了……可为什么要忍到连一声谢谢都忘了说呢？我真是不可饶恕。

转眼十八年过去了——

这十八年来的遗憾，有生之年还有机会弥补吗……

二

去年中秋节前，我去登兰山。在山顶画廊的一角捡到一张卡片，细看时，是某大学的学生卡。好在，上面留有姓名和电话。看名字是个女生。

回来后，我怕贸然打电话会不方便，于是按电话加那个女生的微信，居然通过了。然后告诉她事情经过，她问我是不是在画廊的某一角捡到的，我说是。信息确认无误后，她说改天来取，我告诉她我的联络地址。

两天后，在约定的车站，她来了，还带来一个同伴。两个人显然都是刚入学的新生，话语里带着羞怯。

这小小举动本没什么，想着把卡片还给她就好。我要离开时，丢卡片的女孩子拦住我，塞给我一个手提袋。我问她，她说中秋节快到了，这是给孩子买的一点月饼和零食，务必要我收下。我坚辞不受，她不依不饶。看看路上有人在观望，她和我都红了脸，我天生是个不善于拒绝的人。不拿吧，反负了她一片好意。只好带着惭愧接受了。

回家打开，是一个个口味不一的小巧精致的月饼，还有其他一些零食。我心里涌起一阵感动。这是个怎样心思细腻又善良的孩子啊！新入学的她，一定没有多少零花钱，还买了价格往往虚高的月饼给我，我的感动里又增添几分内疚与不安。

老婆孩子回家，我怕老婆不明就里地吃醋，她问起时，只好红着脸撒个谎，说是朋友送的。孩子们当即要吃，我打开月饼，跟他们一起分享。

那小巧精致的月饼是我迄今为止吃到的最可口的甜食，让我和孩子们提前度过了一个开心的中秋节。

从此，中秋这个节日，因为这个小小插曲留给我一份特别的记忆。每当孩子们吃起甜食时，我就想起去年的中秋节，并盼着今年的中秋快点来。

现在，那个丢卡片的女孩子还在我的微信好友里，并时常给我点赞。她也不时分享自己的图片和文字。我俩再没见过，却是老朋友的感觉。

夜深人静的时候，我把两件小事记录下来，都是发生在我身上的真事，没有半点文学渲染。我不知道写成文字的意义何在。读者看着这样的文字也许觉得平淡无奇，没有意思。可这样两件小时在我生命里又是如此重要，总觉得如果不写下来，我心口就有一个缺。

然而，写下来以后，我心里的沉重并未轻一些。

第二件小事显然有了一个圆满的结局。

可第一件小事随着岁月沉淀，越来越成了压在我心里的大事，乃至年纪越大越放不下。

我知道"颖"和她的同伴一定不会看到我的文字，就算看到了，也可能天各一方，无从联络。每想到此，我就觉得自己是个无法原谅的人。

我对自己说——生命里有些恩情，当报则报，不要迟疑，不要犹豫，即便是一声微不足道的谢谢，也要及时说出来。

湫里

那一年，北门的井水干了，上水泉的泉水也干了。

干了的井口，像爷爷望着野洼上一坨一坨老苜蓿时的眼睛。井台石的内沿上，麻绳锯下的一道道沟槽是爷爷眼角的皱纹，皱纹里盛着的，是深深浅浅的过往。这井也能干？原先可是像月婆子的奶水，往外溢。

干了的上水泉，像奶奶被哑干了的乳房。

干了的上水泉，再也没有淘洗洋芋和甜菜根的女人，再也没有蹴在泉边浆洗衣裳的媳妇子。曾经热闹的上水泉彻底沦为寂寞，这寂寞，像黄土高原上窜来窜去的风，经过所有的圪崂，却无处扎站。

对于干旱少雨的家乡，水和眼泪一样珍贵。再苦的日子，我没见过乡亲们哭，只看到笑。他们有着跟黄土高原一样沉默的耐心，也有着吼一嗓子秦腔里头的苍凉与豪迈，他们终究是乐观的，乐观就有希望。就像湫里的水，看见那水，就像看见孩子的眼睛，一望无际的山峁也会裂开口笑。

北门的井和上水泉的水干了，好在还有湫里。

乡亲们嘴里的湫里是村尾沟底下的一眼泉，他们把这泉念作湫里。

湫里的水是甜的，端起马勺仰脖子喝一气，从舌尖尖甜到心窝窝里；湫里的水可真凉，三伏天里，喝一口，凉得人闭气。去湫里担水，要走一段弯弯拐拐，像羊肠子一样的陡坡路。

七月里的日头最红，照得人眼睛睁不开，烤得路上一层蹚土。千层底踩在蹚土里，钻进人的鞋壳郎里，烫脚。

"田斌，走！"

田斌揉揉被日头照成一条缝的眼睛问，"咋？"

"湫里担水走！"

"能成，走！"

田斌，是我儿时的伙伴。

四只水桶在扁担勾头下各咛各咛的唱歌，我和田斌一路唱着信天游——我低头，向山沟，追逐流逝的岁月……

那时，不懂什么是岁月，只知道把一首歌嘶着嗓子唱到跑调。

半路上，发白的村道上躺着一串黑黢黢、油光闪亮的驴粪蛋，在阳光下散发着青草香。这是拾粪老汉的最爱，用不了一会儿工夫，这些冒着香气的驴粪蛋蛋就要跑进某个老汉的笼笼里大团圆了。但此刻，它们显然还不能预知自己的命运。

叶路滩（一片村里的开阔地）里掐方的老汉们不见了，他们在家里躲阴凉去了，丢下一堆旱烟把把，东倒西歪地睡在墙根儿下。

谁家的场院里，有老两口在扬场。老汉用木锨扬起一锨麦，麦在半空里分成两部分，垂直落下来的是麦，被小风吹偏的是麦衣和蹾土。中午的风没力，麦衣和蹾土吹得并不远，紧挨着堆成一个小山丘的麦子。男人扬场，女人拿个笤帚漫场。男人腰一挺，锨里的麦飞上去，女人就弯腰一左一右地用笤帚扫麦堆浮皮的麦衣，一些麦子吧嗒嗒打在女人的草帽上。蹾土扬在男人的眉毛上、脸上，他一阵咳嗽，脸上的皱纹一道灰一道黑。俩人一上一下，节奏紧凑，配合娴熟，像一场自编自演的舞蹈。

麦黄开了，农民人的心就慌开了。有些阳山的麦已经抢了镰，割倒在地里，背到了场上。有些急性子等不到碾场，就甩起连枷打开了。他们这是和排雨、冷子抢时间。

眼一转，已经到了沟底下了，湫里近在眼前。田斌眯了一路的眼睛终于睁开了一条缝。看见湫里，人心里忍不住地畅快。畅快了就对着对面的悬崖（ai）喊一声"崖娃娃"。

我说，"田斌，这么红的日头，崖娃娃怕叫不言传。"

田斌说，"我试啦。"

田斌就扯着嗓子叫——"崖娃娃，你娘叫你担水哩！"

崖娃娃言传了，拉着长长的腔，学着田斌说一声同样的话。

我说，"田斌，你娃能！"

田斌龇开嘴笑了。

崖娃娃把湫边的青蛙叫醒了，青蛙呱呱呱地叫。湫里的水像娃娃的眼睛，一眼就能从眼里看到心底。

中午担水的人少，水往外漫。不用马勺，一桶子下去就满了。桶子淹满了水，人在泉边缓缓才好上路，回去的路都是陡坡子，半路上不能缓，要一口气走上去。

湫里的水是地下渗漏的山泉水，在一块地埂塄下面蹴着。埂塄上的洋槐树为泉水提供了天然的庇所。日头照不进来，方打围圆热得冒气，这一块儿却凉得冰瘆。几只水马儿（一种小飞虫）在水面上滑行，像滑冰一样。蓝色、红色、绿色的蜻蜓悄悄飞过来，又悄悄飞走，好像猜到人要捉它似的。一只没眉眼的狗头蜂嗡嗡愣愣地停在一枝狗尾巴草头顶，狗尾巴草弯了腰，这蜂又想起什么似的飞起来，飞得太猛，一头撞在洋槐树干上，吧嗒掉下来，仰躺在一片烂泥里四腿朝天乱蹬。

湫水对这一切，丝毫不为所动，安安静静瞅着远处的天空，天上没有一丝云。

我们从洋槐树枝上摘下几串叶子飘在桶里的水面上，这样上陡坡时水就不会淹出来。田斌个子小，得把扁担的勾头在扁担上绕一圈儿，才不至于上坡时，桶底磕在路上洒了水。

羊肠子一样的陡坡被担水的人踩踏出一串脚窝窝。人踩着窝窝走，嘴里喘着粗气，可脚下的节奏不乱，出一口气，踩一个脚窝，出一口气，再踩一个脚窝……让人想起一首歌——

生活像爬大山，一步一个深深的脚窝，一个脚窝一支歌……

等俩人上到北门的时候，脖子里的汗顺着脊背往下洇，可桶里的水一点没淹出来。这可是湫里的水啊！

水是生命之源，水对黄土高原上焦渴的韩家村人来说，更具非凡的意义。

我三爸说过，农民人能把城墙挖倒，能把山推平，可没水谁也没办法。

这方打围圆的女子说女婿，首先得看对方庄里有没有水。听见有水，女子娃的眼睛就亮了。如果没水，把三个六（一种彩礼形式）讲成三个八，也是枉然。

过红白喜事时，得抢水，人抢，牲口也得抢。抢水，就是后半夜起来去湫里担水、驮水。赶天麻麻亮时，就得把家里的水缸和锅碗瓢盆都装满。人打着手电，吆着驴。驴子对半夜起来加班很不满，鼻子里秃噜秃噜吹着气抗议，可看见人手里的鞭子，还是默认了命运的安排。

那时，一家人早起用一个盆洗脸，父母先洗，洗完了孩子们趁着盆里白白的香皂水洗。一家人洗完了，把水倒进桶里淀清，清水可以再洗衣服。从地里干完活回来，几个人围着一盆水，大家一开始用指头捞水洗，怕一个人把水洗稠了别人不好洗。洗完锅的恶水（泔水）不能泼了，也要倒进桶里淀清，留给牲口喝。

到了下雨天，满院子摆的是盆盆罐罐，雨水对缺水的村民来说，是上天的恩赐。有时一连几个月不下雨，村里的长者带领全村人向龙王爷祈雨，龙王爷的脸都愁黑了，可他老人家有时也没办法啊。

庄农人祖祖辈辈在黄土大塬上繁衍生息，养成了大山一样粗犷坚韧的性格，可面对水，却是另一种小心恭谨的态度。每一个用水的过程都充满一种无言的仪式感。孩子从小就知道水的珍贵，显示关系亲近的方式不是分享彼此手里的馍馍，而是一起喝一杯水。亲戚朋友走动，刚进门先问一句，喝了么？然后才问吃了么？

记忆里，老家曾一度是不缺水的。那时的北门充满了大人娃娃的欢声笑语。欢笑的中心是北门的那口井。女人围在井边摆衣裳、洗头。她们在大木盆里摆衣服的腰肢是柔软的，洗头时从脖领子露出的半截脖颈是雪白的。男人们吊水不用辘轳，一头是手，一头是桶，麻绳锯着井石沿，左右手倒绞绞，几把就能吊上一桶水来。水让女人格外妩媚，让男人格外攒劲。

上水泉的水，舀不及时就从格栅间往外泼淹。刚从地里挖出的洋芋萝卜，抬过来，用泉水洗净了才摞进菜窖里。那时韩家的小伙子不怕新媳妇儿看不上，有水哩，怕啥！

不知从何时起，那永远也淘不干的井和泉居然就干了。人们抡起镢头在干了的泉边挖了一口又一口的井，开始能打上来水，后来，吊起的就是泥糊糊。井一口接一口的废弃了，像一目目逼问上苍的眼。

再后来，人们所有的希望都落在了湫里。那个离村子最远的水泉。湫里虽远，路是羊肠子路，可毕竟有了水就有希望。有了希望，人们脸上就能盛开笑容。当然，也能盛开爱情。

那时节，我爱去湫里。去湫里，不光是因为湫里有甘甜的泉水，还因为有可能在半路上遇到她。她家在去湫里的半路上，她是个有着跟湫水一样明亮眼睛的女孩儿。她那条黑黑长长的辫子总能把我的心死死捆住。

半路上遇不见，惆怅。遇见了，又心慌，堵住了嗓子眼，说不出一句话，跑到野洼上唱一段自己编的信天游。直到湫里的水也干了，也没敢跟她说上一句话。

湫水不知道为什么干了。什么时候干的，我不知道，那时的我，已经漂泊他乡。

可湫里的水却时常流进我午夜的梦里，化成两行清泪。泪是甜的，和湫里的水一个味道。

不知道没了湫水的乡亲们是如何度过那样的一段岁月的，我不忍去想，却又不得不想。

听说，寻水的脚步从村头到村尾，再到邻村和十里八乡……那时，人畜共饮一桶水，没奈何啊！牲口也得活命。

在我的心底，那些曾在黄土高原上勾着头劳作，不时尥个蹶子的毛驴和我淳朴憨厚的乡亲们一样，具有善良与可爱的品质。在那些最艰难的岁月，它们和他们相依为命，直到它们一个个消失在时代的烟尘里。

后来,有了雨水集流工程。虽然窖水里总有淀不掉的泥腥气,可能还夹杂一些树叶甚至鸡粪,可终归再也不用扛着扁担翻山越岭去寻水了。干完农活回来,沏一杯茶,喝的呲溜有味。有了水,一切都活泛了。

前些年,村里通了自来水。沉淀消毒的水安到了家家灶头,有跟城里人一样的便利。村道上再也看不到担水的身影。湫里也永远消失在年轻一代的记忆里。他们所知道的是,水是从金属的龙头里流出来的,却不知这水,也曾经担在父亲母亲的肩膀上,驮在牲口的背上,压在人的心头、甜在人的梦里……

自来水自然有它的千万种好处,却没有湫水的甘甜。人的味蕾是有记忆的,就像一个人,谁对他好过,他能记一辈子,尤其是那些艰难岁月里的好。

以后每次回老家上坟,我总是想起湫里,想起在湫里玩耍、担水的情形。或者去看看,或者远远望向湫里的方向。感觉肩上有一副扁担,沉甸甸的,一头挑着家乡,一头挑着湫里。

后记——

谨以此文献给那些曾经的岁月,怀念那些一路从困苦走向幸福的人们——我淳朴可爱的家乡父老。

年轻的一代,请永远记住,我们的家乡,曾有过一个孩子眼睛一样清澈的泉,叫作湫里。

2017年11月5日下午,于兰州。

回不去的村庄

　　夜，雪潜梦而来，清晨开窗，楼下车水马龙，烟火扑面。以为又是一个百无聊赖的日子，待要打发了去。阖上窗那一刻，心内簌簌，却有了分明的期待，多盼望啊，盼望着眼前的雪，她是我二十年前所经历的那场雪，整个村庄安卧雪中，像把住门框的母亲，望着，望着，望着有个羞怯的身影，偎她而来。

　　那雪，我是认识的。她曾不止一次的，落在院子里的老梨树上，贴在我的眉梢，洇湿了爷爷花白的胡须，盖住大门口的一坨驴粪，模糊了一溜弯弯曲曲的车辙，最后，融在我的手心里了。

　　雪是安静的，村庄是安静的。只有清晨的一声起丧的号子，和夜里婴儿的一声啼哭，能打破她的静。小时候，对死亡有种莫名的恐惧，尤其怕那一嗓子起丧声，仿佛不钻进被窝，蒙了头，便要连魂儿都被摄了去。倘若恰逢雪天，则这恐惧里又添了一份冷。然而很快，恐惧就被欢喜代替，门前已是拢起了一堆火，无疑又是爷爷的杰作，爷爷说，亡人起丧时，谁家门口不点一堆火，亡人的魂就会钻进谁家。起初是害怕，后来就被那火喜得跳起来，闹起来。又盼着那火永不熄灭才好，懵懂的我哪里知道，一堆火，便意味着一场悄无声息的死亡。火终究是渐渐灭了，给雪留下一只黑色的眼睛。

　　一个人走了，一个人又来，村庄从不会为谁的离去而陷入长久的悲伤。很快的，人们又一次沉浸在迎接新生的喜悦中。当一个孩子呱呱坠地，当一个女人以一声长啸完成自我的救赎，当碎嘴的婆婆一双小脚踩乱了院子里雪的影子，当娘家人挎起一篮子印上红点的大馍馍，当馍馍和萝卜菜在人们怀里腾起团团烟雾，死亡，便仿佛从未发生过。村庄就是这样，只要一场大雪，就能让喧嚣沉寂下去。一个人漫长的死亡过程,在旁人看来不过是一瞬,而新生的喜悦又让人暂时忘了,那一声的啼哭,不过是向着又一个生与死的轮回匆匆赶去。而这轮回中间的空档,该拿什么来填满呢?

永远是灶火里,柴火的哔哔啵啵声,是村庄屋顶升起的炊烟,是赶驴人吆起的一鞭子,是深夜里老祖母一声没来由的叹息……它们有个共同的名字,叫光阴。

那时的奶奶还不够老,我亦年幼。不像现在,连记忆都衰朽到要不停去梦梦,要在睡梦里才能把她的模样清晰记起。那时,奶奶爱讲古今,左不过是讲一个扎着红头绳的笤帚成仙的故事;讲不孝顺的儿媳被小鬼拿铁链捉了去推磨的故事。这故事,是不知哪年哪月的哪一夜,奶奶的奶奶讲给她的故事。她们边讲边转动拧车①,在幽幽的讲述里,把一绺一绺的麻叶捻成麻线,在咯吱吱的声响里,仿佛是梳理着过去那些悠长的岁月。只是,理到最后连她们自己也理不清了,就一股脑地扔向一边去了……

奶奶面前永远放着一个针线笸箩,笸箩里是她毕生的财产:一把钝了的剪子,一个于垢痂里磨出光亮的顶针,几疙瘩大小不一、黑蓝白的线球,几张去年就糊成的纸褙,一张旋下半个的鞋样子,还有笸箩襻上拴着的铜铃铛。古今被她讲乏了,一头扎进她的笸箩里,打起了呼噜。旁边卧着的,是一只打着同样呼噜的黄猫。

当那只猫窜到墙峁上叫着时,爷爷已经收拾好他的家当,他要把奶奶手里的细麻线拧成麻绳。对于那古老的器具,我已叫不出名字,那时,确乎是只顾着欢喜了,只记得大概的情形,要描述出来却怎么都不能够。当爷爷叼起烟锅,在两头的摇把上拴住的麻线之间来回奔走时,像个指挥若定的将军,却偏偏激起了我恶作剧的决心。我偷偷把手伸进麻线中间,看能不能把我的指头也拧成一股绳,爷爷剜我一眼,我也学样儿地剜他一眼,爷爷作势要打,我把屁股给他,他却呵呵笑了。拧成的绳子被挂在驴圈外的木橛上,没日没

---

① 拧车:一种纺线、拧绳的手工劳动工具。

夜听驴子们的叫唤，还早，要到春天才能叫醒它们哩。等到开春，便在井台的辘轳上，捆起的麦剪上，农人的腰里，牛的鼻子上，看到它们的身影。在村庄，一根麻绳，绝不仅仅只是一根麻绳而已，它捆住的，除了人的吃喝，人的命运，还有一段一段的岁月。

岁月是个雅词，向来与村庄无关。村庄里人把那叫作光阴，过日子就是过光阴。过光阴，于当时的我，是从未有过的困惑。然而今天，我却实在地困惑起来，究竟要怎样才算把日子过成光阴？

那年，一个哑巴死了，跟着她的驴也死了。跟着死了的，还有另一个哑巴——虽然，他至今还活着。死了的哑巴是我的堂姐，她的死，仅仅是去村底的泉里担水、饮驴。担水回家的路上，头顶的土崖塌了。人们从四面赶来，从黄土里把她刨出来，刨出来，是为把她埋进另一处的黄土。就在人们将要埋掉她时，从她睡的炕褥下翻出一叠一叠的鞋垫，鞋垫里游着一对一对的鸳鸯。活着的哑巴也去埋她。哑巴不说话，谁也不知道，他是去埋她，还是埋他。

那年，我在村口的槐树下，仿佛等待，又不知在等什么。后来，他们说，这次她是真的去了。

她是我的七婆。从记事时，她就那么苍老，又那么硬朗。她总在土坡坡上扫柴禾，所谓柴禾，不过是别人架子车上或背篼里撒下的麦草、麦衣。她见了我就问——

"娃，回来了哇。"

"嗯，七婆，我回来了。"

"你大你妈都好着么？"

"嗯，都好着哩。"

"好着哩，看就好得很，好得很……"

听见我说好，她便于凄苦的脸上露出一个天真的笑来，然而这笑却很暖，又很短，短到我要做出一副全盘承受的样子时，那笑却不见了，它跌到七婆一下一下挥动的扫帚里去了。她太老了，太疲惫了，也许已承担不起一份长久的笑，总让我凄然觉得，这是见她最后一次的笑。然而下次回老家，依然看到她，看到她的背篓，看到她的扫帚，看到她佝偻的背。我想要悄悄走近她，又怕惊扰她，以至于惊扰了她的笑。然而，她早发现了，她老远就问我——

"娃，回来了哇。"

"嗯，七婆，我回来了。"

"你大你妈都好着么？"

"都好着哩。"

"好着哩，看就好得很，好得很……"

她说着又露出天真的笑。我感到一阵无措，不知如何掩饰，然而，她的笑，已经又跌进她的挥动的扫帚里了。

七婆的凄苦，七婆的天真，终于让我坚信，她要背着她的背篓，永远在坡坡上等我，等着给我一个短而暖的笑。然而这次七婆真的是走了。

没有七婆的土坡坡冷冷清清，遍地麦草麦衣，来去的人视而不见。我瞅着那棵槐树，阳光像从前一样的，向枝叶间投下斑驳的影子。我的七婆，仿佛这人世间，她从未来过。

我走进那条通向家门的巷子，那是爷爷当年拧麻绳的地方。曾经，这条宽阔的巷子里，落下一树一树的洋槐叶，一树一树的雪，被爷爷一扫帚一扫帚地扫过，一背篓一背篓地揽起。如今，巷子两边颓圮的墙，墙上衰朽的槐树叶，仿佛依旧真切，又如梦似幻。巷子不再宽阔，两边的屋檐低到我要弯了腰才能走过。我长大了，他们老了。

我仿佛又想起点什么，明白点什么，为什么，当他们说起光阴时，总是伴着一声叹息，仿佛一声叹息，便足以给一个人长长短短的一生做出一个总结。然而这总结是什么，我至今也没有找到答案，也许，答案是埋在光阴里的吧。

我去看老屋，它居然还倔强地站着。我以为它早塌了。我以为塌了也好，从此断了念想。可当我走近它时，却像个羞怯的孩子。

我把自己关进满是尘土的老屋，隔绝了外面的世界。我有许多话要对它说，却一句也说不出。

　　一些孩子好奇地看我，我笑了，他们跑了，我站住，他们窃窃议论我。我没有再回头，怕扰了他们，又为他们的窃窃耳语感到莫名欣慰。

　　田野上，认识的坟越来越多，村庄里，相熟的人越来越少。

　　许多的屋顶不再有炊烟升起，许多的锁，锁住的是一院一院的荒野。我曾天真地以为，思念是关也关不住的，如今看来，只要一把锁。

　　终于知道，我是为什么，为什么期望那颓圮的围墙、那衰朽的老屋都早点塌了。塌了，便彻底断了我的念想；又那么渴望，那么渴望他们还要倔强地站着。倘若它们去了，还有谁能证明我曾来过？原来，我那么怀念一把锁，一堵墙，一条巷子，一缕炊烟，只因它们曾记得我，只因那里曾住过一些光阴，以及那光阴里的人。

　　当我在原野里游荡时，却突然害怕起来，就像游荡的孤魂害怕门口燃起的那堆火。我怕熟悉的路因为那火，成了近在咫尺，却天涯两隔。我惶恐地拿起纸笔，努力地描绘着一条不再有人有过的小路，一个不再被人提起的哑巴，一张永远凄苦的笑脸，一角长满茅草的院落，一把锈迹斑斑的铁锁。倘若某天这个世界遗忘了我，至少它们还能证明，我，曾来过。

　　雪，还在悄悄地下着，是二十年前那场大雪。

想起故乡，我就心疼

每当朋友们在一起谈到各自的家乡，有人自豪，有人得意，有人失落，有人忧郁，而我总是心疼。

我的家乡似乎注定就是一个被世界遗忘的角落。不知道除了那些散落天涯的游子和世代耕耘的父老乡亲，谁还记得那个黄土沟壑夹缝里落寞的小小村落。然而那里却有我的根。多年漂泊在外，东奔西走地忙碌着，有时竟然就渐渐地忘了想家。外面的世界繁华缤纷，夜色下盛开的霓虹，一排排优雅伫立的街灯，有时候，走着走着会渐渐迷失。身在外，总是像一颗随风飘零的种子，踟蹰徘徊在繁华的尽头，却无法找到一块心灵可以真正扎根的土地。每当孤独的时候总是想家，想起那个斜倚在黄土坡上的村落，总是心疼，疼到落泪……

回家的路，要翻过道道山坳，踩着祖祖辈辈用脚步丈量的崎岖小路，穿上母亲纳的千层底，脚步却是轻快的，到了连五梁上，视线豁然开朗，举目望去，看见掩隐在一片稀疏的杏林里层层叠叠、倚在黄土塬，蜿蜒而上的村落。此时，梁上一阵轻风拂来，吹着走山路时额头浸出的汗，顿时浑身爽净起来，而故乡已经近在眼前了。

一座座土房，烟囱里丝丝缕缕的炊烟，在早中晚的某个时分，在家家的烟囱上开始懒散地飘起，随着微风，摇摇摆摆扶摇而上，渐渐地，所有的青烟缠绕在一起，整个村落犹如一个虔诚的古寺氤氲在袅袅烟气之中，沉静而神圣。青烟中有我熟悉的草木灰的味道，秸秆在灶台里滋滋燃烧，把来自泥土的清新随着烟雾弥漫在怀里、头顶、天空，那是一种让人迷醉的气息。

清晨，老汉们的咳嗽声吵醒了对面山顶的公鸡，这公鸡便勾勾悠悠地打鸣,打破了笼罩在山村上空的宁静,院落里弥漫着牲口粪便和土炕燃烧后混合的味道,远处偶尔传来驴脖子上铃铛的丁丁零零声,渐渐地,狗儿也朝天咬了起来,农人一声呵斥,那鸡也跳上了矮墙,咕咕唧唧地叫,农妇的怀里传来几声婴儿脆亮的啼哭,于是,在这交响之后,山村便开始了忙碌的一天。

天还没有完全放亮,路旁的树木与庄稼、田埂上的杂草,影影绰绰,土路在一片朦胧的青灰色中弯弯曲曲地蔓延。裤腿扫过路旁青草上的露珠,冰凉透过袜子,突然让人打个战;草丛间一只蚂蚱被惊扰,跃过额头,站在了高处的田埂上;对面的庄稼地里,老汉佝偻着背吆喝着牲口,随着犁铧在土壤里游走,厚厚的黄土翻向犁尖两边;驴子在前面夹起尾巴龇牙咧嘴,嘴里呼哧呼哧冒着白烟……

这就是故乡的清晨,一天辛劳的开始,一块块规则的、不规则的庄稼地层层拾级而上,一直通到青色的天空,故乡犹如一幅浓墨风景画,定格在雾蒙蒙天的下方。

拾粪老汉挑着竹笼,烟锅里的火星巴兹巴兹闪亮;赶牲口的汉子,裸露出黝黑厚实的臂膀,吼两声秦腔,喉结随旋律或慷慨高亢或悲愤激昂而上下左右翻飞,脖颈上青筋突兀,那声音从这个地头飘到那个地头;洋槐树上一阵麻雀小心翼翼地探出头四下张望,然后轰的一声,机警地飞走了;一片油绿的玉米地里忽然窸窸窣窣地响动,突然,一只受惊的兔子蹬着后腿,扬起一阵黄土,摇摇摆摆地跑到了沟坎儿里躲起来;太阳挂在空中,晒得一只大黄猫慵懒地眯着眼睛,轻轻打着呼噜……晌午的村落就像一幅写意画,处处生机盎然。

孩童穿着开裆裤,呼喊着追赶一群鸡回窝。这鸡并不轻易示弱,一只只跳跃翻飞,卷起的干燥鸡粪和灰土的味道有些呛鼻。但孩童不罢休,扬起一根秸秆扫向鸡群,鸡群低头,脖子一伸一缩地跑进了笼。后院里是猪抢食、喝水的哼哼声。场院里一群老汉吸着烟锅,说着闲话;涝坝旁边的妇女浆洗着衣物;发黄的竹席上,老奶奶一边打哈欠，一边给孙女讲古今。讲的是一支绑着红头绳的扫把成精的故事。孙女专注地张嘴听，害怕了赶紧往奶奶那宽大斜襟的衣服里钻。红红的日头洒下暖暖的余晖，拉长了戏场里那方方正正、高大的戏台的影子……这是黄昏的故乡，安详，静谧，犹如梦一样朦胧的水彩。

开阔的戏场里有一座高高的戏台，戏台顶上两只龙头跃然而出，飞向两边，中间是高大的土台。每当农闲时节，男女老少便聚在这里听上几台大戏。老汉们三三两两拢成一个半圆，嘴角挂着永远掉不下来的麻籽皮，双目炯炯扯着脖子朝前张望着；女人们扎着堆，胳膊上挽着草编，指头在麦秆之间舞动，不时传来欢快爽朗的笑声；人群里有汉子们禁不住忘情随着戏台上那踱来踱去的戏子，哼出三五声……于是，人群攒动。回望之际，传来轰隆的笑声。儿童们在对面龙王庙门下那高高的台阶上，拿香头点鞭炮。

在阳山通往阴山的沟底，有一条小河，河边有一座土筑起来的涝坝。这涝坝是我童年的乐园。脱光衣服，一个猛子扎进水里，伙伴们狗刨、嬉戏、从坝底挖起泥巴互相追打。蓝色、绿色、红色的蜻蜓在水草丛中盘旋，岸边的绿泥苔里青蛙鼓起脖子呱呱叫着。岸边更小一些的孩子手里握着刚挂浆的青麦穗揉一揉，灌进嘴里香甜的嚼起来。河边树林深处的湫里有一眼甘冽的山泉，掬一捧在嘴里，凉爽甜润一下包围了喉咙。担水的少女摘几片洋槐树的叶子覆盖在水表面，防止水溢出来，沿着崎岖陡峭的山路一步一步和着节奏往上走，额头泅出细细密密的汗珠，长长的黑辫子在腰间摆动……

夜幕降临的时候，烟囱里的青烟已慢慢散去，山村又恢复了静谧。月亮害羞地在枝头探望。漫天的星斗，编织了一个恍若童话的世界。一颗颗小星星像一个个调皮的小精灵眨眼做着鬼脸。此时，躺在宽大的土炕上仰望星空，心灵格外的宁静，与星星说着悄悄话，仿佛整个世界都不存在了。没有浮躁，没有烦恼，没有忧愁，那大概是我今生见过的最美的夜空了……以后再也不曾见到，我宁愿相信那夜空穿过眼眸，走进我的梦里去了……

　　虽然许多年已未回这小小的山村，现在也再难见那低矮的瓦房，烟囱里已不是冒着清香的草木灰的味道了。那条小河早已干涸。北门的榆树已经老朽了。那座高大雄伟的戏台也已斑驳陈旧，只有那长大的柏树还掩映着神秘庄严的龙王庙……许多的景象已不是儿时模样，虽然依旧闭塞、落后，但是现代文明的风气究竟还是吹过了那古老的山村。乡亲们的光景是一年比一年好，但我心里的故乡却还是儿时的模样，从未改变，恐怕也将在我的灵魂的深处永远不得改变了。

　　如今，年迈的父老一个一个的离去，年轻人也大多在外拼搏，古老的村庄依然孤独倔强地依靠在那莽莽苍苍的黄土大塬上。那里有满目厚重的土地，犹如父辈们坚毅的身躯。那道道沟壑是刻在母亲额头的皱纹。这黄土下埋着我勤劳、淳朴的祖先，长眠有那些憨厚、老实的父老乡亲，更涵养着祖祖辈辈忍辱负重、战天斗地、乐观豁达的灵魂。无论我漂泊在哪里，我知道，我的根始终在这片土地，终有一天将与这土地永远地融合在一起。

　　想起故乡，我就心疼……

老张

　　自从物业公司天天喊着亏损啊亏损啊以后，这个叫作"顺心居"的院子就再也不顺心了。楼道的感应灯闪了也不换，院子的卫生像小孩儿画娃娃似的勾几笔就完事，厨房水管漏水了，赔着笑脸叫上三四趟，水暖工总说忘了，忘了。

　　终于，某天晚上下班回来，院子里老头老太们议论着，原来的物业公司跑路了。回到家，想想自结婚以来住着的这个小院子，尽管满眼小市民情态，可毕竟有了感情，怎么就突然有种被抛弃的感觉呢。又想起当年，一家人三番五次地看了又看，看了又看，终于决定要在这里成家立业，终于熬着盼着大门口的路面硬化了，院子中间花园里的爬山虎绿了，又红了，好几茬，女儿也能咿咿呀呀唱歌了，得！没人管了！

　　就这样，老张到了这个院子。

　　老张是随着新换的物业公司来的。老头守门房带搞卫生兼他老婆的秘书，一人多职，满院子就数他最忙。

　　老张六十来岁，人高高瘦瘦的，背略微有点驼，戴个保安的大盖帽，可又总戴不端，帽檐歪歪的，帽檐下的老张的眼睛看人也总是歪歪的。每当瘦瘦高高的老张戴着歪歪的保安大盖帽歪歪地瞅人时，就有那么一种说不清的滑稽。老张一张嘴就是浓重的庆阳口音，我能听懂他一半的说话，另一半基本靠猜。他对我的普通话基本也是能听懂一半，因为他听我说话时，基本每隔一句都要再问一次："你说了个啥么？"我就只好再重复一次。因此，我跟他说话，每次都是感觉各自用一半儿的话在交流，而另一半基本就是自说自话。

但这并不妨碍我跟他的交流，老张是个非常随和的人，甚至有点蔫。他的笑，他的说话，都是那种蔫蔫的感觉，就像冬天的太阳，看起来红红的，可没力。

除非他老婆叫他。

他老婆叫他不像叫他，倒像是吼孙子。

无论在什么地方，只要听见他老婆吼一句："人又跑哪搭了！"老张总要忙忙蔫笑着回应一声。如果离得不远，他就颠儿颠儿地跑过去，听候发落，如果离得远，他就噢噢应和着。有时应和的迟了，他老婆就骂，连着骂，老张就声不迭地噢噢的答应，直到"噢"到你没脾气。

有时老张正在楼道里拖楼梯呢，院子里传来他老婆的吼，俄而，就能从楼道的玻璃窗口伸出一个脑袋来，蔫笑着来一声噢——

老张的老婆不知道是干啥的。这女人比老张胖，比老张凶，总是听见她满院子喊老张，好像老张是她的一根拐棍儿或者一条腿，一离开老张她就没法走路，可她明明自己有腿，且比老张的腿粗壮很多。

老张一家住在废弃的自行车棚里。从院儿里的老头老太嘴里大致听说：老张的儿子给一家什么单位开车，儿媳妇儿在饭馆儿端盘子。至于这次能全家蜗居在车棚，是仰仗新来的这家物业公司的某位远亲之功。

老张从前是干啥的，我从没问过，可感觉上他就是个地地道道的农民，无论他的走路说话还是笑，就是农民的样子。这倒让我觉得亲切。我愿意跟他说话。

每天早上出门，总能在楼道里碰见老张。见他一手提着个油漆桶做成的水桶，一手捉着个拖把，我就说："老张，值班儿啊！"老张就说："噢噢，你上班儿啊！"我俩就这么说着，彼此笑笑，擦肩而过。晚上回来，我就问："老张，吃了没？"老张蔫笑着回答："噢噢，才将将吃了，你吃了没？"于是，我就学着他的庆阳口音说："还没吃尼，回家才吃尼！"——庆阳人把"吃"这个字的音发成第四声——chi，而且字咬得特扎实，听庆阳人发这个音，仿佛是到了饭点还没吃，就很突兀很奇怪似的。

时间长了，院儿里人都摸透了老张的脾气。有人愿意跟他说话，有人不愿跟他搭茬。可老张对谁都一样，见了谁都要问一声，或者点个头。有人就回问一声，或者回点个头。有人大大咧咧走过去了，不回问也不点头，仿佛是老张该着他许多问候和点头似的，现在是理直气壮等着老张还他。老张从不计较这个，无论人们是否搭理他，他还是问，还是点头。对谁都一样热情，不增不减。

如果是正面遇见谁，老张总是向旁边闪出一个身位，让来人先过。一开始很多人对之报以友好谦让或者微笑，习惯了以后，很多人也就不再谦让和微笑了，仿佛本该如此。

到了夏天，我终于知道老张总是把个保安的大盖帽捂得严严实实的原因了。一次，我去找他说点事，经过他家的窗户时，猛看见不戴大盖帽的老张。不戴帽的老张头顶像个刚出世不久的鸭子，光溜溜的脑壳上只有稀稀拉拉几根绒毛。被我识破真相的老张在那一瞬间竟有些害羞，等我转过窗子进门时，他的大盖帽又歪歪塌在他脑门上了。他冲我笑笑，我冲他笑笑，关于帽子的事，我俩啥都没说。

我去找他是要他帮忙的。院子里车位紧张，而我急需一个车位。老张答应替我相端相端。我说："老张，如果事情办成了，我要感谢你！"老张说："看那啥话嘛！"

相端来相端去也没个车位，这点我是清楚的，前不久还有住户因为争车位问题而大打出手呢，一旦占了的，怎肯轻易让位？

老张看我为难，就主动给我出谋划策，他盯上了一块空地，可那是个台子，车子开不上去。老张看我皱眉头，就说："你不管尔的，你把你的事情忙去，我给咱相端相端。"

晚上回来，我看见那个台台已经被混凝土漫平了，周围用砖头围堵起来。还没等我开口，老张就向我蔫笑："这不是解决了问题了么,等洋灰干了就能成了么。"我一时感激得不知该说啥好,只是跟着他傻笑。他老婆见了就说老张:"看个老怂,看瓜了么,尽瓜笑啥咧么。"

晚上我跟老婆买了牛奶鸡蛋去看他,老张却不让我进门。他隔着门说:"洋灰是我从隔壁工地上要的,工地上有我个老乡,我一说,人就推了几车车来咧,就给抹了,又不花一分钱么……"

可我总觉得过意不去,又找不到好办法感谢他。于是虚着答应他,终究偷偷把牛奶和鸡蛋藏在他的车棚。第二天一早,有人敲门,开门,是老张,第一次不见他蔫笑,见他严肃了。得,啥话别说,我又把东西给提进来了。

可那个临时相端来的车位有个问题,车位上面的楼裙上时常有一群鸽子咕咕咕地叫,呱啦呱啦谈对象,还不时地拉一堆白的黑的粑粑下来,车顶时不时就给搞成大花脸,为此又让人烦恼不已。这次我不再好意思麻烦老张了,这不是他能解决的难处。可几个月后,他居然兴奋地来找我,说这次终于给我相端了一个好车位!他说这是一个搬了新房的住户腾出来的!看着老张兴奋地讲说,我竟一时说不出一句话。临了,我问老张怎么做到的。他告诉我,这几个月以来,他逢人就问,就打听,就碰运气,结果,还真就碰了个好运气!听他说话的表情,仿佛是他自己得了个天大的好运,而不是我。

干完本分工作,老张总爱去院子一角的垃圾桶跟前拾掇拾掇,转悠转悠。他从垃圾里翻捡回空啤酒瓶啊,空纸箱纸褙啊,还有别人家扔掉不要的旧家具旧衣服啊什么的。从此,我每次都是把啤酒瓶啊旧报纸啊什么的在家用纸箱或者袋子归置好,趁着老张不在时放在垃圾桶旁边。之所以这么做,是怕他尴尬。我不想每天早晚和他很随意很亲切的问候中掺杂其他东西,我要看到那个自自然然、蔫蔫楚楚的老张,我要听他说:"吃咧没?没吃赶紧回家吃去!"我喜欢那个第四声的、重重的"吃"字从他嘴里说出来的样子。

自从老张来了,院子里楼道里再也不见随意丢弃的垃圾。他每天大清早像清扫自家院子一样的洒扫庭除，而且每次不管扫院子还是楼道，都要先洒水。他在这个单元扫呢，就听院子里他老婆喊："个死老汉，你死去了么，人呐？！"老张就笑笑的从单元口的窗户里探出他的大盖帽。一会儿又扫到下一个单元，他老婆又喊："听见了还不来！"老张就噢一声，就噔噔噔到他老婆跟前去。等干完了他老婆交代的事，又嗞笑着接着干手头的活。从春天扫到夏天，扫完树叶子又扫雪。欻欻——欻欻——

人们听惯了，也就慢慢听不到欻欻声，也就慢慢忽略了老张的存在。人们习惯了院子里楼道里干干净净，也习惯了把老张当作空气。老张还是见人就问："上班哇？""出去哇？""回来了哇""吃饭了没哇？""没吃赶紧回家吃去哇"……

渐渐的，应承他的人越来越少，越来越少。有的人踏着他的扫把就过去了，有的人昂首阔步，把老张的点头哈腰留在后头。可老张从来不恼，还是一如既往。

能看出来老张一家的拮据。他儿子总是很早出去很晚回来，儿媳妇儿住在打工的酒店宿舍，偶尔回来一次。他老婆除了做一日三顿饭就是时不时地喊一声老张"死老汉"，老张老婆似乎一刻也离不开老张。这个膀大腰圆的女人为什么这么凶老张，老张为啥又这么听话，老张老婆每次像凶孙子一样凶完老张，又笑笑地看着瓜兮兮的老张，眼里充满怜爱……这一切都像个谜，谁也不知道。

有天下班，碰见老张，奇怪的是他的歪歪的大盖帽不见了，身上的保安制服也不见了。我问老张这是咋了，老张嗞嗞地笑着说不干了。

"不干了！为啥！"我像他老婆天天对他那样的凶他。

他说不为啥。

"不为啥是为啥？！"我不依不饶。

他说，物业公司他那个远亲离职了，没人罩着他了，他的位置被人顶了。说着他向门房努努嘴。果然，新来的一家已经占据了老张原来的位置,人家正洒扫收拾呢。

我不知道该说啥。老张说他要去搬行李了,要把车棚给人腾出来,正说着,就听见车棚那边他老婆一声断喝——

"个死老汉!又死哪里去了?还不给我死着来!"

老张听了,蔫蔫向我一笑,就颠儿颠儿地向车棚去了。我这才发现他的步伐显出了老态,远不如刚来时那么敏捷了。又想起他转身那一刻,眼角的皱纹如沟壑。我竟然遗忘了,老张已经在这个院子里扫了六七年地了。仿佛这是一刹那的事。

晚上,我想向他道别,可又不知该说什么。想拿什么东西给他,看来看去没什么合适的。最后竟然没去。

第二天早上,要出大门,我等着跟老张打招呼呢,我刚想说:"老张,今儿又值班了哇!"却不见老张。只见院子四周,老张拿捡来的木箱栽种的花啊菜啊的长得那么喜庆热烈,之前我竟然都没注意。

过了大概一个月,一个周末,女儿突然想起要骑她的自行车。那个童车就放在单元门洞的窗户下面,放了三年了,平时不骑时,老张为了防灰尘,专门找来一块塑料布苫好,又用绳子绑好。这都是他主动做的,他说这样娃娃想骑时,车子就是新的。

我去搬车子,却发现后轮辐条两边的小轮子不见了,检看一下,被卸走不久。

我去门房问新来的那家人。男人说:"噢噢,见是见了,可现在那两个小轮轮是我家娃的玩具了。"

我说为啥?

他女人从床上蹦起来说:"你说为啥?我娃要得开心呀!"

我说,"你娃开心了,可我娃不开心呀!怎么能随便卸人东西呢?"

女人说:"我又不晓得是你家的,我看一直放着,以为是没人要的。"

听她这么说,我又想起老张。三年来,老张天天看着车,给它苫塑料布，给它绑绳绳，怎么就从来也没觉得这是没人管的车。

后来，我换了房子，搬离那里，老房出租了。

可总放不下老张。趁着收房租或者办事跑去老房周围打听了好多次，终于打听明白。老张后来又找到一家物业搞卫生，干老不行，一次摔倒受了伤，被辞退了。听说他们两口子回了庆阳老家。

我心说："老张哇，你个死老汉哇！你就这么走了哇……"

从此，我再也见不到老张了。

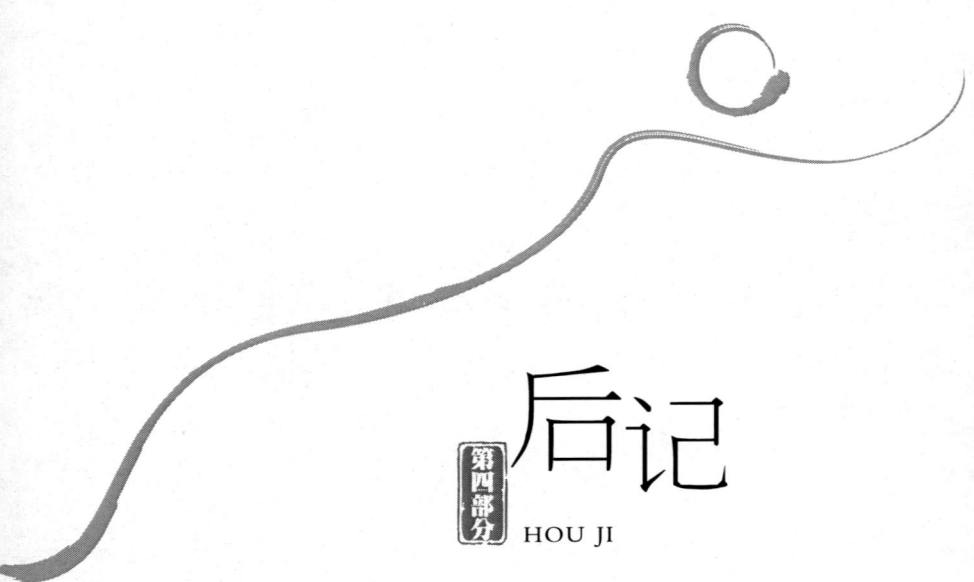

第四部分 后记
HOU JI

当我写村庄的时候，我在写什么

　　当零零碎碎写下的一些文字，要集结起来时，才发现诉者笔端的，还是村庄里的，过去那些平凡的人，平凡的事，而那人那事，与那村庄，当初都是曾尽了一切办法想要逃离了去的，而今蓦然回首，却发现，身处异乡，心在原地。我想，我是一生也逃不出了，逃不出那草木灰里升起的袅袅炊烟，逃不出那矮矮的坟墓掩映下的，一方小小的天地。当我甘于束手就擒时，却又发现那天地是如此之大，乃至想用文字去描画，却无论如何的努力，也不过捕捉了一星半点。而这一星半点，也足以弥补我心上那个缺了，倘若没有这星星点点的弥补，我想，我将是一个残缺的人，就像矗立在秦家塬的车马，站着，却失去了挥望的翅翼。于是，每一次的书写，便是一次采撷，都是撷来一抔黄土，虽微薄，却也有如女娲抟土造人的专注。我的热忱来自哪里？曾以为是所谓心底的怀恋，现在看来，还是源于那黄土地本身。我是黄土地的儿子，身养于斯，心长于斯。当我的母亲在黄土盘成的炕上生养了我时，就注定了，我的第一声啼哭，第一次谛听，都必然和黄土发生联系，也注定了我一生的命运，离不开生养我的黄土地。黄土上的一砖一瓦，一草一木，以及那村庄上袅袅升起的炊烟，牵牵绊绊，使我一头植根大地，一头仰望苍穹，以把我深切的依恋和景仰连接起来，以告天命，以达天听。由此，我便无论身在何处，也有了根。有了根，便浪迹天涯也不觉漂泊无依；便知道，那风物，那二地，都在等我，等我回去，我便要于异乡的夜，以文字抟她们的模样，也抟一个完整的我自己。

　　当我写村庄的时候，我在写什么，这是我一直以来思考的问题。

倘若在过去，我要回答自己，我写的是瓦屋顶上的一蓬衰草，是划过洋槐树梢的一鸣鸽哨，是埝塄上老祖母的一声呼唤，是吼在风尘中的一嗓子秦腔，是阳光下散发清香的驴粪蛋蛋，是窗台上明明灭灭的灯火，是少不更事时，画在颓墙上的一团斑驳的线条，是澄明高远的天空下，爷爷烟锅里的一声叹息……

而今这些，竟一并地远去了，远去了。曾以为的一切，是一个永不更改的事实，就像小时候，从不相信某一天爷爷也会死去。然而后来，随着爷爷的身影佝偻成荒野里一方矮矮的坟墓，在荒草萋萋下，掩映出一个倔强而孤独的背影，桃花依旧，人面模糊，当初以为的事实，在时间面前，竟是如此不堪一击。终于懂得，一些事，必须学会去接受；也知道所有人，注定都将远去，就像我不得不接受村庄的改变。

我宁可她是永远不变的，因为那里有我回不去的过往，储满了我的记忆，而我是一个靠着记忆活下来的人。随即，我又觉得自己的自私。身在异乡的我，有什么权利要求为了自己的活下去，而让至今留在那里的人们永远停在原地？那是一片贫瘠焦渴的土地，当初，为了活下去，他们有着用双手剖开地球之核的勇气，却最终刨不出一眼能养活人的泉水，可他们还是一代又一代的，生下来，活下去；今天，终于赶上一个好时候，终于可以不必像珍视一滴眼泪一样的，珍惜那一眼瘦瘠的泉水，我又如何能自私地想要他们停在原地，仅为我残存的记忆，仅为我疲惫时能够在若干年后，循着原路回去？当这么想时，我终于与故土，与故人，与自己，以及记忆里的一切，达成和解。改变是必然要发生的事，就像我们的长大，得到即意味着失去。然而，终有不甘，这不甘在于，妄想要为这不可更改的事实留下些什么。能留下什么呢？想来让人惆怅。终有一天，我们，都将离去，一些记忆也将永远随风而逝。只是，如果我们的后代某天回问这段消失了的历史时，是否该有个凭借？否则，他们若要问起自己，从哪里来，向何处去，闻听斯问，倘地下有知，我们将如何答对？

尽管这世上，太多人的来去，本不留痕迹。就像一次次地回到故土，想起一些人，他们曾那么依恋这片土地，而经年后，当一些岁月飘散，终于模糊了记忆，他们的踪迹，仿佛原本就不存在，仿佛连记忆也不可靠起来。如果不是旁人偶尔说起，根本不知道曾有过这样一个人，以及经历过怎样的故事。生命的历程放在历史的背景下，不过一瞬，而这一瞬对一个曾鲜活过的人，鸡毛蒜皮也是轰轰烈烈。然而，随着他们的远去，所有人和故事终成了一个一个的坟茔，那坟茔前来来往往的人，磕个头，或戚戚的，或笑笑的，然后转身离去，雨驻风来，终于成为一个符号，年长日久，终于连那符号也没有了，乃至于让后来者觉得，这世界也不过原本如此，一切的更替轮回，也不过原本如此。那是怎样一种孤独？——

如果说人生本就是一个孤独的旅程，所有的存在即意味着寂灭，起码，是否该为这亘古的孤独留存一个继续下去的注解？

于是，我想到了文字。

世上的文字，留下的九牛一毛，大多都在时间里衰朽了，我无法奢望这些卑微的文字能够幸免于难，然而，还是妄想能留多久是多久，哪怕妄想也仅是妄想，哪怕给儿孙，于茶余饭后徒增一个笑谈，也足以欣慰，便是笑谈，也不至那笑谈里空透着虚妄，起码知道，这天空下，曾有一些人，他们来过，活过，经历过；这土地上，曾蓄养有一个共同的根，长出同一张面孔，他们，都是伏羲女娲的后人。

如果问，当我写村庄时，写下的是什么，姑且把这当作一个勉强的答案吧。

我是个散漫的人，常惯做无用的念想，时间暨久，便有把这念想变成文字的念头。这字，都是业余时间用手机一个一个敲出来的，当时只为一个肤浅的告慰，寸积铢累，竟也有了几十万字，使我自己都不敢相信。也正是这不敢相信让我突然产生留住的妄想，又因为一些老师、乡亲和朋友的鼓励，才赋予这浅薄的文字一点意义。于是，便真的壮起胆子，有了集结的勇气，到今天，便有了这本薄薄的册子。

在此，特别感谢唐山市作协主席、著名作家、红学家王家惠先生，因偶然的机缘，得青睐有加，于百忙中拨冗而为薄文赐序，感激之情无以言表，特述三二言聊表万一；感谢吾友宋庆中先生的真挚引荐，并勘拙文之谬误；感谢知识产权出版社及本书编辑徐家春先生的热情帮助与鼓励。

感谢一直以来追随我的文字，一路分享我的喜怒哀乐的读者，因为你们，我才有继续走下去的信心与勇气。这本册子属于我，更属于你们。

最后，感谢生养我的那片黄土地，使我无论怎样的得意和失意，疲惫或喜悦，知道还有个去处，让我明白——

所有的远去，都只为一个归来。